btb
Aus Freude am Lesen

btb

Buch

Als Toshi an der Sprachenschule von Tokio die Amerikanerin Jane trifft, sieht er seinen sehnlichsten Traum in Erfüllung gehen. Endlich steht eine jener Frauen vor ihm, für die er schon von Kindesbeinen an schwärmt. Eine Frau mit dem besonderen Zauber von Audrey Hepburn. Doch Janes Liebe erdrückt Toshi und läßt seinen Traum vom Glück rasch zum bösen Alpdruck werden.

Während Toshi versucht, sich aus Janes Fängen zu befreien, driften seine Gedanken immer häufiger ab in die Welt seiner Kindheit. Er sehnt sich nach der Geborgenheit des kleinen Fischerdorfes auf Hokkaido. Nach den vertrauten Gerüchen der Nudelküche seines Vaters. Nach seinen Eltern, deren Traurigkeit und Sprachlosigkeit ihm stets ein Rätsel waren. Je heftiger Jane ihn in die Enge treibt, desto mehr lüften sich die Schleier der Vergangenheit. Und mit einem Mal beginnt Toshi das bislang sorgsam gehütete Geheimnis seiner Eltern zu verstehen, das mehr über die Liebe verrät als alles andere in der Welt.

Ein spannendes, witziges und zugleich wunderbar poetisches Buch über die Sehnsucht nach Liebe und Zärtlichkeit.
»Fesselnd, humorvoll und ergreifend.« *(Publishers Weekly)*

Autor

Alan Brown ist Journalist und lebt in New York. Als Fulbright-Stipendiat hat er von 1987 an sieben Jahre in Japan verbracht und dort für die BBC gearbeitet. »Audreys Zauber« ist sein Debütroman, mit dem er Kritiker wie Leser in seiner amerikanischen Heimat begeistert hat.

Alan Brown

Audreys Zauber

Roman

Aus dem Amerikanischen von
Regina Winter

btb

Die amerikanische Originalausgabe
erschien unter dem Titel »Audrey Hepburn's Neck«
bei Pocket Books, a division of
Simon & Schuster Inc., New York.

Umwelthinweis:
Alle bedruckten Materialien dieses Taschenbuches
sind chlorfrei und umweltschonend.

btb Taschenbücher erscheinen im Goldmann Verlag,
einem Unternehmen der Verlagsgruppe Bertelsmann.

1. Auflage
Deutsche Erstausgabe Januar 1997

Umschlaggestaltung: Design Team München
Umschlagillustration: Jeanne M. Lee
Satz: Uhl + Massopust, Aalen
MK · Herstellung: Ludwig Weidenbeck
Made in Germany
ISBN 3-442-72105-9

FÜR CAROLYN DOTY,
JOHN KANDER UND DONALD RICHIE
UND FÜR MEINE COUSINE SUE

PROLOG

Toshiyuki Okamoto wurde am Ende der Straße geboren.

Er erblickte das Licht der Welt in einem kahlen Zimmer über dem Nudelimbiß seines Vaters, auf der Halbinsel von Shiretoko, die zu Hokkaido, der nördlichsten Insel Japans, gehört. Ein paar Meter hinter dem Imbiß verlor sich die Straße im Nichts, wie ein Zen-Rätsel, der Pinselstrich eines Kalligraphen auf einem Blatt handgeschöpften Birkenrindepapiers. Den steilen Abhang hinter dem Laden bewohnte eine Rotfuchs-Familie. Er war überwuchert mit Bambusgebüsch und weißen Birken und mit Farnen, deren Wurzeln seine Mutter ausgrub und wie Kartoffeln kochte.

Gegenüber dem Imbiß hockten Fischer, Seehunden ähnlich, auf der Kaimauer und rauchten Zigaretten mit Namen wie »Hope« und »Peace«. Im kalten Sonnenlicht tauchten dahinter ihre zum Trocknen ausgebreiteten Netze auf, die die Farbe getrockneter Dattelpflaumen hatten, und ihre Boote, fett und ungelenk wie die weißhäutigen Ausländer. Dann das Meer selbst. Noch ein wenig weiter weg, jedoch nahe genug, daß Toshi als Kind immer glaubte, er könne, wenn er wolle, hinüberschwimmen, lagen zwei unförmige Inseln, die zu Rußland gehörten, die in seinen Schulbüchern aber eindeutig als japanisches Gebiet ausgewiesen wurden.

Das handgemalte Schild vor dem Laden seines Vaters pries Suppennudeln mit Bären- und mit Seelöwenfleisch an, ein besonderes Krebs-Ramen mit, wenn man dem vom Wetter ausgeblichenen Schild glauben konnte, riesigen roten Krebsbeinen, die aus der Schüssel ragten wie die Glieder eines Film-Seeungeheuers, das aus der Tokio-Bay auftaucht, Feuer auf die Hochhäuser spuckt und die Kaufhäuser der Ginza niedertrampelt. In Wahrheit servierte Toshis Vater dieselben Gerichte wie jeder andere Nudelimbiß zwischen Hokkaido und Okinawa – Miso Ramen, Schweinefleisch-Ramen, gebratenen Reis, Gyoza-Klößchen. Der Imbiß befand sich am Rande des Dorfes Rausu, und seine Kunden waren die zigarettenrauchenden Fischer, Wochenendjäger und, in den Sommermonaten, Touristen.

Wenn jemand zur Spitze der Halbinsel weiterreisen wollte, mußte er das zu Fuß tun und den Wildwechseln folgen, die die waldigen Hügel durchkreuzten, oder am felsigen Strand entlangklettern und die blaßgelben, purpurfarbenen oder rotgefleckten Sandkrebse aufscheuchen. Oder er mußte einen Fischer, der Lust und Zeit dazu hatte, dafür bezahlen, ihn die Küste voller grauer Klippen entlangzufahren, die vom Wasser so glatt und glänzend poliert waren wie Pachinko-Kugeln. Im Winter war solch eine Reise sowohl zu Land als auch zu Wasser vollkommen unmöglich. Der Schnee reichte bis zu den Baumwipfeln, verbarg Geröllblöcke, die höher waren als Zigarettenautomaten, größer sogar als ein kleines Lebensmittelgeschäft. Von Januar bis Mitte März gefror das Wasser an der Küste zu einer bebenden Eisdecke.

Toshi wurde über dem Nudelimbiß geboren, in dem Sechs-Tatami-Zimmer, von dem aus man das Meer überblickte. Er war gerade acht Jahre alt gewesen, als seine Mutter ihren Mann verließ. Bis zu jenem Tag hatte er jede Nacht zwischen seinen Eltern geschlafen. Ihre drei Matratzen lagen Seite an Seite, die Kanten berührten sich. Nachdem seine Mutter ins Gasthaus nach Utoro gezogen war, auf die andere Seite der Halbinsel, schlief Toshi neben seinem Vater. Es gab noch ein zweites Zimmer nach hinten, auf den Abhang mit den Birken hinaus. Es war sechs Matten groß, mit einem Fernseher, einem niedrigen hölzernen Kotatsu-Tisch und einem Gaskocher fürs Teewasser. Das Bad und ein Plumpsklo waren unten, hinter dem Laden.

Am Tag vor Toshis Geburt fegte Hiroko, seine Mutter, das Haus und saugte Staub. Dann wischte sie die Tatamis im vorderen Zimmer mit einem feuchten Tuch ab. Sein Vater, Fumio, hängte die Matratzen und Steppdecken zum Lüften über die Fensterbank ins kalte Licht, wendete sie stündlich und klopfte sie mit einer großen Suppenkelle aus. All dies geschah, ohne daß sie ein Wort miteinander wechselten.

Es gab keinen Arzt in Rausu, und zum nächsten Krankenhaus mußte man zwei Stunden fahren. Also wurde Toshi in diese wortlose Welt gepreßt, während sein Vater unten Teller voll Reis mit Eiern, Schweinefleisch, Krabben und Schalotten für eine Gruppe von Freizeitjägern aus Sapporo briet, die betrunken in einem Mitsubishi-Minibus vorgefahren kamen. Toshi wurde von Frau Uchida, einer fröhlichen pensionierten Hebamme ins Leben gezogen, durch Schwaden von Sojasoße, Bratöl und Zigarettenrauch. Die Hebamme war erst vor kurzem aus Yokohama hergezogen, um hier bei ihrem ältesten Sohn, Taro, zu wohnen. Taro war der Besitzer jenes Gasthauses in Utoro, in dem Toshis Mutter arbeitete und später auch wohnen würde. Deshalb sah Toshi in seiner Kindheit Frau Uchida beinahe an jedem Wochenende. Er nannte sie »Oma«, wie alle anderen auch.

Nachdem er geboren war, trug Oma Toshi zum Fenster, um ihn besser sehen zu können, oder vielleicht auch, um ihm einen ersten Blick auf diese Welt am Ende der Straße zu ermöglichen. Und für die Fischer auf der Hafenmauer sah es so aus, als tauche der winzige, bläuliche Kopf zwischen den beiden riesigen Krabbenbeinen des Imbißschildes auf, um wie ein blauer Ballon inmitten des gemalten Dampfes zu schweben, der aus der gigantischen Schale voll köstlicher Nudelsuppe aufstieg.

Der Broschüre zufolge ist die Very Romantic English Academy im dritten und vierten Stockwerk des »Glanzvollen-Hauses« untergebracht, das etwas oberhalb des »Zauberhaften Heim«-Möbelladens, einer Häagen Dasz-Eisdiele und dem »Kirschblüten«-Kamera-Discount liegt. Zu Fuß benötigt man dorthin nur sieben Minuten, den Dogenzaka-Hügel hinauf. Zweimal die Woche eilt Toshi zur Academy. In der Eingangshalle sieht er kurz auf seine Swatch-Armbanduhr: Sechs Minuten.

Er hat Jane Bordens Englisch-Konversationskurs für Fortgeschrittene noch nie verpaßt. Toshi stellt und beantwortet mehr Fragen und in besserem Englisch, als alle anderen Teilnehmer, von den Schwestern Ishikawa einmal abgesehen, die drei Jahre auf Hawaii gewohnt haben, wo ihrem Vater eine Papaya-Plantage gehört.

»Jane Borden. Borden, wie die Eismarke, und wie Lizzy Borden, die ihrem Vater eins mit der Axt übergezogen hat«, teilt sie ihren verblüfften Schülern am ersten Kurstag mit. Sie reißt alle Fenster auf, als wolle sie Käfigvögel befreien, und sie können hören, wie zehntausend demonstrierende Reisbauern vor dem Shibuya-Bahnhof wütend schreien: »Weg mit amerikanischem Reis! Schiebt einen Riegel vor! Kein amerikanischer Reis!«

»Ich möchte nicht, daß ihr euch hier wie in einer Schule

vorkommt«, sagt sie und stellt die Stühle so, daß die Schüler sie umgeben wie Planeten die Sonne. Sie hockt sich auf die Schreibtischkante und strahlt ihre Schüler an. Sie trinkt Kaffee aus einem großen Becher mit ihren Initialen drauf, schreibt ihren Namen in Englisch an die Tafel und dann noch einmal in Lautschrift.

»Jane Borden. Ich bin dreißig Jahre alt. Ich komme aus New York City im Staat New York in den Vereinigten Staaten von Amerika«, erzählt sie stolz, als sei das ihr Verdienst und nicht nur Zufall oder Schicksal. »Ich bin nicht verheiratet, und ihr könnt mich gerne Jane nennen. Wir brauchen hier nicht förmlich zu sein. Mit mir könnt ihr über alles reden. Ich bin immer für euch da.«

Toshi ist sich sicher, daß sie ihn im Blick hat, als sie ihre Privatnummer an die Tafel schreibt, jede Ziffer größer und runder als die vorangehende.

Sie ist so schlank wie eine Japanerin, aber sie bewegt sich ununterbrochen und redet schnell. Sie trägt rote Strumpfhosen und rote Cowboystiefel und wertvolle alte Seidensarongs aus Thailand, die sie sich wie riesige Schals um den Hals schlingt. Und Schmuck: Reifen und Pendel, scharfe Dolche, Töpfe und Pfannen und Emailletiger baumeln von ihren lachsrosa Ohrläppchen. Halsketten aus Sri Lanka, aus Perlen und Knochen und Silber gemacht, hängen zwischen ihren Brüsten. Jade- und Federfetische flattern in der Brise, die sie stets zu umwehen scheint, selbst wenn die Fenster geschlossen sind.

»Sprache ist Kommunikation, Sprache bedeutet Leben«, sagt sie, während sie zwischen den Stühlen auf und ab stolziert.

»Ihr steht vor Courbets ›Frau mit Papagei‹ im Metropolitan Museum of Art in New York und seht eine schöne Frau, die ganz allein ist.« Sie bleibt vor Toshis Tisch stehen und starrt ihn an. »Eure Blicke begegnen sich. Dein Herz schlägt schneller. Deine Hände werden feucht. Sie wartet darauf, daß du etwas sagst. Und was sagst du?«

Die Klasse schweigt, wartet. Toshis Herz beginnt schneller zu schlagen. New York. Courbet. Seine Handflächen werden feucht. Jane streicht sich das dunkle Haar aus den algengrünen Augen. Sie streckt die Hand nach ihm aus, und ihre Armreife klimpern. Ringe aus Bali und Katmandu schmücken ihre Finger.

»Ich freue mich, Sie kennenzulernen«, sagte Toshi, aber die Worte klingen steif, sein Akzent ist zu stark. Jemand kichert.

Wird so in Amerika unterrichtet? Er ist verwirrt und bezaubert zugleich. In der Woche darauf zieht er seine engsten Jeans zum Unterricht an. Als es wärmer wird, trägt er Shorts. Er lächelt und nickt ununterbrochen, wenn Jane etwas sagt.

Toshi ist fasziniert von Amerikanerinnen.

Zwei Tage vor seinem dreiundzwanzigsten Geburtstag spricht sie ihn auf dem Flur an. Türen öffnen und schließen sich, wie flatternde Augenlider.

»Es hat mich sehr beeindruckt, was du heute von deinem Job erzählt hast. Das war echt spannend.«

»Danke«, sagt Toshi und weicht ein wenig zurück. Jane ermutigt ihre Schüler immer, »Gefühle« auszudrücken, aber niemand in der Klasse, von den Schwestern Ishikawa einmal abgesehen, scheint zu wissen, wie man sie ausdrückt.

»Comics sind in Japan eine wichtige Kunstform. Du mußt sehr begabt sein.«

»Ja«, sagt er und bemerkt – zu spät –, daß er einen Fehler gemacht hat. Er hätte »nein« sagen müssen. Er ist wie gebannt von Jane, ihr Lächeln läßt ihn durstig werden.

Dann faßt er sich wieder. »Ich arbeite für einen anderen Künstler. Ich zeichne nur, was er mir vorgibt.«

»Trotzdem, das ist etwas ganz Besonderes. Ich würde deine Zeichnungen gern einmal sehen.« Sie rückt näher heran. In ihren Stiefeln ist sie ebensogroß wie er. »Ich bin nämlich nicht nur Englischlehrerin. Ich bin auch Künstlerin. Schauspielerin.«

»Wirklich? Filmschauspielerin?«

Sie lacht, und ihre roten Lippen enthüllen kleine, ebenmäßige, weiße Zähne und dahinter hinreißendes Dunkel. »Nein. Auf der Bühne. Im Theater.«

Er nickt, zu nervös, um ein Wort über die Lippen zu bringen. Ob sie in Amerika berühmt ist?

»Ein Regisseur hat mir ein Manuskript gegeben, auf japanisch, und ich brauche jemanden, der mir beim Übersetzen hilft. Falls du Interesse hast – ich kann dich auch bezahlen. Es würde dir vielleicht Spaß machen.«

»Ja. Spaß«, sagt er, aber er ist nicht sicher, worauf er eigentlich antwortet. Ihre Worte flattern an ihm vorbei wie erschrokkene Vögel. Um sie herum wird es langsam stiller, da die Schüler sich nach und nach in die Klassenzimmer zurückziehen. Dann sind sie allein auf dem Flur. Merkt sie, daß er zittert? Das passiert ihm bei Amerikanerinnen immer.

»Hast du an deinem Geburtstag schon was vor?« fragt sie, und er ist so erstaunt, sie rot werden zu sehen, daß er ebenfalls errötet.

»Nichts Bestimmtes.« Er ringt um weitere Worte, aber alles, was ihm einfällt, sind Sätze aus dem Lehrbuch: Amerika ist ein großes Land. In Japan gibt es vier Jahreszeiten. Nehmen sie Travellerschecks? Er möchte sie unbedingt beeindrucken, aber sie läßt ihm keine Zeit, seine Worte zu ordnen.

»Ich könnte dich doch zum Essen einladen, und dann können wir über das Manuskript reden.«

Jetzt fällt ihm endlich etwas ein. »Woher weißt du, wann ich Geburtstag habe?«

»Ich habe in deinen Unterlagen im Büro nachgesehen. Du bist im Jahr des Affen geboren, nicht wahr?«

»Ja. Im Jahr des Affen. Ja.« Er wird ruhiger. Endlich etwas, das er kennt. Affen. Er hat einmal welche gesehen, an einer heißen Quelle in den verschneiten Bergen von Hokkaido. Die Affen haben in den Quellteichen gebadet. Es gab Warnschilder, man solle den Tieren nicht in die Augen blicken, da sie sonst angreifen würden.

»Ich bin im Jahr des Tigers geboren«, sagt Jane. »Das heißt, wir sollten eigentlich gut miteinander auskommen. Du weißt schon: Der Affe reitet auf dem Rücken des Tigers.«

Bevor er noch etwas sagen kann, dreht sie sich um, geht ins Klassenzimmer und macht die Tür hinter sich zu.

Toshi ist außer Atem. Er taumelt, als wäre er ein betrunkener Geschäftsmann in einem mitternächtlichen Pendlerzug in die Vorstädte. Das ist es, was ihm an den Amerikanerinnen am besten gefällt, und was er gleichzeitig am meisten fürchtet: Selbst wenn man glaubt, sie zu kennen, weiß man nie, was sie als nächstes tun werden.

Das Restaurant ist von einem berühmten britischen Architekten entworfen worden, erzählt ihm Jane, während der röhrenförmige Glasaufzug sie elf Stockwerke unter das Straßenniveau hinabträgt. Die Türen gehen auf, und die beiden stehen unversehens vor blinkenden roten und gelben Lichtern, chinesischen Gongs und einer Wand voller geschnitzter afrikanischer Masken. Die Speisekarte ist in Thai und Italienisch. Die japanischen Kellner tragen Radlerhosen.

Sie kommen nicht dazu, über das Drehbuch zu reden, das Jane übersetzt haben will, denn sie hat noch zwei amerikanische Freunde eingeladen. Hugh, der einen Dokumentarfilm über die Reisunruhen dreht, lächelt Toshi ununterbrochen an, als wolle er ihm den Abend so angenehm wie möglich machen. Das hat den gegenteiligen Effekt. Aber Hughs Frau gefällt ihm. Lucy ist Komponistin. Groß und breitschultrig, das Haar nicht länger als Toshis, sieht sie aus wie eine Person, mit der er sich gerne unterhalten würde, wenn er sie auf einer Party träfe. Jedesmal, wenn ihre Blicke sich begegnen, beugt sie sich beinahe unmerklich ein wenig vor, als sei ihr gerade etwas Faszinierendes eingefallen, was sie ihm unbedingt sagen wolle. Nervös weicht er ihrem Blick aus. Er hat noch nie eine Komponistin kennengelernt. Wie die wohl sind? fragte er sich, während Jane ihm Wein nachschenkt und dann ihre Hand auf seinen Oberschenkel legt. Romantisch? Launenhaft? Unberechenbar, nimmt er an.

Aber es ist Jane, deren Verhalten ihn durcheinanderbringt. Zweimal bricht sie in Tränen aus, entschuldigt sich und verläßt den Tisch. Ist sie krank, oder ist etwas Schlimmes passiert? Hugh und Lucy starren schweigend auf ihre Teller. Dann, als alle ihren Salat vor sich stehen haben, bleibt ein Gitarrist hinter Janes Stuhl stehen und stimmt den »Tennessee Waltz« an. Wieder beginnt sie zu weinen.

»Ich weiß, was du denkst«, schluchzt sie. »Ich habe dich eingeladen, und jetzt verderbe ich dir dein Geburtstagsessen. Du mußt mich ja schrecklich finden!« – Bevor er irgendwas sagen kann, ist sie auf der Toilette verschwunden.

Langes, unbehagliches Schweigen breitet sich aus.

»Sie hat vielleicht die Grippe oder so«, meint Lucy.

»Nein, sie ist nicht krank. Jedenfalls nicht körperlich«, widerspricht Hugh. Lucy wirft ihm einen scharfen Blick zu, den er nicht bemerkt. »Sie dreht nur durch, weil sie eine wilde Affäre mit ihrem Ikebana-Lehrer hatte.« Hugh grinst breit und entblößt dabei glänzendes Zahnfleisch.

Toshi lächelt zurück. »Ich verstehe«, sagt er, obwohl das nicht stimmt, und er keine Verbindung zwischen Blumenstekken und Janes Problemen erkennen kann. Er gibt vor, das Grünzeug auf seinem Teller zu betrachten. Er folgt dem Rat, den sein bester Freund Paul ihm für den Umgang mit Amerikanern gegeben hat: Zeige dich nie überrascht.

»Hugh!« sagt Lucy schroff. Werden sie sich jetzt streiten? Aber dann wird das Licht gedämpft. Vier Kellner tragen einen Kuchen mit Kerzen an ihren Tisch und singen »Happy Birthday«. Als sie fertig sind, applaudieren alle im Restaurant. Die allgemeine Aufmerksamkeit ist Toshi schrecklich peinlich.

»Und nun blas die Kerzen aus, alle auf einmal«, sagt Lucy. Sie beugt sich über das Grüner-Tee-Tiramisu und spitzt die Lippen. Sie sieht so komisch aus, daß Toshi lachen muß. Auch sie lacht.

»Nein, wirklich, das ist eine amerikanische Sitte. Man bläst die Kerzen aus, dann schließt man die Augen und wünscht sich etwas. Wenn man aber nicht alle Kerzen erwischt, geht der Wunsch auch nicht in Erfüllung.«

Ein Wunsch? Japaner wünschen sich an Shinto-Schreinen etwas, oder in buddhistischen Tempeln. Bevor ein Kind geboren wird, oder vor einem Examen. Oder zu Beginn eines neuen Jahres. Amerikaner machen so etwas wirklich bei den unwahrscheinlichsten Gelegenheiten. Beim Kerzenauspusten. Und wenn sie zu den Sternen aufblicken, dann kreuzen sie die Finger. Oder wenn sie getrocknete Hühnerknochen brechen – das hat ihm seine letzte amerikanische Freundin, Wanda Williford, erzählt.

Er bläst die Kerzen aus und schließt die Augen, aber er ist so betrunken, daß ihn die plötzliche Dunkelheit verwirrt, und auch die Bilder, die sich hinter seinen Lidern festgesetzt haben: Lucy, wie sie die Lippen spitzt. Die weinende Jane. Er öffnet die Augen wieder, bevor ihm ein Wunsch eingefallen ist, und Lucy und Hugh applaudieren.

Ein Kellner nimmt den Kuchen zur Seite, um ihn anzuschneiden. Jane kommt zurück und entschuldigt sich abermals. Dann fangen sie und Lucy und Hugh alle gleichzeitig an, sehr schnell zu reden. Aufgekratzt erzählen sie sich Geschichten von ihren eigenen Geburtstagen, von den Parties ihrer Kinderzeit, die ihre Eltern für sie organisiert haben.

Toshi erzählt nichts. Sein Englisch ist nicht gut genug, und er beherrscht immer noch nicht jene Fähigkeit, die bei Gesprächen mit Amerikanern am wichtigsten ist – andere zu unterbrechen. Jane und Hugh und Lucy reden, als wäre es ein Wettbewerb, und sie müßten Punkte machen. Toshi jagt hinter vertrauten Worten her – »Mutter«, »schrecklich«, »Scheidung« – und setzt sie aneinander. Betrunken versucht er, Zusammenhänge herzustellen, Bedeutungen zu entschlüsseln, bildet Szenen aus amerikanischen Filmen nach, die er gesehen hat. Dicke weiße Kinder mit spitzen Hüten. Platzende Luftballons. Kuchen so groß wie Tatamimatten. Eine silberne Mondrakete, die man mit einem Messer aufschneiden und essen kann. Und Geburtstagsgeschenke. So viele Geschenke, die man alle auspacken und dann wie Trophäen hochhalten muß.

Aber bei den Festen, von denen Jane und ihre Freunde erzählen, und bei denen in den Filmen, gab es auch Streit. Zwischen Kindern und Eltern oder unter den Erwachsenen. Es gab betrunkene Onkel und zerbrochenes Spielzeug und schluchzende Tanten.

»Und dann haben sie ihn über Nacht ins Gefängnis gesteckt«, beendet Hugh gerade eine Geschichte, als der Kuchen serviert wird. Hugh zerknüllt seine Stoffserviette und legt sie auf den Tisch. Die von Lucy liegt immer noch auf ihrem Schoß, aber Jane hat die ihre säuberlich gefaltet und neben den Teller gelegt. Toshis Serviette ist noch über seine Knie gebreitet. Was soll er damit machen? Er kommt sich ungeschickt und überflüssig vor. Er sitzt steif da wie ein Schuljunge.

Über Tassen mit Wiener Kaffee, deren Sahnehäubchen in der Hitze schnell zusammenfallen, geht das Geschichtenerzählen weiter. Enttäuschungen wechseln sich mit Katastrophen ab. Toshi hat das Gefühl, als würden Jane und ihre Freunde im Gegensatz zu den Japanern, die sich immer bemühen, Fremden angenehme Bilder ihrer Familie zu präsentieren, ihre unglücklichen Kindheitserlebnisse wie Filmhandlungen zur Schau stellen. Oder wie Geschenke: Sie packen sie aus und präsentieren sie mit beinahe stolzer Geste.

Nach dem Essen fahren sie im gläsernen Fahrstuhl die elf Stockwerke wieder hoch – an einem unterirdischen Baseball-Zentrum vorbei und an einem Kugelfischrestaurant, zu dem auch reetgedeckte Teehäuser gehören, die in einem unterirdischen Bambuswald stehen und in künstliches Mondlicht getaucht sind – und landen schließlich in einer engen Straße voller Pachinko-Lokale und Karaoke-Bars.

»Sieh mal!« sagt Lucy und zeigt auf das Fenster eines Bierlokals, dessen Fassade einem Schweizer Chalet nachgebildet ist. Drinnen fahren zwei Frauen in trägerlosen Kleidern auf Skiern einen winzigen Abhang herunter.

Jane stellt sich auf die silbernen Spitzen ihrer Cowboystiefel und drückt ihren Mund auf Toshis Ohr. Er erschrickt, hat sofort eine Erektion und wartet, daß sie ihm die Zunge ins Ohr steckt. Aber sie flüstert nur: »Ich habe noch ein ganz besonderes Geburtstagsgeschenk für dich, das ich nicht mit ins Restaurant bringen konnte. Komm noch mit zu mir nach Hause!«

Sie erinnert ihn an die Rotfüchse, die gegen Ende des Winters aus den Wäldern in Hokkaido kommen. Es ist dieser hungrige, aber zögerliche Blick. Er glaubt zu wissen, um was für ein Geschenk es geht.

»Wenn du sicher bist, daß es in Ordnung ist«, sagt er.

»Sei nicht so japanisch! Ich hätte es sonst ja wohl kaum gesagt.« Sie hebt den nackten Arm und winkt. Eine Taxitür springt auf.

Weil der Fahrer im Fernseher am Armaturenbrett die Nachrichten verfolgt – zwei weitere Reisbauern und ein buddhistischer Mönch sind beim Hungerstreik vor dem Landwirtschaftsministerium ums Leben gekommen –, übersieht er eine rote Ampel und fährt einen Pizza-Hut-Lieferanten auf einem Motorroller an. Während sie auf die Polizei warten, küssen

Jane und Toshi sich auf dem Rücksitz. Als er aber ihr Gesicht im flackernden roten Licht des Streifenwagens sieht, schmilzt seine Erektion dahin wie Schnee im Frühling. Und er fragt sich, ob sie seine neue amerikanische Freundin sein wird.

Jane wäre nicht Toshis erste amerikanische Freundin. Seit er nach Tokio gezogen ist, hatte er schon zwei. Vor Jane gab es Wanda Williford. Und vor Wanda Sally Youngblood. In Sapporo, wo er auf dem College war, ging er in seinem letzten Jahr mit der Austauschschülerin Patty Shapiro, deren Katze ebenfalls Patty hieß.

Er hatte noch nie eine japanische Freundin, nicht einmal auf der High-School, wo es nur japanische Mädchen gab. Er hat auch nie eine gewollt. Toshiyuki Okamoto wollte, begehrte und erträumte in seinen erotischen Phantasien seit seinem neunten Geburtstag immer nur eins: eine Freundin, die wie der Filmstar Audrey Hepburn aussah – Audrey Hepburn in »Ein Herz und eine Krone«, in der Szene, in der sie zum Friseur geht und sich ihr wunderschönes langes Haar abschneiden läßt.

Toshis neunter Geburtstag fiel auf einen Samstag. Es war Tauwetter. Nach der Schule nahm er den Bus über die Halbinsel nach Utoro. Vom Busfenster aus konnte er das kleine Fischerdorf sehen, in dem seine Mutter wohnte – eine Ansammlung niedriger Gebäude mit spitzen Dächern auf einer dunklen Granitfaust, die sich in die noch dunklere See schob.

Im Gasthaus war es ruhig. Seine Mutter war in der Küche und wusch den Reis für das Mittagessen. Durch die offenen Fenster strömten Sonnenlicht und kalte Luft herein. Toshis Mutter schob sich die Ärmel hoch und tauchte die Hände ins glasige Wasser. Sie fragte ihn, ob er Lust habe, mit ihr nach Shari zu gehen, ins Kino.

Er beugte sich über das Becken und beobachtete, wie kreidiger Reispuder zwischen ihren Fingern aufwirbelte. Das Wasser trübte sich, und einzelne Körner stiegen an die Oberfläche. »Aber ich wollte mit meinen Freunden in die Hügel gehen, Füchse fangen«, sagte er.

Nach dem Winter kamen die Rotfüchse aus den Wäldern und sonnten sich am Straßenrand. Sie waren schläfrig, immer noch nahezu betäubt von der Kälte. Man konnte einfach hingehen und sie hochheben. Sie hingen einem ganz schlaff in den Armen. Man konnte sie sich sogar um den Hals wickeln.

»Der Schnee ist fast weg. Es ist zu spät, um noch einen Fuchs im Baum zu erwischen.« Lächelnd zog seine Mutter die roten Hände aus dem Wasser und schüttelte sie über dem Spülbekken.

Sie hatte ihm diese Geschichte oft erzählt, als er noch klein war: Im Winter lag der Schnee so hoch, daß die Füchse darüber hinwegspazierten und sich in den Zweigen der Fichten einnisteten wie Vögel. Während sie schliefen, schmolz der Schnee jedoch, und sie konnten nicht mehr hinunter.

»Was denn für ein Film?«

»Ein alter amerikanischer. Er ist sehr bekannt.«

»Aber er wird in Englisch sein! Und ich kann kein Wort verstehen.«

»Es gibt Untertitel. Und es wäre doch schön, wenn wir zusammen hingingen, oder?«

Sie drehte den Wasserhahn auf. Wieder tauchte sie die Hände ins Wasser, und ihre Finger verschwanden in den perligen Körnern wie nackte Füße in nassem Sand.

Es war kalt im Kino. Sie reichten sich abwechselnd eine Thermosflasche mit grünem Tee, während auf der Leinwand Audrey Hepburn zu einem römischen Friseur ging und sich ihr wunderschönes Haar abschneiden ließ. Auf den Plätzen rechts und links von ihnen öffneten ältere Frauen und junge Mädchen hölzerne Gefäße mit gegrilltem Aal, Reis und eingelegtem

Rettich. Aus ihren Einkaufstaschen zauberten sie Kartoffel-Kotelett-Sandwiches, gegrillte Reisbällchen mit Algen und feuchte Kuchen, gefüllt mit süßer roter Bohnenpaste, hervor.

»Oh, ihr Hals! Sieh dir nur ihren Hals an! Ist er nicht reizend?« flüsterte seine Mutter, während der italienische Friseur sich in Audrey Hepburn verliebte und sie bat, mit ihm unten am Fluß tanzen zu gehen.

Toshi schaute seine Mutter an, dann drehte er sich um und betrachtete die schwatzenden Frauen im Kino, die Ehefrauen und Töchter von Fischern, Bauern und Holzfällern. Sie hatten ihre breiten, wettergegerbten Gesichter der Leinwand zugewandt und stopften sich Kartoffeln und Reis in die mit Gold- und Silberzähnen bestückten Münder. Ihre glanzlosen Gesichter wurden von flackerndem Licht zum Leben erweckt, von einer schimmernden Audrey Hepburn. Einer glücklichen Audrey. Einer wütenden Audrey. Einer Audrey, die mit ihrem Friseur am Fluß tanzte. Einer Audrey, die so traurig war, daß es Toshi beinahe das Herz brach.

Er zog die Schuhe aus und kauerte sich auf den Sitz, starrte Audrey so konzentriert an, daß er Kopfschmerzen bekam, direkt hinter der Stirn. Wenn sie von der Leinwand verschwand, und war es auch nur für einen kurzen Augenblick, konnte er nicht mehr still sitzen, rutschte von einer Seite auf die andere, hielt nach ihr Ausschau. Wo war sie? Was tat sie jetzt gerade?

»Mußt du aufs Klo?« fragte seine Mutter.

Toshi war erst neun, aber er konnte den Unterschied zwischen den Frauen hier im Kino und der Frau auf der Leinwand sehr genau erkennen. Und er wußte, und sein kleiner Penis wußte es ebenfalls, welche er bevorzugte. An seinem neunten Geburtstag hatte Toshiyuki Okamoto die erste wichtige, die erste wirklich ekstatische Erektion seines jungen Lebens. Sie regte sich erstmals in der Friseurszene und pochte wie ein Herz für Audrey Hepburn, während der gesamten zweiten Spule von »Ein Herz und eine Krone«, und ließ beim Abspann nur geringfügig nach.

Es liegt an der Milch«, sagte seine Mutter. Sie holte ihr Taschentuch aus der Handtasche, entfaltete ein Motiv von Mikkey- und Minnie-Mäusen und strich es auf ihrem Schoß glatt.

Es war immer noch früh, und sie waren die einzigen Gäste im Restaurant. Hinter der Theke sah der Koch fern, während er tropfende Stückchen grüner Paprika und Süßkartoffeln aus der Teigschüssel nahm und sie ins heiße Öl warf, wo sie zischten.

»Ausländer trinken viel Milch, wenn sie jung sind. Deshalb sind sie alle so groß und sehen so gut aus.«

Ihr Essen kam, zwei riesige Tempura-Garnelen auf einer Schüssel mit glänzendem Reis. Sie zupfte abwesend mit den Stäbchen daran herum.

»Nach dem Krieg hatten wir keine richtige Milch. Es gab nur Milchpulver, von den Amerikanern. Und das war sehr teuer.«

Toshi hörte genau zu, denn seine Mutter sprach nur selten darüber, wie sie gelebt hatte, bevor er geboren wurde.

»Als wir den ersten Fernseher bekamen – kannst du dir vorstellen, daß es einmal eine Zeit ohne Fernsehen gab? – stammte beinahe alles, was wir sahen, aus Amerika. Und im amerikanischen Fernsehen tranken die Leute fast ununterbrochen Milch. Sie tranken sie wie Wasser, aus großen Glasflaschen, als würde sie überhaupt nichts kosten.«

Sie ließ die Stäbchen auf den Teller mit den Pickles sinken und wischte sich zerstreut den Mund mit dem Mickey-und-Minnie-Taschentuch. »Ich mußte immer weinen, wenn ich im Fernsehen Amerikaner Milch trinken sah.«

Die Kellnerin brachte Toshis Essen und die Cola, die er bestellt hatte.

»Mutter«, flüsterte er, verlegen, weil die Kellnerin ihn vielleicht hören könnte. »Ich möchte keine Cola. Ich möchte ein Glas Milch. Frag sie, ob sie es noch umtauschen kann. Bitte.«

»Hier haben sie keine Milch. Trink deine Cola. Ich kaufe dir später Milch.«

»Mutter?«

»Ja?«

»Was war vor dem Krieg? Gab es vor dem Krieg auch hier Milch in großen Flaschen?«

Er bemerkte, daß sie plötzlich blaß wurde, und ihre Finger umklammerten die Tischkante, als wolle sie sich abstützen. Toshi machte sich auf ein Erdbeben gefaßt, aber nichts geschah. Sie sagte kein Wort, und es schien, als wäre alles andere um sie herum plötzlich auch still geworden. Der Fernseher auf der Theke, das Rauschen des Verkehrs draußen. Gerade als er dachte, er habe etwas falsch gemacht, antwortete sie.

»Vor dem Krieg gab es hier überhaupt nichts. Es gab nicht mal so etwas wie ›vor dem Krieg‹. Und jetzt iß, bevor das Essen kalt wird.«

Sie wandte sich dem Fernseher auf der Theke zu.

Die Tür zur Straße ging auf. Die blauen Vorhänge teilten sich, und Audrey Hepburn betrat das Restaurant. Ihr Haar war kurz.

»Hallo«, sagte sie. »Meine Güte, was für ein gutaussehender Junge du doch bist! Und dein Tempura sieht köstlich aus. Darf ich mal probieren?«

Sie ließ sich auf dem Stuhl neben ihm nieder, anmutig wie eine Prinzessin.

»Ich bin so einsam. Meinst du, ich könnte mit zu dir nach Hause gehen? Ich könnte mich doch um dich kümmern.«

Audrey Hepburn lächelte Toshi an. Sie war so schön, daß es ihm den Atem raubte.

»Ich könnte dich baden und dir den Rücken schrubben. Wir könnten zusammen baden.«

Toshi sah seine Mutter an. Sie zog einen Garnelenschwanz aus dem Mund, während sie weiter fern sah. Das Publikum im Fernsehstudio applaudierte, als sich ein Bikinimädchen mit Milch übergoß und dann in einen Glaskasten voller kleiner Kätzchen stieg.

»O ja«, sagte er zu Audrey Hepburn. »Ja, bitte komm mit mir nach Hause und bade mit mir.«

»Now that it's your birthday, I don't know what to do...«

Jane singt, und dann schlüpft sie unter die Decke.

Ihr weicher Haarschopf verschwindet, während sie sich einen Pfad über seine Brust und seinen Bauch knabbert.

»Can't give you a Cadillac or a penthouse with a view...«

Sie singt weiter, während sie noch tiefer unter die Decke taucht. Er denkt: Ein Fisch. Eine Katze. Ein amerikanisches Tier, das ich noch nicht kenne.

»I can't give you anything but love, baby...«

Sie singt immer noch, aber jetzt werden die Worte undeutlich. Und Toshi hört ohnehin nicht mehr zu. Über dem Schirm der Lampe liegt ein roter Schal, und flackerndes Licht fällt auf die gerahmten Holzschnitte an den Wänden von Janes Zimmer. Geishas ziehen kokett ihre Kimonos hoch. Stoffe aus bunter Seide. Grün, gelb, pflaumenblau. Verführerisch. Wie die Haut einer reifen Frucht, die abgezogen wird, um das Fruchtfleisch zu enthüllen. Die Geishas lächeln mit geschwärzten Zähnen, während Samurai in sie eindringen, die Schwerter blank, Gewänder und Schärpen zurückgeworfen, unbeweglich in der Luft erstarrt.

Er ist so betrunken, daß er Visionen hat. Auf Janes Futon wimmelt es von nackten Frauen – bleiche Brüste, verschwitzte Dreiecke von blondem Haar, feuchtes Dunkel hinter dem Knie, in das er seinen Kopf vergräbt. Ein gepuderter Arm umschlingt ihn. Toshi spürt Janes Fingernägel an seinem Hintern, und sie rollen vom Futon auf den Küchenboden und stoßen gegen eine Einkaufstasche voll leerer Bierdosen. Und da ist Audrey Hepburn! Die junge Audrey, mit nackten Schultern. Sabrina. Es ist Nacht, und sie läuft über eine Wiese auf die Lichter und die Musik zu, ihr Kranichhals ist nach vorn gereckt, ihr Nacken weiß wie Milch.

»Oh, was habe ich getan!« lachte Jane. »Das ist ganz bestimmt gegen die Vorschriften.«

Sie liegen nebeneinander im Dunkeln. Es ist mitten in der Nacht. Toshi erforscht zögernd seinen eigenen Körper, entdeckt blaue Flecken, Kratzer und Bißwunden. Er zuckt jedesmal zusammen, wenn er eine neue Stelle findet, aber er ist eher erstaunt als verstört über den Sex mit Jane.

»Was ist gegen die Vorschriften?« fragt er. Er hat die Augen geöffnet, kann aber im Dunkeln nichts sehen. Er nimmt nur den Fettgeruch aus der kleinen Küche hinter ihnen wahr, und Janes Stimme. Und dann flackert kurz ein Gedanke auf: Könnte sie mir weh tun? Könnte Sex mit Jane gefährlich sein?

»Daß eine Lehrerin ihren Schüler verführt. Wenn die Leute von der Schule das erfahren, können sie mich rauswerfen.« Sie schaltet eine Stehlampe ein und lächelt ihn an. »Oder vielleicht wollen jetzt auch all meine anderen Schüler mit mir schlafen.«

Er schließt die Augen, öffnet sie wieder und streckt die Hand nach dem Albinotiger auf ihrer Brust aus. Er hat noch nie eine Frau mit einer Tätowierung gesehen.

»In Japan schlafen Lehrer und Schüler oft miteinander. Sogar in der High-School«, sagt er.

Jane lacht. »Du lügst nur, um mich zu beruhigen.« Sie greift nach einem Päckchen Cheerful-Zigaretten, das auf dem Boden liegt, und schüttelt sich eine in den Mund. »Jane, Jane, die schlimme Verführerin. Sie verdirbt Kinder.«

»Ich bin dreiundzwanzig. Ich bin kein Kind mehr.«

Sie zündet sich die Zigarette an, klappt das Feuerzeug zu. »Jane ist dreißig. Raubt Wiegen aus.«

Er stellt sich vor, wie sie durch eine dunkle Gegend rennt, ein Baby unter jedem Arm. »Woher hast du diese Tätowierung?« fragt er, um sie abzulenken, denn dieses Bild und die Tatsache, daß sie von sich in der dritten Person spricht, verstören ihn. Ist das korrektes Englisch? Ändern sich die Sprachregeln durch Sex?

»Gefällt sie dir nicht?« Sie stützt sich auf den Ellbogen, so daß der Tiger auf seinem Arm zu liegen kommt. Ihre Brust ist kühl.

»Es ist mein Tier. Das Jahr des Tigers. Mein letzter Freund hat mich dazu gezwungen. Er hat mich betrunken gemacht und zu einem Tätowierer geschleift. Er hat mir befohlen, es machen zu lassen.«

»Er hat es dir befohlen?« Sie lächelt. Erfindet sie diese Geschichte etwa nur für ihn?

»Ich gerate oft an Männer, die mir etwas befehlen.«

Er sagt nichts dazu. Sie pustet ihm Rauch ins Gesicht, dann drückt sie die Zigarette aus. Er schließt die Augen.

»Und du? Würdest du mir Befehle geben?« fragt sie und streichelt die Innenseite seines Beins. Sein Penis fällt schlaff auf seinen Oberschenkel, wie ein Fisch. Er hat einmal zusammen mit Taro einen Lachs gefangen, der so groß war, daß er, als er ins Boot kippte, auf Taros Fuß landete und ihm einen Knochen brach.

»Mein Gott, du hast eine unglaubliche Haut. Ich muß dich immer wieder berühren. Ich bekomme richtig Gänsehaut davon. Fühl mal.« Sie beugt sich über ihn und drückt ihm den Tiger gegen das Gesicht. Er spürt die Gänsehaut auf ihrer Brust. Er schnappt nach Luft. Sie gleitet nach unten und beißt ihn ganz fest.

Kurz vor der Dämmerung wird Toshi wach, und einen Augenblick lang glaubt er, wieder in Rausu zu sein, über dem Nudelimbiß. Und er erinnert sich: drei schmale Matratzen lagen Seite an Seite, die Kanten aneinander, Toshi in der Mitte.

Die Kissen waren hart, gefüllt mit Buchweizenspreu. Im Winter teilten sie sich zu dritt zwei alte Wolldecken, die knisterten, wenn seine Mutter sie am Abend aus dem Schrank nahm. Wenn sie schliefen, rollten seine Eltern zur Mitte hin, auf ihn zu, Wärme suchend. Sein Vater schnarchte, sein Atem roch nach Tabak, Sojasoße und Bier. Seine Mutter schwitzte grünen Tee und Miso aus. Manchmal seufzte sie einen Namen. Toshi. Fumio. Sie murmelte sinnlose Wörter, die er nicht verstand. Wie eine andere Sprache. Und sie weinte im Schlaf. Im Traum schaukelte sie von rechts nach links, wie auf einem Schiff. Ihre Unruhe weckte ihn. Toshi schlief und erwachte, schlief und erwachte, rollte hin und her zwischen seinen Eltern. Weg vom Gestank seines Vaters in die feuchte Traurigkeit seiner Mutter und wieder hin zu seinem Vater.

Im Sommer schliefen er und sein Vater in ihrer Baumwollunterwäsche. Aber selbst in den heißesten Nächten trug seine Mutter ein Nachthemd und zog das Laken bis zum Kinn hoch. Er bekam ihren Körper nie zu sehen. In manchen Nächten lugte der Penis seines schnarchenden Vaters aus der Unterhose und schwankte wie der Mast eines Fischerboots. Einmal erwachte Toshi und sah das Glied seines Vater erigiert, seine Hand glitt auf und ab. Er hatte die Augen fest geschlossen, und wegen des furchterregenden Gesichtsausdrucks und der schweren Atemzüge glaubte Toshi, er müsse einen Alptraum haben. Er sah aus, als wäre er vor etwas auf der Flucht.

Mit dreiundzwanzig ist Toshi so weit von seinen Kindheitserinnerungen entfernt wie die Halbinsel Shiretoko von Tokio, wo er nun wohnt – Bilder wie aus einem alten Film, den er ebensogut im Fernsehen gesehen haben könnte. Sein Vater steht am Ende der Straße, auf der einen Seite die Weite des Meeres, auf der anderen der Nudelimbiß, und er verbeugt sich, weil ein Kunde davonfährt. Er trägt eine weiße Schürze, und sein Haar ist kurz geschnitten wie das eines Sportlers, an den Seiten richtig weggeschoren. Seine Armbanduhr glitzert im Sonnenlicht wie ein Goldzahn. Die Straße ist kiesbedeckt, und der abfahrende Wagen wirbelt Staub auf. Es ist ein weißes Auto. Damals waren alle Autos in Japan weiß.

Ein weißes Auto und eine weiße Schürze. Staub. Die Maste der Fischerboote, die sich auf und ab bewegen und nicken. Die Hügel der russischen Inseln, verschwommen wie Träume. Sein Vater verbeugt sich und ruft: »Danke. Fahren Sie vorsichtig. Ich danke Ihnen. Beehren Sie uns bald wieder. Ergebensten Dank.« Er verbeugt sich wieder und wieder, während das Auto, dessen Fahrer ihn wahrscheinlich weder sehen noch hören kann, langsam im Staub verschwindet.

Toshis Erinnerungen an seine Mutter sind sowohl deutlicher als auch beunruhigender. Manchmal erscheinen sie wie von blendender Wintersonne beleuchtet. Dann gehen Toshi und seine Mutter nach dem ersten Schneefall gemeinsam eine frisch geräumte Straße entlang. Sie folgen den Spuren von Antilopen. Die ganze Welt steht auf dem Kopf, sagt sie zu ihm, und zeigt auf den Wipfel einer Birke, deren kahle Äste und Zweige wie gefrorene Wurzeln aus dem Schnee in den Himmel ragen. Tief unter dem Schnee, wo die schwarzen Bären schlafen, stehen wunderschöne Bäume in Blüte, sagt sie. Und er glaubt ihr. In vielen anderen Erinnerungen aber hängt ein schiefergrauer Himmel über dem farblosen Meer. Seine Mutter sitzt reglos und schweigend am hinteren Fenster, während der Teekessel unablässig pfeift.

Toshi war acht, als seine Mutter wegging und in das Gasthaus in Utoro zog, wo sie schon seit einem Jahr während der Wochenenden gearbeitet hatte. Sein Vater hatte den Nudelimbiß geschlossen, um sie zur Bushaltestelle zu fahren. Toshi kam mit, saß auf dem Rücksitz ihres strahlend weißen Autos. Sein Vater wusch und polierte den Wagen regelmäßig.

»Ich kann dich auch bis nach Utoro bringen. Es ist noch Zeit genug bis zum Mittagessen«, sagte er, während sie die Küstenstraße entlangfuhren. Sie kamen an drei nackten alten Frauen vorbei. Die Mutter des Metzgers und seine beiden Schwestern, denen die Wäscherei gehörte, watschelten wie Seelöwen über die dunklen Felsen zu dem schmalen Streifen Strand, wo Teiche voller heißem Quellwasser blubbernd Dampfwolken zum Himmel schickten. Toshi konnte trotz der geschlossenen Fenster den Schwefel riechen.

»Das brauchst du nicht. Es macht mir nichts aus, den Bus zu nehmen«, sagte seine Mutter.

Niemand sprach mehr, bis sie die Bushaltestelle erreichten, und dann öffnete seine Mutter die Autotür.

»Du solltest lieber hier im Auto warten. Draußen ist es kalt«, sagte sein Vater.

»Schon gut. Der Bus wird gleich da sein.«

Sie öffnete den Kofferraum und holte ihren großen Koffer und die Schultertasche heraus. Seine Mutter war eine kräftige Frau. Sie schleppte Matratzen. Kisten mit Rettichen und Zwiebeln. Kübel mit Wasser. Toshi. Sie trug ihr Gepäck zum Wartehäuschen an der Haltestelle, und ihre grünen Gummistiefel brachen durch das dünne Eis und verursachten knirschende Geräusche. Bei jedem Schritt, mit dem sie sich von ihm entfernte, zuckte Toshi schmerzerfüllt zusammen.

Sie kam wieder zum Auto zurück, öffnete die Tür und starrte ihn an. Er hätte sich am liebsten abgewandt.

»Hilf deinem Vater im Laden.«

»Ja, mach ich«, sagte er und schluckte die Tränen hinunter.

Sein Vater wandte sich auf dem Fahrersitz um, um sie beide anzusehen.

»Und mach deine Hausaufgaben.«

»Ja.«

»Samstags, nach der Schule, kommst du mit dem Bus rüber und bleibst über Nacht. Dein Vater wird dich jeden Samstag zum Bus bringen, ja?«

»In Ordnung«, sagte er. Welche Wahl hatte er schon? Wer hatte denn beschlossen, daß seine Mutter gehen sollte?

Sie sah seinen Vater an. »Danke, daß du mich gefahren hast.«

»Paß auf dich auf«, sagte er. »Und wenn du etwas brauchst, ruf an.«

Das Gesicht seines Vaters war so starr, daß es aussah, als könnte es zerbrechen, wenn er auch nur mit dem Mundwinkel zuckte. Toshi konnte ihn nicht ansehen. Er wandte sich seiner Mutter zu. Ihre Lippen zitterten, öffneten sich leicht, als kämpften sie darum, noch etwas zu sagen. Aber sie schwieg. Von den russischen Inseln her zogen Schneewolken rasch auf sie zu. Die drei warteten – auf den Bus, auf den Schnee, darauf, daß sich ihr Leben veränderte – unter einem schweigenden Winterhimmel.

Schließlich sagte sie: »Es tut mir leid.«

Sein Vater ließ den Kopf so schnell nach vorn sacken, daß Toshi erschrak. Es war, als könne er sein eigenes Gewicht nicht mehr tragen. Er schloß die Augen und gab keine Antwort.

Sie wandte sich wieder Toshi zu, der sich fest gegen die Lehne drückte, mit seiner gelben Schulmütze und den roten Handschuhen. Sie weinte.

»Auf Wiedersehen, Toshi-chan.«

Auch er weigerte sich zu antworten.

Seine Mutter wartete, dann schloß sie die Tür und ging wieder zur Haltestelle. Ihre Stiefel knirschten auf dem Eis.

Sein Vater wendete den Wagen, und sie fuhren nach Hause. Toshi winkte so lange aus dem Rückfenster, bis er seine Mutter nicht mehr sehen konnte.

Er erzählt Jane die Geschichte, wie seine Mutter sie verlassen hat, wie er sich immer noch an die Einzelheiten erinnert: Nach Hause zu fahren ohne sie. Toshi allein auf dem Rücksitz, wie er darauf wartete, daß sein Vater etwas sagt. Das Schweigen seines Vaters. Der Geruch nach Schwefel, als sie wieder an den heißen Quellen vorbeikamen. Er ging nach oben, in das Zimmer zur Straße, sein Vater blieb im Laden. Während er aus dem Fenster auf den fallenden Schnee und das Meer hinaussah, hörte er das stete Wiegen des Meeres auf dem Schneidebrett, den Wellen gleich, die sich am Strand brechen.

Jane schüttelte den Kopf. »Das ist so traurig. Eine schreckliche Geschichte. Am liebsten würde ich weinen.«

Sie sitzen nackt an ihrem Kotatsu, ihre bloßen Füße berühren sich unter der dicken Steppdecke. Jane gießt starken Kaffee in japanische Teeschalen. Staubiges Sonnenlicht fällt durch die hohen Fenster, beleuchtet das Zimmer und die gerahmten Holzschnitte. Er hat sie sich nicht nur eingebildet, letzte Nacht. Toshi zieht die Steppdecke über die Blutergüsse auf seiner Brust.

»Also, deine Mutter hat dir nicht mal einen Kuß gegeben oder dich in den Arm genommen, als sie gegangen ist? Sie ist einfach so gegangen?«

»Meine Mutter hat mich nie geküßt oder in den Arm genommen«, sagt er und versucht sich zu erinnern. Hat seine Mutter ihn jemals angefaßt, aus welchem Grund auch immer? Jane reibt mit ihren warmen Füßen über die Innenseite seiner Oberschenkel, deshalb hat er Schwierigkeiten, sich zu konzentrieren.

»Aber wolltest du nicht, daß sie es tut? Wenigstens an diesem Tag? Wäre es dir dann nicht besser gegangen?«

Sie rutscht näher zu ihm heran und streichelt sein Haar, dann seinen harten Penis, als wolle sie ihn trösten, so viele Jahre danach. Das machen seine amerikanischen Freundinnen immer: Sie versuchen, ihn für etwas zu entschädigen, was ihm nach ihrer Meinung in seinem bisherigen Leben gefehlt hat. Kurz erinnert er sich an die Scham des Schuljungen, den seine Mutter allein zurückgelassen hat. Er schaudert, als Jane sich vorbeugt und den Penis in den Mund nimmt. Er spürt, wie ihre Hand zwischen seine Pobacken gleitet, dann das Tip-Tip-Tippen ihrer Finger. Er spannt sich an. Das ist etwas Neues.

»Wenn sie mich an diesem Tag angefaßt hätte«, sagt er mit angestrengter, schriller Stimme, »hätte ich ganz genau gewußt, daß etwas nicht stimmt.«

Abrupter Wechsel in gleißendes Sonnenlicht. Drei Kinder auf Fahrrädern kommen die enge Straße vor Janes Haus entlang. Sie lachen. Ein Mädchen in einem rosa Kleid hüpft vorüber und schiebt ein Einrad neben sich her.

»Yumi-chan! Guten Morgen!« rufen ihre Freunde.

»Guten Morgen! Guten Morgen!« Selbstsicher besteigt sie ihr Einrad, und alle umkreisen Toshi, der auf die Hauptstraße zugeht.

Er ist verblüfft über das Licht, die fröhlichen Kinder und die roten Geranien und pudrig grünen Aloen in Blumentöpfen, über die Blumenkästen voller Tulpen, die vor jedem Haus aufgereiht stehen. Windenranken ziehen sich über ein selbstgebautes Drahtgitter. Hoch über seinem Kopf schieben sich Matratzen und Steppdecken wie Wolken aus den Schlafzimmerfenstern heraus. Weiße Unterhemden flattern und brechen das Sonnenlicht.

Toshi macht sich Sorgen wegen der Nacht mit Jane. Er fühlt sich unbehaglich, als habe er einen Fehler gemacht oder ohne es zu wollen etwas getan, was er besser nicht getan hätte. Plötzlich sehnt er sich nach dem klaren Himmel von Hokkaido. Im Moment drohen vereinzelte Wolken die Frühjahrssonne dieses Morgens zu verhüllen. Er will nicht nach Hause, also läßt er die U-Bahn-Station links liegen und geht immer weiter, in unbekannte Stadtviertel, auf der Suche nach Ablenkungen. Hübsche junge Hausfrauen in Jeans und mit Schürzen und Einkaufstaschen eilen über die Straße. Man kann die Geräusche ihrer weißen Turnschuhe auf dem Pflaster hören.

Er kennt sich im oberirdischen Tokio immer noch nicht aus, weiß nicht, wie die Stadtteile angeordnet sind. Also folgt er weiter entfernten Orientierungspunkten. Den Hotels von Askasaka, den metallischen Wolkenkratzern von Shinjuku. Er kommt an Doughnut-Buden und Nudelständen vorbei. Ein Ladenbesitzer schrubbt den Bürgersteig mit einem Eimer Wasser, dann hängt er seinen blauen Vorhang hinaus. Toshi biegt um eine Ecke, dann um die nächste und ist entzückt: Gelbe Plastikwäscheklammern sitzen auf einem Zaun wie eine Reihe tropischer Vögel. Das Gerüst an einer Baustelle ist mit blauem Netz umspannt. Die weiten Hosen der Bauarbeiter flattern wie Flügel. Am Fenster eines McDonald's sitzt ein Schwarzer in einem leuchtend bunten afrikanischen Gewand und trinkt Kaffee. Vor einem Fischrestaurant häufen sich die Muschelschalen hüfthoch.

Ein schwerer Lkw bremst kreischend. »Linksabbieger. Linksabbieger. Linksabbieger«, krächzt der Lautsprecher des Wagens. Toshi überquert die Straße, gelangt zu einer abschüssigen Wiese mit Kirschbäumen. Weiter unten wirbeln weißgekleidete Mädchen auf einem Tennisplatz umher wie Blütenblätter, die der Wind durcheinanderpustet. Er kann das regelmäßige »twack« der Bälle hören. Hinter dem Tennisplatz kommt eine U-Bahn aus dem Tunnel und hält am Bahnsteig an.

Toshi war noch nie in diesem Teil der Stadt, und er kommt sich vor wie ein Tourist. Wie damals, als er das erste Mal nach Tokio kam. Aufgeregt, aber unbehaglich. Er erwartet, daß etwas geschieht. Dieser Morgen, so denkt er, steckt zwischen zwei Jahreszeiten. Die Zugtüren gehen auf, und Gruppen lachender, schwatzender Schulmädchen kommen heraus, dichtgedrängte Blüten, ihre weißen Uniformhemden von Sonne und Wind zerzaust. Toshi steht oben, unsicher, und versucht sich zu entscheiden, wohin er gehen soll.

Als er siebzehn war, fuhr Toshi nach Tokio, um die Zulassungsprüfung für die Universität abzulegen.

»Tokio ist eine große Stadt. Sei vorsichtig«, sagte seine Mutter am Morgen seiner Abreise am Telefon.

»Mach dir bitte keine Sorgen.«

»Du bist noch nie von Hokkaido fortgewesen. Du weißt nichts vom Leben. Die Menschen sind nicht immer freundlich.«

Ihre Warnung überraschte ihn nicht. Seine Mutter war schon immer mißtrauisch. Es gab Dinge an ihr, die er zwar akzeptierte, aber nie verstehen würde.

Sein Vater brachte ihn zum Flughafen in Nakashibetsu. Sie fuhren schweigend über die Halbinsel, dann ins Landesinnere. Sie sahen, wie die Berge im Hintergrund verschwommen, und das Land flacher wurde. Der Wald endete, machte den Höfen von Getreide- und Viehbauern Platz, und in allen Himmelsrichtungen waren am Horizont silbrige Getreidesilos zu sehen. Dichte Herden reisweißer Hokkaido-Kühe wirbelten Staubwolken auf. Die Felder waren schon abgeerntet, die dunkle Erde verlassen, bis auf die Vogelscheuchen, deren alte Baseball-Trikots nutzlos im kalten Wind flatterten.

»Ich bin noch nie geflogen«, sagte sein Vater.

»Und ich fliege zum ersten Mal«, erwiderte Toshi.

Sie standen in der kleinen Abflughalle und warteten darauf, daß sein Flug aufgerufen wurde. Das Betongebäude schien über der gefrorenen Steppe und unter dem blauen Himmel zu schweben. Es war ihnen immer unangenehm, wenn sie außerhalb des Ladens oder ihrer Zimmer zusammen waren. Sein Vater zog sich an einem Automaten einen Becher mit heißem Kaffee. Toshi hatte seine blauweiße Reisetasche mit dem breiten Gurt über die Schulter gehängt. Er wippte von den Zehenspitzen auf die Hacken, vor und zurück, und die Tasche stieß gegen ihn, ein tröstliches Gewicht.

Sein Vater reichte ihm einen Umschlag. »Dein Leben wird wohl ganz anders verlaufen als meines. Wahrscheinlich ist es sogar jetzt schon anders.«

Er öffnete den Umschlag. Er war mit Tausend-Yen-Noten gefüllt.

»Vater, das ist zu viel.«

»Nein. Du wirst es brauchen. Die Leute sagen, das Leben sei sehr teuer in Tokio.«

Er steckte den Umschlag ein und verbeugte sich. »Danke.«

»Tu dein Bestes.«

»Ja. Ich werde mich anstrengen.«

»Und wenn du die Prüfung hinter dir hast, geh los und amüsiere dich ein bißchen.«

Sein Flug wurde aufgerufen. Toshi und sein Vater sahen einander an. Keiner von beiden lächelte.

Der Kaiser lag im Sterben. Die Passagiere im Flugzeug umklammerten kleine japanische Flaggen, rote Sonnen auf weißem Grund. Als sie sich Tokio näherten, waren die Reisfelder und kleinen Häuseransammlungen abrupt zu Ende, wichen Rasenflächen und langgezogenen Baumreihen. Golfplätze umgaben die Stadt wie ein leuchtendgrüner Burggraben. Toshi beobachtete durch das Fenster, wie Tokio selbst in Sicht kam, farblos wie das Innere einer riesigen Maschine. Diese enorme Größe machte ihm angst. Er spürte, wie das Flugzeug plötzlich absackte und umklammerte die Armlehnen, weil er dachte, es wäre etwas passiert. Aber die Stewardessen gingen den Mittelgang auf und ab, Plastiktüten in der Hand, sammelten Papiertassen und Bonbonpapierchen ein und schwatzten mit den Fluggästen. Das rote »Nicht Rauchen«-Zeichen leuchtete auf.

Als er sich durch die Menschenmenge und das Durcheinander auf dem Flughafen schob, kämpfte Toshi gegen ein unerwartetes Gefühl von Einsamkeit und Verwirrung an: So viele Gesichter, und Dialekte, die er kaum verstehen konnte. Das hagere Gesicht des Kaisers war auf jeder Zeitung und Zeitschrift zu sehen. Fernsehschirme zeigten die Menge, die vor dem Kaiserlichen Palast im Regen wartete, betete und mit kleinen Fahnen winkte. Ein alter Bauer und seine Frau warfen sich vor einem Monitor auf den Bauch und riefen »Banzai! Banzai!« Fluggäste und Gepäckträger und Schalterbeamte verbeugten sich, ihre Fähnchen schossen alle auf einmal nach vorn, wie ein Schwarm Möwen, der aufsteigt. Verwirrt verbeugte sich auch Toshi. Seine Reisetasche rutschte ihm von der Schulter.

Weißbehandschuhte Hände schoben ihn durch die Türen der Flughafenbahn, und er preßte das Gesicht ans Fenster, als der Zug den Bahnhof verließ und dann an Fabriken und Schornsteinen, einer verlassenen Rennbahn und schlammigen Baseballfeldern vorbeifuhr. Ein mehrstöckiger Übungsplatz, wo Golfspieler in Regenkleidung an den Rändern entlangbalancierten und ihre schimmernden Schläger schwangen. Graue Kanäle bildeten wirre Muster unter grauen, verstopften Straßen unter einem grauen Himmel. Er sah sich nach Bäumen um. Plötzlich hatte er Heimweh. Nichts von allem war ihm vertraut, bis auf die Namen in riesigen Buchstaben auf den Dächern von Lagerhäusern und Bürogebäuden aus Stahl und

Glas: Sony. Panasonic. Coca-Cola. Der Zug glitt in den Bahnhof, und Toshi wurde immer mutloser. Auf dem Bahnsteig standen mehr Menschen, als in Rausu und Utoro zusammengenommen wohnten.

Toshi trug die High-School-Uniform, die man von ihm verlangte: schwarze, auf Hochglanz polierte Schuhe, neue weiße Socken, schwarze Hosen und ein frischgebügeltes Sakko, zugeknöpft bis zum Hals. In der Hosentasche hatte er einen goldenen Glücksbringer. Oma hatte ihn bei einem Schreiner in Tohoku bestellt, der auf Amulette für Zulassungsprüfungen spezialisiert war. Bevor er den Hörsaal betreten durfte, mußte er seine schwarze Mütze abnehmen und sich verbeugen, um seinen Kopf rasieren zu lassen. Danach wurde geprüft, ob er die richtige Unterwäsche trug.

»Weiß, wie vorgeschrieben.« Der Wächter nickte und stempelte ein Papier.

Das Mädchen direkt vor Toshi wurde abgewiesen, weil sie rote Strähnen im geflochtenen Haar hatte.

Sie brach in Tränen aus. »Bitte! Ich flehe Sie an! Ich komme von Okinawa. Es ist wegen der Sonne!«

»Färben Sie es schwarz und kommen Sie nächstes Jahr wieder«, sagte der Wächter.

Von Englisch und Kunst abgesehen, war Toshi nie ein guter Schüler gewesen. Nachdem er die Hälfte der Prüfung hinter sich hatte, wußte er, daß er sie nicht bestehen würde. Aber es hatte trotzdem etwas Beruhigendes an sich, in diesem riesigen Hörsaal zu sitzen, zusammen mit Schülern aus ganz Japan, die genauso gekleidet waren wie er selbst. Sie trugen Namensschilder an den Jacken. Es gab Dutzende Yamamotos, Ishikawas, Tanakas, Matsudas, Muratas. Er zählte mindestens sechs andere Okamotos. Ob das Verwandte waren? Seine Eltern hatten ihm gesagt, er habe keine Verwandten.

Nach der Prüfung trugen vier Schüler ein riesiges Foto des

Kaisers auf die Bühne, und alle erhoben sich wie auf Kommando. Auch Toshi stand auf und kniete dann, wie alle anderen, nieder und drückte die Stirn auf den schmutzigen Boden.

Ein paar waren sitzen geblieben.

»Die Fahne ist ein Symbol des Militärs. Der Kaiser war verantwortlich für den Krieg«, rief einer. Ein Ordner schlug ihm mehrmals ins Gesicht und jagte ihn den Gang entlang, an Toshi vorbei. »Watanabe« stand auf seinem Namensschild. Dann fielen die schweren Metalltüren zu. Das Geräusch hallte in dem riesigen Raum nach.

»Was für ein Idiot«, flüsterte einer. »Jetzt kann er nicht zur Uni.«

Toshi sah das ebenso. Was sollte das alles? Ihm war der Kaiser vollkommen gleichgültig. Er war einfach ein alter kranker Mann.

Er erforschte die Stadt. Im Kaufhaus Seibu kauften die Leute Kleidung und Möbel, ließen sich die Zähne richten, kauften Häuser und buchten den Urlaub auf Hawaii. Im siebten Stock gab es eine Hochzeitskapelle. Im Erdgeschoß drängten sich Hausfrauen um Tonnen mit frischem Krabbenfleisch, das aus Alaska eingeflogen wurde, um Mangos von den Philippinen und um Melonen, die in Samt gepackt waren und pro Stück tausend Yen kosteten. Und sie wurden tatsächlich gekauft!

Im fünften Stock gab es eine Kunstgalerie. Alle Kaufhäuser hatten Galerien. Er erkannte die Gemälde der französischen Impressionisten, aber fast alles andere verwirrte ihn – ein in Glas eingelassener Ameisenhügel, der auf einer japanischen Fahne stand. Beinahe zwei Meter große Kaninchen aus Chrom. Ein Raum, in dem ein Netz aus Seilen gespannt war. Im Kaufhaus Parco in Shibuya hingen Bilder eines amerikanischen Fotografen von nackten schwarzen Männern und langstieligen Blumen. War das Kunst? Toshi zeichnete Fischerboote, Wälder, seinen Vater. Die Galerie war zwar voller Leute, aber

Toshi hatte immer noch das Gefühl, etwas Verbotenes zu sehen, und das erregte ihn.

Er war fasziniert von den unglaublich riesigen Bahnhöfen, die größer waren als Städte – täglich fanden Millionen von Menschen ihren Weg hierher. Ueno. Tokio. Ikebukuro. Am Morgen nach der Prüfung frühstückte er im Bahnhof Shinjuku. Er stand an einer Kaffeebar, hatte einen Doughnut mit Bohnenpaste in der Hand und beobachtete, wie die Pendler aus den Zügen stiegen, mit Aktentaschen, Comics, Zeitungen und zusammengerollten Regenschirmen. Wie sollte er je wieder nach Rausu zurückkehren?

Draußen auf den Straßen drücken ihm lächelnde Mädchen Probepäckchen in die Hand, bevor er »Nein danke« sagen konnte. Sie trugen Jacken, die mit Zigarettennamen beschriftet waren – Shiny Stars, Clean Spirit, Lark. Männer mit Sonnenbrillen stopften ihm kleine Packungen mit Kosmetiktüchern in die Taschen – mit Bildern von barbrüstigen Mädchen, Reklame für Nachtbars und Saunas. Passanten stießen ihn mit ihren Schirmen und brennenden Zigaretten an, traten auf seine neuen Schuhe. Auf geschwollenen Füßen humpelte er ins Hotel zurück.

In seinem winzigen Zimmer hängte er die Jacke, die mehrere Brandflecken hatte, auf. Längst wollte er wieder nach Hause. Er kaufte sich an einem Automaten auf dem Flur ein Bier, schaltete den Fernseher ein und streckte sich auf dem Bett aus. Eine Gruppe von Kindern, verkleidet als Küchenschaben, huschte über die Bühne, gejagt von einer riesigen Dose Insektenspray. Unten am Rand des Bildschirms lief ein Schriftband, das die Zahl der heute verstorbenen Büroangestellten bekanntgab und warnte: »Wenn Sie mehr als sechzehn Stunden täglich arbeiten und unter Brustschmerzen, Kopfschmerzen und Atemlosigkeit leiden, rufen Sie diese Nummer an.« Vor seinem Fenster kreuzten vollgepfropfte Pendlerzüge eine verstopfte Schnellstraße. Am Nachmittagshimmel schwebten Zeppeline

– Fuji Film, Nissan, Sapporo-Bier –, auf denen Leuchtzahlen den Blutdruck des sterbenden Kaisers und seine rektale Körpertemperatur angaben.

Er kaufte sich an einem Automaten eine Schüssel Ramen. Erschöpft starrte er in die dampfende Styroporschale, sah plötzlich seinen Vater über den Herd gebeugt vor sich. Seine Mutter, wie sie – bevor sie gegangen war – immer durch die Hintertür des Ladens hereinkam, Farnwurzeln in den Armen, Tränen in den Augen. Er schlief ein. In seinem Traum liefen Audrey Hepburn und seine Mutter Hand in Hand über ein Reisfeld.

Überall waren englische Worte zu sehen, in Schaufenstern, als Leuchtschriften, auf Reklametafeln. Women's. Fashion. Spaghetti. Fashion. Pizza. Coffee. Whiskey. American Jeans. Let's Kiosk. Und erst die Restaurants und Cafés: Yes Cafe. Casual House. Love Burger. Pit Inn. Und überall auf den Straßen traf man auf Ausländer. Sie schossen durch die Menge wie geschmeidige, gefährliche Fische, tauchten plötzlich auf, erschreckten Toshi mit ihren scharfen Gesichtszügen und hellen Augen. Ihre bläuliche Haut und die langen Nasen schienen selbstsicher und bewußt gewählt zu sein, ebenso wie die lauten Stimmen und die übertriebenen Gesten. Sie schoben sich achtlos durch Tokios Menschenmengen, mit schockierendem Selbstbewußtsein. Sie so nahe vor sich zu sehen, machte Toshi nervös. Er folgte zwei Frauen mittleren Alters einige Blocks weit, in ein Mitsokoshi-Kaufhaus und wieder nach draußen und durch ein unterirdisches Einkaufszentrum, bis ihn ein Plakat, das für eine englische Sprachschule warb, plötzlich innehalten ließ. Eine lächelnde junge Frau mit blondem Haar lehnte sich an ein Surfboard und streckte die Arme nach ihm aus. »Kathy aus Kalifornien ist eine unserer Lehrerinnen«, behauptete die Anzeige der Very Romantic English Academy. Er starrte das Bild an, während ihn die Menschenmassen der rush-hour hin- und herstießen. Er stellte sich vor, wie er Kathy aus Kalifornien mit seinen Kenntnissen der englischen Sprache verblüffte. »Ich mag amerikanische Filme. Essen Sie rohen Fisch? Können Sie mit Stäbchen essen?«

Am Souvenirstand im Tokio-Tower erwarb er die Broschüre »Wo man in Tokio Ausländer treffen kann«. Sie paßte in seine Jackentasche. Er setzte sich in eine rote Nische in einem Spaghetti-Restaurant und las die groß gedruckten Warnungen auf der ersten Seite:

1. *Vermeiden Sie kaukasische und schwarze Männer mit sehr kurz geschnittenem Haar. Es sind amerikanische Soldaten. Sie sind oft betrunken und gewalttätig.*
2. *Hüten Sie sich vor Asiaten, die versuchen, ihnen ausländischen Reis zu Billigpreisen zu verkaufen. Ausländischer Reis ist illegal. Er ist außerdem mit vielen Pestiziden behandelt, die ernsthafte gesundheitliche Probleme verursachen können.*
3. *Ausländer können Aids und andere Krankheiten einschleppen, die leicht übertragen werden können, wenn man Essen oder andere Dinge teilt, einander berührt, und selbstverständlich auch bei sexuellen Aktivitäten. Bitte seien Sie vorsichtig!*

In der High-School hatte Toshi gelernt, daß Japan, über Jahrhunderte von der Welt abgeriegelt, rein geblieben war, während Europa von tödlichen Pestepidemien heimgesucht wurde. Und im Hygieneunterricht hatten er und seine Mitschüler entsetzt nach Luft geschnappt, als der Lehrer ihnen erzählte, daß Ausländer in ihrem schmutzigen Badewasser sitzen.

Dann wurden seine Spaghetti serviert, mit Seeigel und gehackten Algen. Er streute geriebenen Käse darauf.

Samstag abend nahm er die U-Bahn nach Roppongi, wo, wenn man dem Reiseführer glauben durfte, ausländische Models in den Discos tanzten. Während der Zug durch dunkle Tunnel raste, sah er sich verstohlen die Bilder an: exotische Frauen unter spiegelnden Lichtern, ihre langen, nackten Arme und Beine schimmerten wie Weidenzweige. Naturstudien. Kraniche im Flug. Aus den Lüftungsschlitzen unter den Veloursitzen stieg Hitze auf und brachte ihn zum Schwitzen.

Eine Gruppe Ausländer stieg ein, und die anderen Fahrgäste wichen zurück, um Platz zu machen für die langen Nasen und langen Beine, und für ihr lautes Gelächter. Toshi schob sich auf sie zu. Zwei der Frauen starrten ihn an, und zuerst dachte er, etwas wäre nicht in Ordnung. Aber der Blick ihrer Pastellaugen strich über seinen Körper. Dann sahen sie einander an und zogen die Brauen hoch. Er verstand diesen Blick, denn er kannte ihn aus amerikanischen Filmen. Er spürte, wie er rot wurde, und das Gefühl, daß er durchaus Chancen hatte, ließ ihn ganz schwindlig werden. Mutig starrte er zurück.

»Roppongi. Nächster Halt Roppongi«, kam die Stimme des Schaffners aus dem Lautsprecher.

Ein kleines Erdbeben erschütterte den Bahnhof – drei Sumo-Ringer kamen donnernd die Treppe herunter wie die Wellen einer Sturmflut. Erschrocken rannte Toshi an ihnen vorbei und zum Ausgang. Er stürzte auf die Straße hinaus, unter den dröhnenden Schatten einer Schnellstraßenüberführung. Ein riesiger Fernsehschirm flackerte wie ein Sommerfeuerwerk, beleuchtete die Menschenmenge. Zwei Stockwerke hoch verkündete der neue Premierminister seinen Rücktritt und verbeugte sich dann tief, während ein stetiger Strom von Buchstaben und Ziffern über seine Knie lief: die Lebenszeichen des sterbenden Kaisers, gefolgt vom Wetterbericht. Wolkig, strichweise Regen.

Statt sich an seiner Karte zu orientieren, richtete sich Toshi nach dem Licht, nach Neonreklamen von Bars, Videobildschirmen, Verkehrszeichen, nach den Lichtern von Taxis und Motorrollern. Die Scheinwerfer eines Fernsehteams schwankten auf hohen Masten wie Laternen bei einem Fest.

»Hier ist einer!« kreischte die Moderatorin, und sie stieß einem hochgewachsenen rothaarigen Ausländer das Mikrofon ins Gesicht.

Rotes Haar! So etwas hatte er bisher nur in Comics gesehen. Dieses Haar erinnerte Toshi an etwas. Ein Farbblitz auf einer sonnigen Wiese. Ein Frühlingsvogel. Die Scheinwerfer flackerten. Die Moderatorin trat noch näher zu dem Fremden.

»Entschuldigen Sie. Entschuldigen Sie! Sind Sie Amerikaner? Ja? Wirklich?

»Ja, ich bin Amerikaner.« Er lächelte argwöhnisch.

Ein Amerikaner! Toshi hatte nicht gewußt, daß Amerikaner rotes Haar haben konnten. Er beobachtete, wie der Ausländer die Hand hob, um sich das Haar aus der Stirn zu streichen, und die bleiche Haut seines Unterarms schimmerte im Licht.

Die Moderatorin wandte sich der Kamera zu und sagte auf japanisch: »Dieser Mann ist ein echter Amerikaner. Aber sehen Sie nur seine Haarfarbe! Glauben Sie, daß die echt ist? Vielleicht färbt er es ja! Wir haben ihn gerade auf einer Straße in Roppongi getroffen. Vielleicht sucht er eine japanische Freundin. Ich wette, er ist gerade auf dem Weg in eine Diskothek, um sich ein japanisches Mädchen zu angeln.«

Der Amerikaner sah an der Moderatorin vorbei, direkt zu Toshi hin, und verdrehte die Augen. Erschrocken wich Toshi zurück, aus dem Lichtkreis. Wieso hatte der Mann das getan? Sie kannten einander doch nicht. Die Ansagerin war unhöflich, aber was hatte er denn damit zu tun?

»Entschuldigen Sie. Entschuldigen Sie, Sie haben nicht zufällig AIDS? Bringen Sie AIDS nach Japan?« rief sie grinsend.

Alle sahen den Amerikaner an und warteten. Wieso interessierten sich alle so für AIDS? Der Amerikaner machte keinen kranken Eindruck. Er sah vollkommen gesund aus. Er hatte ein freundliches, hübsches Gesicht, dachte Toshi. Und dieses Haar! Er schob sich wieder näher heran.

Der Amerikaner sprach hervorragendes Japanisch: »Was für ein dummes Mädchen Sie doch sind! Und sehr unhöflich.« Er beugte sich vor und küßte sie auf die Wange. »Wenn ich AIDS habe, haben Sie's jetzt auch.«

Sie schrie auf. »Er hat mich angesteckt!«

Die Scheinwerfer gingen aus.

»Schnell, ich brauche ein Handtuch! Ich brauche etwas zum Desinfizieren!«

Der Kameramann steckte sich eine Marlboro an. »Das ist mal wieder typisch für dich. Der Redakteur hat extra gesagt, keine Ausländer, die Japanisch sprechen. Suchen wir uns einen anderen.«

Der Amerikaner wandte sich ab und ging, vorbei an einer französischen Bäckerei, einem koreanischen Grillrestaurant und einer Filiale des berühmten Ginza-Cafés Cozy Corner. Toshi rannte ihm nach.

»Warten Sie bitte«, schrie er, erstaunt über sich selbst. Was tat er da?

Sie standen vor dem Bahnhof.

»Ich möchte um Entschuldigung bitten. Es ist schrecklich, Besucher in Japan so zu behandeln.« Toshi verbeugte sich, immer noch schwindlig im Kopf – seine erste wirkliche Begegnung mit einem Ausländer. Er konnte kaum glauben, daß er wirklich so mutig war. War es das, was mit Leuten geschah, wenn sie nach Tokio kamen – veränderten sie sich derart?

»Das ist nicht Ihre Schuld.« Der Amerikaner verbeugte sich ebenfalls. »Ich heiße Paul Swift. Ich freue mich, Sie kennenzulernen.«

Er war etwa fünfundzwanzig. Vielleicht auch dreißig. Es war schwierig, das Alter von Ausländern einzuschätzen. Wieder verbeugte Toshi sich. »Ich freue mich auch. Mein Name ist Okamoto, aber nennen Sie mich bitte Toshi.«

»Ich heiße Paul.«

»Ich mag Ausländer«, versicherte Toshi ihm, immer noch besorgt, er könne wegen der Fernsehreporterin beleidigt sein.

»Tatsächlich? Nun, ich mag die Japaner. Wir haben offenbar Glück, daß wir uns begegnet sind.«

»Ich mag Audrey Hepburn sehr gern. Kennen Sie sie?«

Wieder verdrehte Paul Swift die Augen.

Ein Dutzend indischer Frauen in blauen Saris betraten schwungvoll die U-Bahn-Station, den Wind im Rücken. Toshi starrte sie an, verblüfft, wie schnell sein Leben sich änderte.

Paul nahm ihn mit in eine Bar in Shinjuku, wo japanische und englische Gesprächsfetzen in der Luft hingen wie Zigarettenrauch und Toshi ganz durcheinanderbrachten. Der Wirt brachte heiße Handtücher und einen Teller mit Erdnüssen und getrocknetem Tintenfisch.

»Ich mag diese Musik«, sagte Toshi auf englisch. Eigentlich hörte er gar nicht hin, aber er glaubte, jetzt etwas sagen zu müssen.

»Ella Fitzgerald.«

»Ja.« War das eine Musikrichtung?

»Sie ist eine schwarze amerikanische Sängerin.«

»Ja. Ich mag amerikanische Sängerinnen.«

»Wirklich? Welche denn?«

»Ja.«

Der Wirt brachte das Bier. Paul trank einen Schluck. Toshi kippte seines hinunter. Er war noch nie zuvor in einer Bar gewesen. Er hatte noch nie mit einem Ausländer gesprochen. Alles ging so schnell.

»Welchen Sport treibst du denn?« fragte Paul.

»Sport?«

»Nach deinem geschorenen Kopf zu schließen, bist du entweder ein buddhistischer Mönch, was ziemlich unwahrscheinlich ist, oder Sportler.«

»Ich bin Student«, sagte er und hoffte, daß dies die richtige Antwort war.

Paul lächelte. »An welcher Uni?«

Er spürte, wie er rot wurde. »Ich bin noch an der High-School.«

Paul schlug sich an die Stirn, wandte sich ab und sagte etwas auf englisch, das Toshi nicht verstand.

»Was?«

»Also hat die Justiz noch ihre Hand drauf«, erwiderte Paul zu seiner Verwirrung.

Immer mehr japanische und ausländische Männer betraten die Bar. Toshi war enttäuscht. Er hatte gehofft, ausländische Frauen zu sehen. Er hatte seinen Skizzenblock in der Tasche. Er starrte Paul an und studierte sein Gesicht, damit er es später zeichnen konnte. Plötzlich wurde ihm klar, daß Paul zurückstarrte. Verlegen stellte er schnell eine Frage.

»Wo arbeitest du?«

Paul lächelte und reichte ihm seine Visitenkarte. Densu. Die größte Werbeagentur Japans. Texter.

»Das ist eine sehr große Firma. Du mußt wohl ziemlich fleißig sein.«

Paul grinste. »Das stimmt.«

Er überlegte sich noch eine Frage.

»Bist du verheiratet?«

»Nein.«

»Hast du eine Freundin?«

»Nein, keine Freundin.«

»Magst du japanische Mädchen?«

»Ich mag japanische Jungs.«

Toshi lachte. Amerikaner waren witzig.

Paul sah auf die Armbanduhr.

»Es ist schon nach Mitternacht. Jetzt fahren keine Züge mehr. Du wirst ein Taxi zurück zum Hotel nehmen müssen, und um diese Zeit sind Taxis nur schwer zu kriegen.«

»Das macht nichts. Ich hab's nicht weit zum Hotel.«

»Oh. Mein übliches Glück.«

»Ja. Ein Glück.«

»Nein, das hatte ich nicht...«

»Ja?«

»Ich meinte, wenn du willst, könntest du bei mir übernachten. Das wäre noch eine neue Erfahrung für dich. Die Wohnung eines Ausländers.«

»Wirklich? Meinst du das ernst?« Er verstand nicht, wieso sich so viele Leute vor Ausländern fürchteten. Paul war freundlich und großzügig. Toshi trank sein viertes – oder war es das fünfte? – Bier aus. »Ja, bitte. Vielen Dank für die Einladung.«

»Gern geschehen. Es wird bestimmt eine interessante Nacht.«

Paul winkte dem Kellner, dann zückte er die Brieftasche.

Er hatte Angst, den hochflorigen Teppichboden zu betreten, die weißen Möbel zu berühren. Die Sessel und das Sofa waren so groß, daß er das Gefühl hatte, verschluckt zu werden, als er sich hinsetzte. Aber es gab auch Oberflächen, vor denen er sich in acht nehmen mußte. Glas und Metall, Tischkanten, an denen er sich verletzen konnte. Keiner der Räume ließ sich in gerader Linie durchqueren. Ihm wurde klar, daß er sich in dieser Wohnung regelrecht verlaufen konnte, so verwirrt war er von der Größe der Zimmer und von ihrer Anzahl. Unvertraute Formen und Oberflächen. Wie neue Ideen.

Es gab zwei Schlafzimmer.

»Wohnst du hier allein?«

»Ja«, sagte Paul und wandte sich der Stereoanlage zu. Japanische Musik. Shamisen. Paul sammelte asiatische Kunst. Chinesische Rollbilder und japanische Holzschnitte hingen an den Wänden. Toshi erkannte einen Hokusai.

»Ist der echt?«

»Ja. Echt.«

»Teuer?« Er kannte Hokusais nur aus Büchern.

»Wahrscheinlich.« Paul goß ihm ein Glas Weißwein ein.

Noch etwas Neues: Er hatte noch nie ein Weinglas in der Hand gehabt. Es hatte die Form einer Blüte mit Stiel. Er hob es mit zwei Händen, wie eine Sake-Tasse, eine Hand unten am Stiel, und kippte den Wein auf einmal herunter.

»Nein, nein, nein. Wein trinkt man langsam. So etwa.«

Paul zeigte es ihm, dann goß er ihm noch ein Glas ein.

Über der Toilette hing ein gerahmtes Foto eines Japaners im Lendenschurz, der muskulöse Körper angespannt, die Fahne mit der roten Sonne dahinter. Sein grimmiger Gesichtsausdruck und das Schwert in seiner Hand verstörten Toshi.

»Wer ist das?«

»Mishima.«

»Wer?«

»Kennst du Yukio Mishima nicht? Den Schriftsteller?«

Toshi schüttelte den Kopf. Es gab so vieles, was er nicht kannte, offenbar auch viel, was Japan selbst betraf. Er war müde und betrunken, und er bewegte sich wie in einem Traum voller Farben: Pauls rotes Haar, seine eigenen Füße in blauen Socken, die im grauen Teppichboden versanken. Pauls Bett war so groß wie das Zimmer, das Toshi zu Hause mit seinem Vater teilte, die Decke hatte die Farbe eines frisch gefangenen Tintenfischs. Toshi zog die Hose aus und glitt zwischen zwei Baumwollaken. Hatten seine Eltern je ihre Köpfe auf so weiche Kissen gelegt? Paul schob seinen Arm um Toshis Taille, und Toshi, schon halb eingeschlafen, dachte, daß Amerikaner wohl auf diese Art ihre Freundschaft zeigten.

»Gleich als ich dich auf der Straße gesehen habe, ist mir

aufgefallen, wie gut du aussiehst«, flüsterte Paul. »Und dann bist du so nett gewesen, und du bist auch noch klug!«

Noch nie hatte ihm jemand solche Komplimente gemacht. Er kam sich vor wie in einem dieser amerikanischen Filme, die er sich so oft ansah. Er saß auf weißen Sofas und trank Weißwein. Seine eigene Haut war weiß. Toshi sah sich selbst lachen, wie die Amerikaner es taten: Ungehemmt, mit zurückgeworfenen Kopf, ein Aufblitzen weißer, ebenmäßiger Zähne. Er schlief ein.

Einmal, als er noch ein Junge war, hatten ihn seine Eltern zum Schneefestival nach Sapporo mitgenommen, und sie hatten in einem Dennys, einem amerikanischen Restaurant, gefrühstückt: Spiegeleier mit Streifen von Schinkenspeck, Tomatensalat mit Mayonnaise, Maissuppe und eine Portion gebratener Reis, mit einer winzigen amerikanischen Fahne verziert. Also enttäuschte ihn das Frühstück, das Paul ihm vorsetzte. Bananen und Erdbeeren und Orangensaft aus dem Mixer. Toast in Eierteig ausgebacken. Aber der Ahornsirup erwies sich als dick und süß, so, wie er sich das gesamte amerikanische Essen vorstellte. Paul sagte, der Sirup käme aus Bäumen, und Toshi mußte lachen. Er hätte am liebsten ein ganzes Glas davon getrunken.

Dann sagte Paul: »Ich mag Männer.«

Toshi nickte und griff wieder nach dem Sirup.

»Weißt du, was ich damit sagen will?«

Verwirrt schüttelte Toshi den Kopf.

»Ich fühle mich zu Männern hingezogen, nicht zu Frauen«, sagte Paul. Toshi starrte auf seinen Teller und rührte mit dem letzten Stück Toast im Sirup herum. Was meinte Paul damit? Es war vermutlich eine weitere ausländische Sitte. Er wollte mehr Toast.

Dann sagte Paul: »Ich bin schwul.«

Erschrocken blickte Toshi auf. Dieses Wort kannte er. Paul starrte ihn an, und das machte ihn unruhig.

»Ich habe dich mit hergebracht, weil ich hoffte, wir könnten Sex miteinander haben. Aber mach dir keine Gedanken. Letzte Nacht ist nichts passiert. Wir sind einfach nur eingeschlafen.«

Sex mit Paul. Er konnte es sich nicht vorstellen. Toshi hatte noch nie mit jemanden geschlafen, aber er wußte, mit wem er es tun wollte. Mit einer ausländischen Frau. Audrey Hepburn. Ganz sicher nicht mit Paul. Das war eine so absurde Vorstellung, daß er beinahe gelächelt hätte. Aber dann hielt er sich zurück.

»Bitte verzeih mir. Ich finde, du siehst sehr gut aus und du bist wirklich liebenswert und klug, und ich wäre gern dein Freund.«

Er gab keine Antwort. Er wußte nicht, was er sagen sollte. Pauls Worte, der bittere Kaffee und der süße Ahornsirup bewirkten, daß er einen ganz heißen Kopf bekam.

In seinem Badezimmer im Hotel gab es eine illustrierte Gebrauchsanweisung für die westliche Toilette: Ein Strichmännchen kauerte oben auf dem Toilettensitz – und war mit einem dicken roten »X« durchgestrichen. Darunter benutzte ein weiteres Strichmännchen die Toilette korrekt, es setzte sich auf den Sitz wie auf einen Stuhl. Aber in Pauls Bad gab es keine Strichmännchen. Er wußte nicht, was er tun sollte. Duschen und dann Wasser in die Wanne laufen lassen und es für Paul drin lassen? Oder sich in der Wanne waschen wie die Amerikaner? Aber wenn er das tat, wie sollte er sauber werden? Pauls Geständnis hatte ihn nervös und unsicher werden lassen. Am liebsten hätte er eine Gebrauchsanweisung für Ausländer gehabt.

Er betrachtete sich im Spiegel. Paul hatte gesagt, er sähe gut aus, und diese Frauen in der U-Bahn hatten ihn angestarrt. Aber Toshi sah nur sein japanisches Gesicht und die haarlose Brust. Wenigstens waren seine Zähne weiß und gerade wie die von Amerikanern. Seine Haut war jedoch zu dunkel. Und sein kurzes, schwarzes Haar stand wie Stacheln ab, wenn es naß war. Er wickelte das dicke Badetuch ab und sah nach unten. Seine Beine waren so glatt wie Mädchenbeine. Er seufzte.

Als er zwölf war, hatte Toshi im Gasthaus in Utoro einen Ausländer gesehen und damit das Gesicht und den Körper, in die er hineinwachsen wollte. Er hatte sich alles gemerkt. Er hatte Milch getrunken, in der Football-Mannschaft der Schule gespielt und war in den Judoverein eingetreten, hatte unbedingt eine Veränderung seiner Hautfarbe, seines Gesichts, seiner Größe erzwingen wollen. Jeden Morgen wachte er auf und sah in den Spiegel. Inzwischen war er beinahe ein Mann. Er war erwachsen geworden, aber nichts hatte sich verändert.

Der erste flüchtige Blick auf einen Ausländer hatte ihn verstört. Ein weißer Mietwagen, der aus den Bergen herunterglitt wie ein flüchtiger, unruhiger Traum. Toshi saß im Bus, hinter dem Fahrer, auf dem Weg zur anderen Seite der Shiretoko-Halbinsel, an einem Samstagnachmittag, und starrte durch Schwaden von Zigarettenrauch auf die sumpfige Frühlingslandschaft hinaus. Der Bus bog auf den Parkplatz auf dem Bergkamm ein.

»Sieh mal, Toshi-chan! Ausländer!«

Der weiße Mietwagen verließ den Parkplatz und verschwand dann hinter einer Kurve.

»Hast du sie gesehen?« fragte Mr. Goto, der Busfahrer.

»Ja, hab' ich«, log er verwirrt, zunächst vor Sehnsucht, dann vor Scham.

»Man kann richtig Angst kriegen, wie?«

Er öffnete die Bustür. Zwei Hobbyornithologen traten hinaus auf den Asphalt, schwarze Ferngläser um den Hals. Dann war der Bus wieder auf der Straße und fuhr talwärts. Toshi drückte das Gesicht gegen die Fensterscheibe, sein Atem schlug sich auf dem Glas nieder, sichtbar, unsichtbar, dann wieder sichtbar. Er war ungeduldig. Er konnte Utoro schon in der Ferne auftauchen sehen, ein grauer Fleck in der Küstenlinie.

Der Mietwagen stand vor dem Gasthaus, mit schlammbespritzten Reifen. Toshi rannte die Treppe hinauf und zog schnell die Schuhe aus. Seine Mutter und Oma waren in der Küche, beugten sich über eine Holzschüssel mit Reis.

Oma lachte, weil er so aufgeregt war. »Ach, die Ausländer. Ja, sie wohnen hier. Sie machen gerade einen Ausflug mit dem Boot.«

Drei Australier, ein Mann und zwei Frauen. Oma hatte mit ihnen gesprochen.

»Der Mann sprach sehr gut Japanisch. Ich war überrascht.«

»Weißt du, wo Australien liegt?« fragte seine Mutter. Sie fächelte den Dampf über dem Reis mit einer Zeitschrift weg, während Oma Essig hinzugoß.

»In der Nähe von Amerika?« Er steckte einen Finger in den Reis. »Essen wir Sushi?«

»Heute ist ein besonderer Tag. Heute ist Omas siebzigster Geburtstag.«

»Ist das wahr?«

»Ja, heute. Ich werde so alt! Und es ist kaum zu fassen, ich muß mir mein Essen selbst kochen.«

»Ich helfe dir, dann kannst du dich ausruhen.«

»Nein, nein.« Wieder lachte sie. »Ich koche gern.«

»Aber was werden die Ausländer essen? Sie essen bestimmt keinen rohen Fisch.«

»O ja, da hast du wohl recht«, meinte seine Mutter.

»Na ja, mir haben sie gesagt, sie würden alles essen, und genau das werden sie auch kriegen.«

»Aber wir sollten ihnen lieber Messer und Gabel geben«, stellte seine Mutter fest. Sie legte die Zeitschrift zur Seite und zog eine Schublade auf.

»Hab' ich dir je erzählt, daß ich in Yokohama mal ein ausländisches Baby entbunden habe?« fragte Oma. »Es war um 1950. Das werde ich nie vergessen. Die Eltern waren Amerikaner. Es war das hübscheste Baby, das ich je gesehen habe.«

Oma verschränkte die Arme und wiegte sich hin und her. Toshi hatte ein vollkommenes, rosahäutiges, blauäugiges, lächelndes Baby vor Augen.

Taro meinte, für ihn mache das keinen Unterschied, Japaner oder Ausländer, sie seien alle gleich, weshalb er so ein Theater mache? Und ging angeln. Toshi blieb im Haus zurück und half seiner Mutter.

»Ich hoffe, sie verstehen, daß wir keine Betten für sie haben«, sagte sie, als sie die Tatamis absaugten und dann die Matratzen und Steppdecken zum Lüften aufs Dach trugen.

»Vielleicht sollten wir jedem von ihnen zwei Matratzen geben, damit sie es bequemer haben. Aber ich fürchte, es wird ihnen immer noch primitiv genug vorkommen.«

So hatte er sie noch nie reden hören. Führten sie selbst wirklich ein so ärmliches Leben?

»Und was sollen wir mit dem Bad machen?«

»Was ist denn mit dem Bad?« Das Gasthaus hatte ein hübsches Bad. Es hatte sich noch nie jemand beschwert.

»Ausländer waschen sich in der Badewanne, nicht davor. Und sie füllen die Wanne für jeden einzelnen wieder neu.«

»Das war ein Witz, oder?«

»Nein, es stimmt. Oma wird es ihnen erklären müssen.«

Sie hob die letzte Lage Steppdecken auf, blieb dann aber an der Tür stehen und sah sich um, als suche sie nach etwas.

»Ich habe Taro gebeten, Fleisch und Eier zu besorgen, damit wir ihnen ein westliches Frühstück vorsetzen können. Haben wir noch was vergessen?«

Die Anwesenheit von Ausländern im Gasthaus hatte Toshis

Mutter durcheinandergebracht. Beunruhigt sah er, daß ihre Miene sich verdunkelte. Sie drehte sich um, trat vom Tatami und zog ihre Sandalen wieder an. Von hinten gesehen war ihre Gestalt zweimal von weißen Schürzenbändern unterteilt, am Hals und an der Taille.

»So viele Australier sind im Krieg umgekommen. Schrecklich«, sagte sie. Er wußte, daß sie mit sich selbst sprach.

»Aber Mutter, der Krieg ist doch schon lange her, oder?«

Sie drehte sich nicht zu ihm um, sondern wiederholte, was er gesagt hatte. »Lange her. Der Krieg ist schon lange her.«

Sie entwich ihm bereits. Am liebsten hätte er sie an den Schürzenbändern gepackt und zurückgezogen. Aber er rührte sich nicht vom Fleck.

Sie seufzte und verließ das Zimmer. Er hörte das Geräusch ihrer Sohlen auf dem Holzboden, dann ihre langsamen, gleichmäßigen Schritte auf der Metalltreppe zum Dach.

Als er allein im Zimmer war, spürte Toshi, wie sich sowohl das Licht als auch seine Stimmung veränderten. Und draußen, das wußte er, ohne hinzusehen, hatte sich das Dorf Utoro, ja sogar das Meer irgendwie verändert. Er verstand nicht so recht, was seine Mutter gemeint hatte, also dachte er statt dessen über etwas anderes nach: In »Ein Herz und eine Krone« nahm Audrey Hepburn in Gregory Pecks Wohnung ein Bad. Wenn es stimmte, was seine Mutter gesagt hatte, dann hatte sie in ihrem eigenen schmutzigen Badewasser gesessen.

Toshi seifte den rauhen Waschlappen ein, tauchte ihn in den Plastikeimer und schrubbte sich gründlich ab. Dann setzte er sich auf einen niedrigen Hocker, wusch seine Haare, füllte den Eimer mehrmals mit heißem Wasser und goß es sich über den Kopf. Nachdem er alle Seife abgespült hatte, stand er wieder auf und ging hinüber zur Wanne. Kalte Luft und die Nachmittagssonne drangen durchs offene Fenster und ließen den Edelstahl aufblitzen. Er ließ sich hineinsinken, zuerst die Knöchel, dann die Waden. Der Schmerz drang durch seine Haut, erreichte Muskeln und Knochen. Sein Körper nahm die Hitze auf bis zum Hals.

Draußen ertönte die Fünf-Uhr-Sirene. Als er aus der Wanne stieg, war seine Haut so empfindlich, daß er sie nicht berühren konnte. Er hockte sich vor den Spiegel und beobachtete, wie der Dampf von seiner Haut entwich. Er goß sich einen Eimer mit kaltem Wasser über den Kopf und schob die feuchte Unterlippe vor, nicht ganz zufrieden mit seinem Spiegelbild.

Die Glastür ging auf, schlug scheppernd gegen den Metallrahmen. Im Spiegel sah Toshi lange, haarige Beine und den Saum eines blauweißen Gasthausbademantels.

»Ist das Bad jetzt frei?«

Er drehte sich um. In der Tür stand der Australier, in Schatten und Dampf nur schlecht zu erkennen, die Flurbeleuchtung und die grünen Kachelwände in seinem Rücken. Er war so groß wie ein Baum. Toshi war zu verblüfft, um zu antworten.

»Hallo. Kann ich jetzt das Bad benutzen?«

Das Licht schien durch die rosafarbenen Ohren und das wirre blonde Haar. Der Ventilator an der Wand lief und ließ die Baumwollärmel seines Bademantels flattern.

Toshi bemerkte, wie unhöflich er war, und erhob sich. »Ja. Bitte kommen Sie rein.« Als er sich vorbeugte, sah er Teile seines eigenen Körpers vor den nassen Kacheln wie Teile eines Puzzlespiels – seine Knie, eine Schulter, seinen Penis. Er behielt den Kopf gesenkt, während der Ausländer den Gürtel seines Mantels öffnete, den weißblauen Stoff zusammenlegte und ins Bad trat. Sonnenlicht flimmerte in einem kleinen Rechteck an der Wand neben Toshis Kopf, wie eine Filmleinwand. Wasser tropfte aus einem Hahn in den gelben Plastikeimer. Jeder Tropfen erschreckte Toshi aufs neue.

»Hallo«, sagte der Ausländer und streckte die Hand aus.

Toshi konnte sich nicht beherrschen und strich mit den Fingern über den dicken Arm des Mannes bis zu seinem Ellenbogen, schob sie durch das dichte blonde Haar wie durch Herbstgras.

Der Australier lachte und trat näher.

Toshi riß die Hand zurück, beschämt über das, was er getan hatte. Dann schnappte er nach Luft, als er den Penis des Ausländers sah – absurd lang und so dick wie ein Matsutake-Pilz. Verwirrt starrte er auf seinen eigenen haarlosen, durchscheinenden Körper. Die Landschaft änderte sich. Er verschränkte die Hände über seinen winzigen Genitalien.

»Wie heißt du denn?« fragte der Australier.

Toshi schoß an ihm vorbei, rannte nach draußen und schlug die Tür hinter sich zu. Dann blieb er stehen und rang nach Luft wie ein gestrandeter Fisch. Und als er sich dann in einem Spiegel sah, wurde er beinahe ohmächtig. Denn er war körperlos geworden, ein Phantom aus Dampf.

»Ich habe Bauchschmerzen«, sagte er zu seiner Mutter.

Sie war überrascht, ihn unter der Steppdecke zu finden, sein feuchtes Haar umrahmt von weißen Kissen.

»Du wirst aber die Ausländer nicht sehen, wenn du nicht zum Essen kommst.«

»Ich kann nichts essen.« Er wollte nicht erzählen, was im Bad passiert war. Sie würde sagen, er sei unhöflich gewesen.

»Oma wird enttäuscht sein.« Sie beugte sich vor und berührte seine Stirn. »Du hast kein Fieber.«

»Ehrlich, mir ist schlecht. Morgen werde ich Oma ein Bild zum Geburtstag malen.«

»Das wäre schön.« Unsicher sah sie ihn noch einmal an, dann machte sie die Tür hinter sich zu. Das Licht der Straßenlampe fiel auf die reifüberzogene Fensterscheibe und zersplitterte in tausend Stücke.

Stimmen drangen aus dem Eßzimmer im ersten Stock herauf, getragen vom stetigen Strom von Taros nicht enden wollendem Gelächter. Im Dunkel allein, lauschte Toshi auf die englischen Worte, die in das Gespräch hinein- und wieder herausschossen wie Kolibris. Die Sprache der Filme, Audrey Hepburns Sprache, schwebte vor seiner Tür. Er hatte Hunger und fühlte sich elend. Und er schämte sich. Er hatte das Gefühl, als ob die schwere Steppdecke auf seinen schwachen Körper drückte, bis er fast in der Matratze verschwand. Kolibriflügel flatterten wütend in seiner Brust, wirbelten eine Szene auf, die er mit sich in die Zukunft nehmen sollte:

Der Ausländer wäscht sich in der Badewanne, Shampoo im blonden Haar, und das Wasser wird schmutzig. Toshi, der neben der Wanne steht, malt ein Bild von ihm. Der Ausländer ist beeindruckt. Toshis eigene Arme und Hände sind dick und muskulös. Mit leuchtend bunten Stiften zeichnet er immer schneller, zeichnet wunderbare Bilder von Dingen, die er nie gesehen hat: Palmen. Einen Koalabären. Den Kaiserpalast. Er zeichnet Audrey Hepburn. Der Ausländer klatscht Beifall.

Dann erklärt ihm Toshi in grammatisch einwandfreiem Englisch, wie man ein japanisches Bad nimmt – daß man sich einseift und abwäscht, bevor man in die Wanne steigt. Verlegen und dankbar steigt der Ausländer aus dem Wasser, nackt. Aber Toshi rennt nicht weg. Nein, er sieht ihn direkt an und streckt ihm die Zeichnungen entgegen. »Ein Geschenk«, sagt er.

Der Ausländer erwidert mit unglaublich freundlicher Stimme: »Du bist ein so begabter junger Mann. Warum kommst du nicht mit mir nach Australien? Du bist viel zu klug und hübsch, um hier in Japan zu bleiben. Wirklich, Toshi, du könntest auch ein Ausländer sein, wie ich.

Die Türklingel unterbricht einen Traum von seiner Kindheit: Schnee fällt. Vor dem Nudelimbiß steigt Audrey Hepburn aus einem weißen Auto, mit nackten Beinen.

Toshi blinzelt sich wach und öffnet die Tür. Es ist acht Uhr morgens. Ein Postbote mit schmalem Gesicht und Motorradhelm hält ihm ein Klemmbrett hin. Toshi unterschreibt, und der Postbote übergibt ihm einen Expreß-Einschreibebrief. Ein rechteckiger Reispapierumschlag, zart rötlich gefärbt. Janes Name, unerwartet und in phonetischer Umschrift dem Umschlag aufgeprägt, erstaunt ihn.

Er läßt den Umschlag ungeöffnet auf dem Kotatsu liegen und setzt Teewasser auf. Er setzt sich hin und starrt zuerst den Umschlag an, dann zur Schiebetür hinaus. Er steht auf und gibt den Blumen auf dem Balkon Wasser. Er mag Jane, aber er hat, was den Brief angeht, ein ungutes Gefühl und möchte ihn am liebsten nicht aufmachen. Seine ehemaligen amerikanischen Freundinnen haben ihn gelehrt, daß Amerikanerinnen, die einem etwas Angenehmes sagen wollen, das einfach tun. Aber wenn sie etwas Unangenehmes mitteilen wollen, schreiben sie es lieber.

Toshi wohnt in einem Sechs-Tatami-Zimmer ohne Bad, im neunten Stock eines hinfälligen alten Gebäudes, das bei Taifunen und Erdbeben erschreckend schwankt. Durch die Balkontür kann er eine alte Waschmaschine sehen, die der Vermieter zurückgelassen hat, und drei Azaleen in Blumentöpfen, ein Geschenk von Wanda Williford. Als das Apartmenthaus vor beinahe vierzig Jahren gebaut wurde, war es das einzige seiner Art in dieser Gegend. In der Eingangshalle hängt ein altes gerahmtes Foto, das von diesem, dem obersten Stockwerk aus gemacht wurde: ein Flickenteppich von dunklen Ziegeldächern und Gemüsegärten. Holzrauch steigt aus den Schornsteinen der Badehäuser auf. Aber heute sieht es ringsum anders aus: Gegenüber steht ein weiteres trostloses Apartmenthaus aus Beton, dann noch eines, und noch eines, endlosen Meereswellen gleich.

Toshi trinkt den kochendheißen Tee und öffnet den Brief schließlich doch. Er ist handgeschrieben und lang. Wie kann sie, nachdem sie sich nur einmal getroffen haben, schon so viel zu sagen haben?

Lieber Toshi,
es ist jetzt mehr als vierundzwanzig Stunden her, und ich habe nichts von dir gehört. Vielleicht hast du in der Zwischenzeit angerufen. Manchmal vergesse ich, den Anrufbeantworter einzuschalten. Wenn ich durcheinander bin, und das bin ich im Augenblick. Es gibt einiges, was ich dir sagen möchte, sagen muß, über letzte Nacht. Über mein Leben.

Als ich noch klein war, hatte ich langes, strähniges Haar. Ich war nicht hübsch. Nein, sie war alles andere als hübsch oder nett. Die anderen Mädchen verspotteten sie.

Er legt den Brief hin. Er weiß nicht genau, ob er den Rest lesen möchte. Hat er letzte Nacht etwas falsch gemacht? Etwas Falsches gesagt? Seine Freundinnen wollen immer etwas von ihm, sie sagen nur nie, was. Sie erwarten einfach, daß er es weiß.

Beim Anziehen sieht er sich genau an, merkwürdig fasziniert von den Kratzern und Bißspuren, die seine Haut wie Tätowierungen überziehen. Er hat sich in Jane geirrt. Sie ist beim Unterricht so witzig, so energiegeladen, so amerikanisch. Er hat sich vorgestellt, Sex mit ihr wäre aufregend. Aber es war nicht aufregend, sondern furchterregend. Er hatte keine Kontrolle mehr. Auf ihrer Matratze waren sie mit beängstigender Geschwindigkeit vorwärtsgereist, aber nur sie hatte gewußt, wohin sie fuhren und wie man dorthin kam.

Bevor er ins Studio geht, liest er den Brief zu Ende.

Schon als Du zum ersten Mal in die Klasse gekommen bist, habe ich diese unglaublichen sexuellen Energien gespürt, die zwischen uns fließen. Ich weiß, daß auch Du es gespürt hast. Ich bin feucht geworden, wenn ich Dich nur angesehen habe. Deine wunderschönen Beine. Und ich will unbedingt vor Dir knien, vor allen anderen Schülern, und Deine Waden und Oberschenkel lecken, meine Zunge in die Beinöffnungen Deiner Shorts strecken. Ich weiß, warum Du immer diese Shorts anziehst.

Toshi kann es einfach nicht glauben. Aber während er sich die Szene vorstellt, die Jane beschreibt, zieht er den Reißverschluß seiner Jeans auf.

Ich hatte keine Ahnung, daß es so sein würde wie letzte Nacht. Nachdem wir uns geliebt haben – wie oft war es? Viermal? Fünfmal? Sechsmal? – bin ich völlig verstört, verblüfft. Erschöpft. Ich kann kaum reden oder essen.

Sie schält eine Orange und saugt den Saft heraus. In Florida, wo ihr Vater wohnt, sind die Orangen unglaublich süß. Das weiße Fleisch der Orange ist noch unter ihren Fingernägeln, als sie diesen Brief schreibt. Kannst Du es riechen? Der Saft läuft ihr über das Kinn, den Hals, zwischen ihre Brüste. Sie drückt ihre Brüste aufs Papier. Ihr Körper ist wund von Dir, doch er verlangt weiter nach Dir. Sie kann an nichts anderes denken. Deine Haut. Sie zu berühren. Und sieh mal: Ihr Kopf, ihr Haar steht in Flammen.

Toshi schließt die Augen.

Bahnhof Shinjuku.

An Bahnsteig zwölf fährt alle dreiundvierzig Sekunden ein Zug ab. »Beeilen Sie sich! Fallen Sie nicht auf die Schienen! Strengen Sie sich heute besonders an!« dröhnt eine Tonbandstimme, während die Menschenmassen von einem Bataillon weißbehandschuhter Männer weitergetrieben und in Waggons gequetscht werden, die bereits vollkommen überfüllt sind. Die Türen schließen sich hinter ihm, und Toshi sieht aus dem Fenster. Auf dem Bahnsteig sammeln Koreanerinnen mit Chirurgenmasken in gebeugter Haltung Schuhe, Aktentaschen, Schirme und Zeitschriften auf und werfen sie in Behälter, auf denen »Fundsachen« steht.

Im Zug sehen sich alle die Frühnachrichten an, auf den Fernsehschirmen, die über jeder Tür hängen: Der Selbstmord des Landwirtschaftsministers. Brennende Reisfelder im Bezirk Niigata. Der Schuljunge neben Toshi schläft im Stehen ein, die Hand auf Toshis Schulter, Speichel im Mundwinkel. In Yoyogi wird eine hübsche, dunkelhaarige Ausländerin in den Wagen geschoben und zwischen zwei Pendlern seitlich von Toshi eingeklemmt. Toshi verändert seine Position, so daß er sie sehen kann. Ihr Haar, hoch aufgesteckt, bewegt sich im Luftstrom des Deckenventilators. Er wartet, daß sie in seine Richtung sieht, damit er sie anlächeln kann, aber sie ist umgeben von Büroangestellten, und die halten ihre Comics und Zeitungen vor ihre Gesichter, bilden einen Kreis um sie, drängen sich noch dichter heran. Sie schließt die Augen, stößt einen ganz leisen Schmerzensschrei aus, wie ein kleiner Vogel, und verschwindet aus seinem Blickfeld.

Während alle anderen, die er kennt, ständig fotografieren, besitzt Toshi nicht einmal eine Kamera. Er zieht es vor, die Orte, die er besucht, und die Menschen, denen er begegnet, zu zeichnen. Kurz nachdem er angefangen hatte, im Nakumara-Studio als Illustrator zu arbeiten, hat er sowohl seiner Mutter als auch seinem Vater Mappen voller Zeichnungen geschickt: Das vierstöckige stuckgeschmückte Tokyo Refresh Building mit dem Paris Esthetic Salon im Erdgeschoß, den Marmorsäulen und den nackten römischen Statuen an der Fassade. Und im ersten Stock die Sexy Fly Snack Bar und die Karaoke Lounge, wohin sein Chef, Nakamura, ihn am ersten Arbeitstag, eingeladen hat. Die Kellnerinnen trugen busenfreie Stewardessenuniformen und servierten die Getränke auf Tabletts wie im Flugzeug.

Im dritten Stock liegt das Nakamura-Studio. Toshi zeichnete die schmutziggrüne Tür und die Garderobe und den überfüllten Schirmständer direkt dahinter. Er zeichnete blaue, grüne und rosafarbene Plastikschirme. Den Schottenkaroschirm, den mit der amerikanischen Fahne, und den mit dem Schriftzug der Tokyo Giants. Jetzt, beinahe ein Jahr nach diesen ersten Bildern, sind dieselben Schirme immer noch da. Und der Raum ist in der ganzen Zeit nur selten geputzt worden. Zigarettenrauch hat die Wände und die Decke schon vor langer Zeit gelb gefärbt. Verblaßte Plakate von Nakamuras bekanntester Comic-Heldin, Chocolate Girl, in ihren diversen Inkarnationen – als Bürodame in Uniform, als teure Prostituierte, als Superheldin in schwarzen Lederstiefeln und Helm. Die Plakate blättern langsam ab, so daß das Mädchen darauf betrunken aussieht, oder tot, Arme und Beine verrenkt.

Jede Woche erscheinen in »Business Hip Hop«, einem beliebten Comic-Heft, fünfzig Seiten Chocolate Girl-Abenteuer, und sie haben ihren Schöpfer, Tetsuya Nakamura, erstaunlicherweise zu einer Berühmtheit gemacht. Jedesmal, wenn Toshi den Fernseher einschaltet, sieht er seinen Chef – die Brille verschmiert, eine Zigarette unter dem fransigen Schnurrbart – in Talkshows und Quizsendungen und kleinen Rollen in Kriminserien. Einmal hat er ein Mordopfer gespielt. Toshi konnte zusehen, wie sein Chef vom Dach des Takashimaya-Kaufhauses stürzte.

Das Nakamura-Studio produziert auch andere Comics, aber Chocolate Girl, das hochgewachsen und vollbusig als lebensgroße Pappfigur hinter Nakamuras Schreibtisch steht, bringt das Geld für die Miete und die Gehälter von Toshi und seinen Kollegen ein. Jede Woche zeichnet Nakamura einen Rohentwurf und schreibt die Dialoge, und dann vollenden Toshi, Akira und Mami die Zeichnungen. Manga-Comics sind so beliebt wie Zeitungen, und die Kämpfe, die Chocolate Girl mit Vergewaltigern, Kinderschändern, Gangstern und Reisschmugglern ausficht, werden in ganz Japan verfolgt. Und Toshi mag seinen Chef. Nakamura ist ein seltsamer, ein komischer Mensch. Wenn Toshi zur Arbeit kommt, weiß er nie, was ihn erwartet.

Heute fällt sein Blick als erstes auf einen großen Schäferhund, der mitten im Büro im Kreis herumtrottet und Staub aufwirbelt. Mami läuft hinter ihm her und versucht, das Tier zu streicheln. Nakamura steht an seinem Schreibtisch, raucht und grinst.

»Sie mal, Toshi-chan. Ein Hund. Komm, faß ihn an«, sagt Mami.

»Mach schon. Sei nicht so schüchtern. Versuch's mal«, ermutigt ihn auch Nakamura.

»Wem gehört er denn? Akira-kun?«

Akira starrt, wie immer, auf den Bildschirm, die goldenen Ohrringe und das blonde Haar unter der Sweatshirt-Kapuze verborgen. Die synthetischen Geräusche eines Computerspiels erklingen.

»Ich? Wie sollte ich ein Haustier halten? Ich wohne in einem Vier-Matten-Zimmer.«

»Er gehört uns allen, eine Stunde lang«, sagt Nakamura. »Ich habe ihn gemietet. Wir haben einen Vertrag für ein Jahr. Eine Stunde, einmal die Woche.«

»Gemietet? Soll das ein Witz sein?«

»Ist er nicht süß?« Mami kniet sich hin, zupft ihren weißen Ledermini zurecht und faßt den Hund um den Bauch, der aber entzieht sich ihr. »Ich bin ganz glücklich!«

»Du solltest dich mit dem Streicheln lieber beeilen. Wir

haben nur noch vierzig Minuten, bis sie ihn wieder abholen«, sagt Nakamura.

Der Hund setzt sich hin und bellt. Mami zuckt zurück.

»Keine Sorge. Das war ein glückliches Bellen«, sagt Akira, ohne aufzublicken.

»Woher weißt du das?« fragt Mami.

»Ich verstehe Hunde. Ich kenne mich mit Tieren aus«, sagt er. Auf seinem Bildschirm stoßen zwei japanische Bauern Mistgabeln in einen Sack Reis, der mit einer amerikanischen Fahne verziert ist. Jedesmal, wenn die Mistgabel trifft, füllen mehr Reiskörner den Bildschirm, und die Hüte der Bauern hüpfen hoch.

»Wenn dieser Hund hier irgendwelche Probleme macht, kriegen wir nächste Woche einen anderen«, sagt Nakamura.

»Sie haben tatsächlich einen Hund gemietet?« fragt Toshi.

Zögernd nähert sich Mami erneut dem Tier.

»Genau. Wo jetzt so viele Menschen an Überarbeitung sterben, dachte ich, wir sollten einen Beitrag dazu leisten, gesund zu bleiben. Ein Tier im Büro zu haben hilft, sich zu entspannen. Und es erhöht die Arbeitsleistung, sagt eine Studie der Regierung. Niemand hier in Tokio hat auf Dauer die Zeit oder den Platz für einen Hund. Also hat ein Freund von mir eine Tiervermietungsagentur aufgemacht. Er ist sehr erfolgreich damit und verdient jede Menge Geld.«

»Es geht mir wirklich schon viel besser«, sagt Mami, aber gerade, als sie sich wieder vorbeugt, um den Hund zu umarmen, erschüttert ein starkes Ruckeln das Zimmer. Bleistifte und Aschenbecher werden in die Luft geschleudert und fallen dann mit lautem Klappern auf den Boden. Die Garderobe stürzt Toshi in die Arme. Der Hund knurrt und springt Mami an. Sie schreit auf und versteckt sich hinter Toshi.

»Das hab' ich mir doch gedacht. Der Hund hat Angst vor Erdbeben.« Nakamura weicht zur Tür zurück und zieht heftig an seiner Zigarette.

Akira springt auf und hält seinen Stuhl vor sich, wie ein Löwenbändiger. »Immer mit der Ruhe. Keine Panik, Hund. Wie heißt er überhaupt?«

»Weiß ich nicht. Sieh doch im Mietvertrag nach.«

»Ruf du die Polizei an, Toshi-chan, und ich halte ihn solange unter Kontrolle«, sagt Akira.

»Die Polizei? Wieso denn das?« Der Hund macht keinen gefährlichen Eindruck, er scheint nur verwirrt zu sein. Das Zimmer ist viel zu klein für einen so großen Hund. Das Tier tut ihm leid. Wie viele Büros besucht er jeden Tag? Wie viele Fremde wollen ihn anfassen?

»Sie können ein Betäubungsgewehr oder so was mitbringen«, sagt Akira.

»Oh, seht doch!« ruft Mami.

Der Hund läßt sich nieder, legt den großen, runden Kopf auf die Pfoten und schließt die Augen. Nakamura steckt sich eine neue Zigarette an und steckt sie neben die erste in den Mund. Alle vier sehen schweigend auf den Hund. Er beginnt zu schnarchen. Sein Schwanz zuckt, schlägt auf den staubigen Boden.

»Wie süß«, sagt Mami. »Er träumt.«

Zwei riesige Fernsehschirme vor dem Shibuya-Bahnhof mit leuchtenden High-Definition-Bildern: Eine Armee bewaffneter Samurai reitet über eine Klippe und stürzt mit wehenden Fahnen ins Meer. Mickey Mouse und Donald Duck führen eine Parade von beinewerfenden Majoretten durch Tokios Disneyland. Toshi wird durch die Sperre und aus dem Bahnhof gefegt, auf einer Woge von Frühlingsfarben und Schirmen mit Blumenmustern. Die Menge teilt sich vor einem Straßenmusiker mit strähnigem Haar, der akustische Gitarre spielt, dann drängen sich alle wieder zusammen, wie Wasser, das um einen

Felsen strömt. Toshi drängt sich an den Rand und findet sich einem Mädchen gegenüber, das ihm ein Klemmbrett und einen Stift hinhält.

»Kostenlose Zigaretten und einen Doughnut, wenn du unterschreibst«, sagt sie in gestelztem Japanisch. Sie hat dunkle Haut. Vielleicht eine Thai.

Er wirft einen Blick auf die Petition. Irgendwas über Kambodscha und die UN-Friedenstruppen. »Tut mir leid, aber ich habe keine Zeit. Ich bin spät dran.« Er unterschreibt, ohne zu lesen, und nimmt seinen Doughnut entgegen.

»Peace«, sagt das Mädchen und hält ein Päckchen Zigaretten mit demselben Namen hoch.

»Nein, vielen Dank.« Den Doughnut kauend, schiebt er sich durch die Prozession einkaufender Menschen den Dogenzaga-Hügel hinauf, vorbei an Schaufenstern mit italienischen Möbeln, digitalen Reiskochern, Burberry-Mänteln und glitzernden Plastikmodellen von Lachseiern und Thunfischbauch-Sushi.

Als er in der Very Romantic English Academy eintrifft, hat der Unterricht bereits begonnen, und die Flure sind leer. Am liebsten würde er gleich wieder gehen, zurück ins Studio. Als er an den geschlossenen Türen vorbeikommt, hört er Fetzen von CNN-Nachrichten, Tonbändern und Konversationsübungen: »Nehmen Sie meine Brieftasche. Nehmen Sie auch die Armbanduhr. Nehmen Sie den Ledermantel. Bitte nicht schießen.«

Vor Janes Klassenzimmer hört er nichts. Er holt tief Luft und öffnet die Tür. Der Raum ist leer, und an der Tafel steht: »Heute fällt der Fünf-Uhr-Kurs aus.«

Statt erleichtert zu sein, wird ihm unbehaglich zumute. Jane hat noch nie zuvor den Unterricht abgesagt. Er ist überzeugt, daß es etwas mit ihm zu tun hat. Ist in der Schule etwas bekanntgeworden? In der Eingangshalle gibt es ein öffentliches Telefon. Er nimmt eine »Malcolm X«-Telefonkarte aus der Brieftasche, steckt sie in den Schlitz, und Denzel Washingtons

Gesicht wird eingezogen. Noch zehn Einheiten übrig. Er wählt Janes Nummer. Nach dem dritten Klingeln antwortet sie mit schläfriger Stimme.

»Hallo, hier ist Toshi«, sagt er auf englisch.

»Oh«, erwidert sie. Und dann: »Ich hatte gehofft, du würdest anrufen.«

»Ja.« Was soll er nur sagen?

»Ich habe auf dich gewartet.«

»Bist du krank?«

»Bin ich krank?«

»Der Unterricht fällt aus, steht auf der Tafel.« Er schwitzt. Wieso erzählt er ihr das? Sie müßte es doch wissen.

»Bitte, komm vorbei. Jetzt gleich. Ich muß dich sehen«, flüstert sie, und dann legt sie auf, bevor er antworten kann. Noch neun Einheiten übrig. Er hängt den Hörer ein. Denzel Washington springt ihm in die Hand.

Jane kniet vor dem Tisch, öffnet eine Schachtel mit Dominos Pizza und erklärt die Beläge, als wolle sie Toshi einen Ausssprachekurs geben: »Gegrillter Aal. Mayonnaise. Ananas. Kopfsalat.« Sie fährt mit dem Finger durch einen Mayonnaisekringel und hält ihn dann an seine Lippen. Er weiß nicht genau, was er tun soll, ihr Finger schwebt abwartend vor seinem Mund. Sie kichert, dann steckt sie den Finger in den eigenen Mund und zieht ihn mit einem ploppenden Geräusch wieder raus.

Während sie essen, schaltet sie den Fernseher ein. Ein Mann trägt eine Katze die Treppe hinauf. Die Katze rollte sich zu einem Ball zusammen und kullert wieder herunter. Der Mann trägt sie wieder nach oben.

»Ich konnte heute nicht unterrichten. Ich hatte Angst, daß du kommen würdest, und ich wußte, ich würde dich nicht vor all den anderen Schülern ansehen können. Vor allem nicht vor diesen schrecklichen Ishikawa-Schwestern.«

»Warum denn?«

»Mein Gott, Toshi, kannst du das denn nicht verstehen?«

»Nein«, sagt er, und das ist die Wahrheit. Er hat nicht herkommen wollen, und er wünscht sich, er wäre nicht hier. Mit Jane hat er einen Fehler gemacht. Einiges fällt ihm jetzt zum ersten Mal auf: ein abgebrochener Fingernagel. Helles Haar, das auf ihren Armen wächst. Reste von Essen und Flusen auf dem Küchenboden. Toshi hat eine Stauballergie, und seine Nase schwillt zu.

Am Abend seines Geburtstags hatte Jane, als sie die Tür aufschloß, gesagt: »Ich muß dich warnen, ich mache nie sauber.« Sie hatte das mit einer Endgültigkeit erklärt, die auf eine Behinderung oder ärztliche Anweisung schließen ließ. Sein Freund Paul tat das auch oft, sprach über Dinge, die er nicht tun wollte oder konnte – seine Hemden bügeln, lernen, wie man den Videorecorder programmiert – als sei Faulheit oder Unfähigkeit etwas, worauf man stolz sein könnte.

»Toshi, sieh mich an.«

Er tut es, zögernd, und muß niesen.

»Gesundheit«, sagt sie und schiebt die Ärmel ihres roten Kleides hoch, als bereite sie sich auf einen Kampf vor. Von garnelenförmigen Silberohrringen abgesehen trägt sie keinen Schmuck. Und kein Make-up. Sie sieht müde aus.

»Werden wir uns jetzt streiten?« fragt er.

»Alle streiten sich, das ist ganz normal. Eine Konfrontation kann guttun.«

Er weiß nicht, was »Konfrontation« bedeutet, aber er nickt.

»Ich war schließlich neulich keine Jungfrau mehr.« Sie kichert wieder, und einen Augenblick lang sieht sie mädchenhaft und verwundbar aus. Aber dann schüttelt sie heftig den Kopf, als wolle sie diesen Teil ihrer selbst abschütteln. Ich irre mich nicht bei dem, was zwischen uns geschehen ist.«

»Was ist denn geschehen?« fragt er und wünscht sich, sie würde ihm erklären, was sie eigentlich will. Er könnte auf dem

Heimweg noch irgendwo ein langes Bad nehmen und sich dann ein Video ausleihen. Audrey Hepburn, wie sie in einem Wintersportort auf einer Veranda sitzt.

Statt zu antworten steht sie abrupt auf und wirbelt durch das kleine Zimmer. »Einmal hat ein Mann mich so sehr geliebt, daß er mich umbringen wollte. Ich dachte, er würde mich erwürgen oder anzünden.« Sie bleibt stehen und starrt ihn an, taumelt ein wenig. Könnte es sein, daß sie betrunken ist, von nur einem Glas Wein? Wahrscheinlich hatte sie schon getrunken, bevor er kam.

»Siehst du die Gitter an den Fenstern?«

Sie fallen ihm zum ersten Mal auf. Er hat das Gefühl, in der Falle zu sitzen.

Sie läßt sich auf die Knie nieder und greift nach ihren Zigaretten. »Ich hab' sie installieren lassen. Ich hab um mein Leben gefürchtet. Aber wenn er kam, hab ich ihn immer reingelassen.«

»Warum?« Hat sie diese Geschichte erfunden? Er glaubt ihr kein Wort mehr.

»Er war so schön. Er war der schönste Japaner, den ich je gesehen habe.« Sie schaudert. »Es hat weh getan, ihn nur anzusehen. Ich konnte ihn nicht abweisen.«

Sie steckt sich eine Zigarette an, inhaliert tief und drückt sie dann sofort auf dem Deckel der Pizzaschachtel aus. Rauch entweicht ihrem Mundwinkel, und sie pflückt ein Stück Aal von der Pizza und ißt es.

Er muß wieder niesen. Sie reicht ihm eine Packung Papiertücher.

»Du kennst dieses Gefühl, oder? Diese Nacht – dein Geburtstag. Es war einfach unglaublich. Ich muß die ganze Zeit daran denken, ich kann gar nicht aufhören, es ist, als würde ich verrückt.«

Er weiß nicht, was er sagen soll. Wenn sie bloß stillsitzen würde! Sie ist ständig in Bewegung, wechselt die Richtung genauso wie das Thema. Alle Bilder an der Wand – nicht nur Holzschnitte, auch die Fotos und Postkarten – zeigten nackte Männer und Frauen. Über ihrem Schreibtisch hängt die Zeichnung eines Mannes mit einem so großen Penis, daß er ihn mit beiden Händen hochhält, die Spitze breitet sich über ihm aus wie ein Schirm. Was ist das für eine Frau, die ein solches Bild an die Wand hängt, so daß es jeder sehen kann?

»Du hast es auch gespürt, das weiß ich. Es kann nicht nur an mir gelegen haben.«

»Ja. Ich habe es gespürt.« Was gespürt? Seine Brustwarzen sind immer noch wund. Er fühlt sich insgesamt wund, hier, in dieser kleinen Wohnung – all dieser Staub und Zigarettenrauch, und sie hat so viele Sachen, zu viele Sachen. Überall türmen sich Stapel von Büchern und Kleiderhaufen, und an den Wänden stapeln sich die Kisten. Kisten voller Briefe, stellt er sich vor. Briefe an Männer. Jahre in Briefen gemessen. Andererseits ist das ein unlogischer Gedanke: Wenn sie die Briefe weggeschickt hat, können sie nicht hier sein. Aber Jane ist schließlich alles andere als logisch. Und es könnte sein, daß sie Kopien gemacht hat. Er kann sich gut vorstellen, daß sie von jedem Brief, den sie schreibt, eine Kopie macht.

»Lüg mich nicht an«, schreit sie plötzlich. »Du findest mich schrecklich, nicht wahr? Das bin ich ja auch, ich bin schrecklich, und ich bin nicht hübsch. Du solltest lieber gehen.«

»Das stimmt nicht. Du bist hübsch«, sagt er, als sie zu schluchzen anfängt.

»Meinst du das ehrlich? Das sagst du nicht nur so?«

»Ja. Ja, ich meine es ehrlich«, erklärt er und spürt, wie er gegen seinen Willen weiter hineingezogen wird.

»O Gott, es tut mir leid. Es tut mir so leid.«

Sie ist so schnell über ihm, daß er nach hinten fällt. Ein Stück Pizza ist zwischen ihnen eingeklemmt. Er will sich losreißen, aber Jane schlingt die Arme fest um ihn, und er spürt die Pizza feucht auf seinem Hemd.

»Geh nicht weg. Bitte! Ich weiß nicht, was ich dann tun würde. Nur heute nacht, bitte, bleib hier, nur für diese Nacht, ich schwöre es.« Sie küßt ihn, schiebt ihre Zunge zwischen seine Zähne. Er schmeckt Aal und Ananas. Sie zieht an seinem Reißverschluß. Erregt gibt er nach. Er zieht ihr Kleid hoch und schiebt die Hand unter das Taillenband ihrer Strumpfhose. »Oh, Toshi, o Gott.« Er fährt mit den Fingerspitzen über ihre nackte Haut und er spürt, wie ihr heiß wird. Das Licht des Fernsehers flackert schneller und schneller auf den Innenseiten seiner Lider, bis ein Bild langsam schärfer wird: Audrey Hepburn tanzt in Rom auf dem Rand eines wunderschönen Brunnens. Ihre Zunge ist in seinem Mund. Seine Nase ist verstopft. Er schnappt nach Luft.

Die Akupunktur-Praxis lag über einem Möbelgeschäft, ganz in der Nähe der Hauptstraße von Shari. Toshis Vater saß im Wartezimmer und las in einer Zeitschrift, die Füße auf einem elektrischen Fußmassagegerät. Toshi konnte das »Tumb-tumb« des Gerätes im Behandlungszimmer hören, als er sich auszog und seine Sachen ordentlich in einen Plastikkorb am Fuß des Behandlungstisches legte. Die Akupunktur-Spezialistin deckte ihn mit einem weißen Laken zu. Auf der anderen Seite des Vorhangs schnarchte jemand.

»Ein anderer Patient«, erklärte sie beruhigend. Frau Suzuki war eine rundliche Frau mittleren Alters und trug einen weißen Kittel.

Einen Monat, nachdem seine Mutter ins Gasthaus nach Utoro gezogen war, war Toshi mitten in der Nacht aufgewacht, aufrecht in dem dunklen Zimmer sitzend und erschrocken nach Luft schnappend.

Draußen schneite es gleichmäßig, und er stellte sich vor, wie sich der Schnee auf seiner Brust häufte.

»Jetzt schließ die Augen. Die Nadeln tun vielleicht ein bißchen weh, aber es ist ein guter Schmerz«, sagte sie. »Ein so hübscher Junge wie du ist doch bestimmt auch mutig, oder?«

Er spürte die Nadeln, als sie sie in seine Schultern, Arme und Beine stach, und zwischen Daumen und Zeigefinger. Alle glitten leicht in sein Fleisch, und jede einzelne stach in vergessene Angst: Seine Mutter springt in die schwere Wintersee. Sie wird in einem Schneesturm verschwinden.

Frau Suzuki wackelte an den Nadeln in seiner Stirn, und Hitze floß von seinen Hüften bis zu den Zehen. Eine weitere Erinnerung tauchte auf: Er erwacht mitten in der Nacht und sieht, daß sein Vater neben der Matratze seiner Mutter kniet.

»Bitte«, flüstert sein Vater.

»Ich kann nicht. Verzeih mir.« Seine Mutter wendet sich ab, kehrt ihm den Rücken zu.

Toshi schrie im Dunkeln auf, dann öffnete er die Augen. Frau Suzuki beugte sich über ihn.

»Alles in Ordnung? Ich habe dir nicht weh getan, oder?«

»Nein. Tut mir leid«, sagte er, verlegen, weil er befürchtete, sie könne irgendwie wissen, was er gesehen hatte. Um was hatte sein Vater gebeten, was hatte die Mutter ihm verweigert?

Sie verbrannte Moxa links und rechts von seiner Nasenwurzel, und er spürte die Hitze an den Lidern. Bestand die Gefahr, daß sie ihm die Augen verbrannte, ihn blendete? Wußte sein Vater, daß sie auf seinem Gesicht Feuer anmachte?

Als sie oben auf seinem Kopf Moxa verbrannte, spürte er ein scharfes, rasches Brennen, so als ob er den Metallgriff des Topfes für die Ramen-Brühe berührte, und in seiner schmalen Brust brach dünnes Frühlingseis über einem tosenden Bach. Klares Wasser sprudelte hervor, und das Bild seiner Eltern verschwand.

Er bekam wieder Luft.

Danach, im Wartezimmer, sagte Frau Suzuki zu seinem Vater: »Es kann sein, daß er eine Stauballergie hat. Bitte sagen Sie seiner Mutter, sie soll sein Zimmer sehr sauber halten.«

»Aha«, sagte sein Vater. Toshi hatte Angst, er würde ihr von seiner Mutter erzählen. Daß sie jetzt allein waren. Es war Toshi, der die Zimmer saugte und abstaubte. Sein Vater erledigte die Wäsche.

»Können Sie ihn einmal in der Woche vorbeibringen? Er braucht noch drei oder vier weitere Behandlungen.«

»Hmmm.« Mehr sagte er nicht.

»Sehen Sie nur! Er hat schon ein bißchen Farbe bekommen. Er sah so müde aus, als er herkam. So ein hübscher Junge sollte nicht müde aussehen.«

Sein Vater starrte ihn an, als sähe er ihn zum ersten Mal. Toshi wurde rot.

Sie bogen von der Küstenstraße ab und überquerten die Halbinsel in einem freigepflügten weißen Schneetunnel, einen Streifen strahlend blauen Himmels über sich. Toshis Vater steckte sich eine Zigarette an.

»Hat es weh getan?«

»Ein bißchen.« Toshi brachte es nicht fertig, seinen Vater anzusehen. Die Erinnerung, die die Nadel hatte aufflackern lassen, war verblaßt, aber die Stelle, an der diese Erinnerung sich befunden hatte, war noch empfindlich wie eine Wunde.

»Glaubst du, es hat geholfen?«

»Sie sagt, es braucht einige Zeit.«

Dann schwiegen sie, bis sie am Ende der Straße angelangt waren und neben dem Nudelimbiß hielten. Die schwere Wintersee ächzte.

»Wieso fragst du nicht deine Mutter? Frag sie, was sie davon hält«, sagte sein Vater.

An diesem Abend rief er seine Mutter an. Sie klang müde.

»Mutter, geht es dir gut?«

»Um ehrlich zu sein, ich habe gerade geschlafen. Aber es geht mir gut. Und was ist mit dir? Geht es dir und deinem Vater auch gut?«

Er erzählte ihr von seiner Allergie und dem Besuch bei der Akupunktur-Spezialistin.

»Meinst du, ich sollte wieder hingehen?« fragte er. »Vater sagt, ich solle dich fragen.«

Sie schwieg.

»Mutter?«

Er konnte ihr angestrengtes Atmen hören.

»Verzeih mir«, sagte sie.

Und wieder stieg die Erinnerung hoch.

Das erste Mal wollte ich mit einem Japaner schlafen, als ich fünfzehn war und gerade Toshiro Mifune in »Rashomon« gesehen hatte.

Zwei Tage später kommt ein weiterer Brief von Jane, diesmal mit der normalen Post, in einem rotgefärbten Reispapierumschlag. Sie muß ihn gleich geschrieben haben, nachdem er ihre Wohnung verlassen hat.

Jane hat mit schwarzer Tinte geschrieben, dunkle Wörter zuckten ruhelos über das weiche Papier.

Er hatte wunderbare Oberschenkel. Dicke, verschwitzte Oberschenkel. Ich habe mich selbst befriedigt und mir dabei vorgestellt, daß Toshiro Mifune nackt auf mir liegt und statt dieser albernen Frau in dem Film mich vergewaltigt, seine glatten Schenkel glänzend vor Schweiß.

Er ruft seinen Freund Paul an.

»Wieso erzählst du mir das erst jetzt?«

»Ich weiß nicht.«

»Laß uns heute abend zusammen essen gehen«, sagt Paul.

»Ich bin zu müde.«

»Selbstverständlich, nach so viel Sex. Ein Wunder, daß du noch am Leben bist. Ich zahle.«

»Bist du sicher?«

»Ich bin schließlich dazu da, dir bei deinen Frauengeschichten zu helfen. Komm schon, ich kann es kaum erwarten, alle gruseligen Einzelheiten zu hören. Wir gehen nett essen, und ich bemitleide dich ordentlich.«

»Na gut.«

»Wir treffen uns um sechs am Bahnhof Harajuku. Wir können vor dem Essen noch im Park spazierengehen. Frische Luft wird dir guttun.«

Nachdem sie sich kennengelernt hatten, war Toshi nach Rausu zurückgekehrt und hatte Paul einen Brief geschrieben. Daß Paul schwul war, verblüffte ihn eher, als daß es ihn beunruhigte. Und er bewunderte Paul. »Ich würde gern dein Freund sein«, schreib er in sorgfältigem Englisch. Paul antwortete per Expreß. »Ich möchte auch gern dein Freund sein.« Toshi hat den Brief immer noch.

Sie korrespondierten regelmäßig, in Englisch und Japanisch, in Briefen und auf Postkarten, und manchmal telefonierten sie. Toshi malte Bilder und schickte sie an Paul, notierte Fragen und Erläuterungen auf der Rückseite. »Meine Mutter beim Schneeschippen.« »Mein Vater beim Fernsehen.« »Oma kehrt die Straße.« »Das ist der Nudelimbiß meines Vaters. Magst du Nudeln?« Einmal zeichnete er zwei grinsende Fischer, die einen Tintenfisch hochhielten.

Zu seiner Freude antwortete Paul ganz ähnlich – nicht mit Zeichnungen, aber mit Fotos, die ihn zum Lachen brachten.

»Mein Fuß.« »Mein anderer Fuß.« »Eine vertrocknete Pflanze, die ich vergessen habe zu gießen.« »Der überfüllte Zug, mit dem ich jeden Morgen fahre« zeigte nur die oberen Teile von Köpfen, von einem Blitzlicht erhellt.

Toshi ging schließlich nach Sapporo aufs College. Paul kam zweimal zu Besuch, beide Male im Winter, und nahm Toshi mit zum Skifahren. Toshis Freunde waren überrascht, ihn mit einem Ausländer zu sehen, und sie behandelten ihn von da an mit einer Mischung aus Mißtrauen und Respekt. Toshi studierte Englisch. Vor den Frühjahrsferien in seinem dritten Jahr schickte Paul ihm ein Flugticket nach Tokio und zurück, zusammen mit einem Zettel: »Keine Sorge, du kannst im Gästezimmer schlafen.« Nach seiner Abschlußprüfung wohnte er bei Paul, bis er einen Job und eine eigene Wohnung fand.

Paul ist sein bester Freund, und das Tokio, das Toshi kennt, ist das Tokio, das Paul ihm gezeigt hat: das Tokio der Ausländer. Mexikanische und italienische Restaurants. Luxuriöse Wohnungen, die er sich nie würde leisten können. Supermärkte in westlichem Stil mit Regalen voll teurer Waren, von denen er noch nie gehört hat, in denen Paul den Einkaufswagen mit Gefäßen voll spanischer Oliven und mit französischem Käse füllt. Schwulenbars und andere Lokale, die auf Japaner und Ausländer aus dem Westen spezialisiert sind, die die gegenseitige Gesellschaft suchen. Toshi war erfreut zu entdecken, daß Pauls Homosexualtität kein Problem war. Seine Freunde und Bekannten wußten es, aber es störte sie nicht. Und inzwischen störte Toshi sich auch nicht mehr daran.

Das Tokio, das Paul ihm gezeigt hat, ändert sich jedoch ständig, schneller, als sie es erobern können. Noch vor einem Jahr war der Horizont voller Baukräne gewesen. Vertraute Gebäude verschwanden über Nacht und wurden mit atemberaubender Geschwindigkeit durch neue ersetzt. Aber in der letzten Zeit hat die Rezession die Gegend verändert: Auf den Wiesen des Yoyogi-Parks ist eine Zeltstadt entstanden. Dunkelhäutige Ausländer sitzen um Lagerfeuer und trinken dampfenden Tee.

»Arme Kerle. Sie warten nur darauf, verhaftet und abgeschoben zu werden. Ich wette, keiner von denen hat ein Visum«, sagt Paul. »Oder einen Job, jetzt, wo das Baugeschäft den Bach runtergegangen ist.«

»Den Bach runter.«

»Konkurs.«

»Konkurs?«

»Zusammengebrochen.«

»Oh.« Zusammengebrochen. Eingestürzt. Gebäude brachen zusammen. Und Menschen. Offenbar auch Industriezweige.

Er beobachtet, wie die Ausländer Essen weiterreichen, die dunklen Gesichter von den Flammen beleuchtet, die Rücken der beginnenden Dunkelheit zugewandt. Er riecht scharfe Gewürze.

»Toshiro Mifunes Oberschenkel? Nun, das ist kein ungewöhnlicher Grund, nach Japan zu kommen. Obwohl ich keinen Zusammenhang erkennen kann. Ich fand deine Beine immer zu dünn.«

»Das ist kein Witz.«

»Es sollte auch keiner sein.« Paul bleibt stehen. »Hör mal, es tut mir leid, daß du in Schwierigkeiten bist. Aber eins mußt du lernen: Leute handeln nicht immer aus guten, vernünftigen, logischen Gründen.«

»Was meinst du damit?«

»Ich meine, daß ich in Japan gelandet bin, weil ich mit sechzehn in einem Buch ein Bild von Yukio Mishima gesehen habe. Ich habe seine Bücher gelesen. Und dann habe ich Karate gelernt. Und Japanisch, von Kassetten. Meine Mutter hat gesagt, ich würde noch Schlitzaugen bekommen, wenn ich nicht aufhöre. Ich bin aufs College gegangen und habe Japanisch studiert. Und dann hab' ich mein letztes Studienjahr hier verbracht.«

»Das weiß ich doch alles. Das hast du mir schon erzählt.«

Ein Mann tritt hinter einem Baum hervor, stellt sich ihnen in den Weg, erschreckt Toshi. Aber als er die ausgestreckte Hand öffnet, ist nur Reis darin.

»Jasmin. Aus Thailand«, flüstert der Mann.

»Nein danke«, sagt Paul höflich. Er packt Toshis Ellbogen und schiebt ihn zum Ausgang des Parks. Die Kirschbäume stehen beinahe in voller Blüte, und ihre Blütenblätter fangen das letzte Tageslicht ein.

»Es gibt eine Menge Dinge in Japan, die mich interessieren. Aber, um ehrlich zu sein, was hat mich hergebracht? Ich meine, was war der Auslöser, der meinem ganzen Leben eine andere Richtung gegeben hat, der mich um die halbe Welt trieb?«

»Was?«

»Ein Foto von Yukio Mishima im Lendenschurz. Das war's.«

Er bleibt stehen, die Hand immer noch an Toshis Ellbogen, und sieht ihm in die Augen.

»Und wieso bin ich immer noch hier? Wieso bin ich hier in Japan, in Tokio?«

»Weiß ich nicht«, sagte Toshi und denkt, daß er die Antwort wirklich nicht kennt.

»Weißt du doch.«

»Nein.« Er will es nicht aussprechen. Aber Paul tut es.

»Ich bin wegen der Männer hier.«

»Das ist doch dumm«, sagt Toshi. Er reißt seinen Arm los und lacht gezwungen. Es gefällt ihm nicht, so etwas von Paul zu hören. »Das ist ein blöder Grund. So etwas solltest du nicht sagen. Dazu bist du zu klug.«

»Nein. Bin ich nicht. Wenn es um Liebe und Sex geht, ist niemand besonders klug. Das ist es, was du noch lernen mußt.«

Er schweigt einen Augenblick. »Vor allem, was dich selbst angeht.«

Schweigend verlassen sie den Park. Paul sagt immer Dinge über sich selbst, die er lieber nicht hören würde. Ist das bei den Amerikanern unter Freunden immer so? Kritisieren sie einander? Weisen einander auf ihre Schwächen hin? Aber warum?

Die Omotesando-Straße Tokios ist die modischste Flaniermeile – verbreitert und im Olympiajahr 1964 mit Bäumen bepflanzt. Toshi ist überrascht, wie sehr sie sich verändert hat. Häagen Dasz und das Cafe Rope haben ihre Pforten geschlossen. Auf den Bürgersteigen sitzen Ausländer und verkaufen Sachen, die sie auf Decken ausgebreitet haben. Schmuck. Keramik, veröltes Strandgut gerahmt und Sandbilder.

»Schrecklich«, sagt er.

»Na ja. Wohl eher unvermeidlich«, meint Paul. »Nach diesem Höhenflug war der Absturz nicht zu vermeiden.«

Hoch, runter. Rein, raus. In der Schule hatte Toshi Listen von Gegensätzen auswendig lernen müssen. Kalt, heiß. Hell, dunkel. Glücklich, traurig. Sicher, gefährlich.

»Wirst du mir bei Jane helfen?«

»Du solltest lernen, selbst mit solchen Situationen fertig zu werden.«

»Bitte! Sie ist zu stark für mich.«

»Natürlich. Sie ist Amerikanerin. Sie wird dich bei lebendigem Leib verschlingen.«

Toshi tastet nach Janes Bißspuren unter dem Hemd. Er konnte sie Paul nicht zeigen. Könnte es wirklich passieren, daß sie ihn verschlang?

»Bitte! Du weißt doch immer, was zu tun ist.«

»Ich denke, wir sollten ihr einen Brief schreiben. So kannst du ihr sagen, was du willst, ohne ihr gegenüberstehen und deinen armen, überreizten Penis gefährden zu müssen. Wir schreiben ihr während des Essens.«

Sie gehen weiter, vorbei an RÄUMUNGSVERKAUF-Schildern in den Fenstern von Kiddy Land, Vivre 21 Fashion Building und Shu Uemura. Das Hanae-Mori-Gebäude ist dunkel. Draußen auf dem Platz, wo Toshi einmal an einem Sonntag nachmittag mit Wanda Williford Eistee getrunken hat, findet ein Flohmarkt statt. Junge Japanerinnen verkaufen ihre Louis-Vuitton-Taschen und Hermestücher, Männer ihre Rolexuhren, italienische Krawatten und lederne Brieftaschen.

»Ich bin am Verhungern. Ein koreanischer Grill, indisch oder ein Thai?«

»Thai.«

Am Rinnstein steht ein Mercedes-Benz mit einem »Zu verkaufen«-Plakat am Fenster. Eine Frau in schwarzem Leder hat eine Decke über die Motorhaube gelegt und eine Kristallkugel und Tarotkarten darauf ausgebreitet. Als Toshi vorbeigeht, drückt sie ihm eine Visitenkarte in die Hand.

»Schauen Sie in Ihre Zukunft. Beruflicher Erfolg. Liebe.«

»Vielleicht sollten wir es versuchen.« Toshi gibt die Karte an Paul weiter.

»Sie muß ihr Auto verkaufen. Wie gut kann sie schon sein?«

»Nicht wegen Karrierefragen. Wegen der Liebe.«

Paul wirft die Karte in einen Mülleimer. »Liebe hat keine Zukunft. Sie dauert nie lange genug.«

Paul schreibt für Toshi:

Liebe Jane,
es tut mir leid, daß ich erst so spät auf deine Briefe antworte. Ich wollte nicht zurückschreiben, ehe ich nicht sorgfältig über unsere Beziehung nachgedacht habe. Ich glaube, wir sollten uns nicht mehr treffen. Es ist nicht, weil ich nicht mit dir zusammensein möchte. Im Gegenteil. Ich möchte es zu sehr. Ich bin sicher, du verstehst, was ich dir damit sagen will. Ich habe große Hochachtung vor dir. Du bist eine so außergewöhnliche Frau, daß du mich einfach überwältigst – und damit

mein ganzes Leben. Ich fürchte, ich bin noch nicht bereit für eine derart intensive Beziehung. Ich hoffe, du stimmst mir zu, daß es so am besten ist.
Wir sehen uns nächste Woche in der Schule.
Toshi.

»Poetisch, aber bestimmt. Das sollte genügen.« Paul faltete das Blatt und steckte es Toshi in die Hemdtasche.

»Wird sie auch glauben, daß ich das geschrieben habe?«

»Sie wird es glauben, weil es das ist, was sie hören will.«

Ein junger gutaussehender Thaikellner bringt ihnen Schalen mit Kokosnußeis.

»Vielen Dank.« Paul fährt sich durch sein glänzendes rotes Haar und schenkt dem jungen Mann sein charmantestes Lächeln. »Kommen Sie aus Bangkok? Ich war schon oft dort. Bangkok ist meine Lieblingsstadt. Ich interessiere mich sehr für die thailändische Kultur.«

Am nächsten Morgen setzt sich Toshi an seinen Kotatsu, um Pauls Brief abzuschreiben. Er sitzt dem Balkon gegenüber, der Futon liegt noch ausgebreitet auf dem Boden hinter ihm. Draußen am Himmel wimmelt es von Hubschraubern und Zeppelinen. Toshi starrt auf das leere weiße Blatt.

Wenn wir Japaner persönliche Briefe schreiben, schreiben wir vertikal, von oben nach unten und von rechts nach links, nicht wahr?«

Toshis Englischlehrerin in der neunten Klasse, Frau Hayashi, zeigte mit dem Stock auf den Musterbrief, der bereits in ordentlichen, gleichmäßigen Zeilen an der Tafel stand. »Und wir halten uns an eine feststehende Form und weichen nicht davon ab, stimmt's? Zuerst eine Bemerkung über das

Wetter. Als nächstes erkundigen wir uns nach dem Gesundheitszustand unseres Briefpartners.«

Sie legte den Stock hin und sah aus dem Fenster auf den gefrorenen Sportplatz. Der erste Herbstschnee fiel in dicken, nassen Flocken. Jungen in Rugbyshorts, die Beine von der Kälte gerötet, standen in einer geraden Reihe und verbeugten sich mit einer synchronen Bewegung vor ihrem Trainer.

»Aber in Amerika, wo man ja horizontal schreibt, von links nach rechts, gibt es keine feste Form für persönliche Briefe. Die Leute schreiben, was sie wollen, alles, was ihnen einfällt, und in jeder erdenklichen Reihenfolge.«

Ein ungläubiges Murmeln durchlief die Klasse, wie ein Fischschwarm, der dicht unter der Oberfläche vorbeizieht. Die Schüler sahen einander an, die Augen erstaunt aufgerissen. Toshi stellte sich einen amerikanischen Brief vor: Englische Wörter, die in alle Richtungen verliefen, in Kreisen, auf dem Kopf stehend, über Kreuz, auf einem Blatt rot-weiß-blauen Papiers. Hinter ihm flüsterte jemand: »Hört sich doch gut an. Ich möchte nach Amerika.«

Frau Hayashi klatschte in die Hände, und die Klasse wurde wieder ruhig.

»In Amerika gibt es keine Ordnung.«

Jeder Schüler mußte einen persönlichen Brief in Englisch schreiben, an jemanden in Amerika. Wenn sie niemanden hatten, dem sie schreiben konnten, versorgte sie ihre Lehrerin mit Namen und Adressen von Schülern. Nachdem das Fischerboot ihres Mannes in einem Sturm gekentert war, hatte Frau Hayashi zwei Jahre bei ihrer Schwester und deren Familie in einem Ort namens Portland gewohnt. Als die Schüler ihre Briefe abgegeben und Frau Hayashi alle korrigiert hatte, schrieben sie sie noch einmal ab und schickten sie tatsächlich los.

Der einzige Mensch, den Toshi in Amerika kannte, war Audrey Hepburn. Also schrieb er an sie. Er arbeitete jeden

Abend an seinem Brief, sobald er die anderen Hausaufgaben erledigt hatte. An dem Morgen, an dem sie den Brief abgeben mußten, wurde er sehr früh wach, schlich sich, ohne seinen Vater zu wecken, nach unten und schaltete den Reiskocher für ihr Frühstück ein. Im Hinterzimmer setzte er Teewasser auf. Es war immer noch dunkel, als er die Heizlampe unter dem Kotatsu anknipste und die Beine unter die Steppdecke schob, und er konnte im Fenster nur sein eigenes Spiegelbild sehen: ein verschlafener Junge mit Bürstenschnitt und einem weißen Sweatshirt mit leuchtend rosafarbener Aufschrift in spiegelbildlichem Englisch: »Strawberry Boy. Let's Play Violent Sports Everyday«. Er fing an zu schreiben, horizontal, von links nach rechts.

Als er wieder aufblickte, fiel blaues Licht auf den Abhang. Es tanzte um die Birken und weckte die Rotfüchse und die Antilopen. Er schrieb:

Liebe Miss Audrey Hepburn,
hier in Hokkaido, Japan, wo ich wohne, ist es schon fast Winter. Es ist sehr kalt, aber das macht mir nichts aus. Wie geht es Ihnen? Geht es Ihnen gut? Ich hoffe, daß Sie bei guter Gesundheit sind.

Meine Mutter und ich haben Ihren Film »Ein Herz und eine Krone« gesehen. Ja. Es war an meinem Geburtstag, als ich neun Jahre alt wurde. Es war mein erster Film in Englisch. Ich habe die Sprache nicht verstanden. Aber Sie waren die schönste Frau, finde ich. Nachdem Sie Ihr Haar abgeschnitten hatten. Danach habe ich noch viele Filme gesehen, in denen Sie mitspielen. »Frühstück bei Tiffany«, »Süßer Fratz«, »Sabrina«, »Geschichte einer Nonne«. Diese Filme sind auf Video. Man kann Ihre Filme in Japan ganz leicht sehen, wußten Sie das? Alle Leute hier in Japan mögen sie sehr, was mich freut. Weil Sie schön sind und eine so gute Schauspielerin. Das stimmt wirklich. »Geschichte einer Nonne« ist ganz, ganz traurig. Ich habe geweint. Ehrlich. Sie können ja meine Mutter fragen.

Jetzt bin ich vierzehn Jahre alt. Ich zeichne gern. Ich werde Ihnen ein paar Bilder schicken. Wenn Sie nach Japan kommen, könnten wir uns dann treffen? Glauben Sie, das geht? Ich lerne Englisch. Sie können nach Hokkaido kommen und in Hiraiwa wohnen, dort wohnt meine Mutter, und es ist wie ein Hotel. Sie brauchen kein Geld zu bezahlen. Wir freuen uns, wenn Sie kommen. Kennen Sie japanische Bäder und Betten? Wir haben keine Betten. Aber machen Sie sich keine Sorgen. Ich werde Ihnen alles erklären. Wäre das ein Problem?

Wann drehen Sie den nächsten Film? Mögen Sie japanisches Essen? Ich hoffe, Sie lesen meinen Brief. Würden Sie mir antworten? Ich werde warten. Es macht nichts, wenn es lange dauert.

Ihr Freund

Toshiyuki Okamoto (Sie können mich gern Toshi nennen!)

Er steckte den Brief in einen großen Umschlag, zusammen mit zwei Skizzen – die eine von seiner Mutter, die andere von Audrey Hephurn, von dem Cover des »Frühstück bei Tiffany«-Videos. Er adressierte den Brief an: Miss Audrey Hepburn, Hollywood, Kalifornien, USA.

Drei Monate später bekam er einen braunen Umschlag mit einem schwarzweißen Autogrammfoto von Audrey Hepburn und einem Brief:

Lieber Toshiyuki Okamoto,
ich danke Dir für deinen freundlichen Brief. Ich freue mich, daß Dir meine Filme gefallen. Ich bin immer froh, wenn ich von Fans höre. Das ist die schönste Anerkennung für meine Arbeit. Wie Du vielleicht weißt, drehe ich nicht mehr viele Filme. Statt dessen bin ich in der glücklichen Lage, für UNICEF arbeiten zu dürfen, und ich reise viel und bemühe mich darum, daß Kinder überall auf der Welt genug zu Essen haben und gesund sind. Das ist eine schwierige, aber sehr lohnende Aufgabe.

Ich wünsche dir alles Gute für Deine Zukunft.
Mit den besten Wünschen.
Audrey Hepburn.

Der Brief war mit Schreibmaschine geschrieben, aber Audrey Hepburn hatte selbst unterschrieben. Toshi rahmte den Brief und das Foto und gab beides seiner Mutter für ihr Zimmer im Gasthaus in Utoro. Oma lieh die Rahmen oft aus, um sie den Gästen zu zeigen, und irgendwann bat sie Taro, sie im Eßzimmer aufzuhängen. Im Lauf der Jahre kam fast jeder aus dem Dorf einmal vorbei, um sich neben dem Brief und dem Autogrammfoto von Audrey Hepburn fotografieren zu lassen.

Selbstverständlich sollten wir uns nicht mehr treffen. Ich hatte auch schon vor, dir dasselbe zu schreiben, als ich deinen Brief bekam. Glaubst du wirklich, ich wollte eine so verrückte Beziehung fortsetzen? Nein! Auf keinen Fall!

Eine Frühlingsbrise weht zur offenen Balkontür herein und hebt das einzelne Blatt – Janes dritten Brief – vom Tisch.

Diese sexuelle Anziehung ist zu mächtig, sie hat uns übermannt. Sie besitzt uns. Wir sind wie Tiere. Ein bösartiger Affe und ein gefährlicher Tiger. Der Affe reitet auf dem Rücken des Tigers.

Das Blatt hebt sich in die Luft, schwebt einen Augenblick und sinkt dann wieder auf die Tischplatte nieder.

Der Rücken des Tigers. Dein Rücken, glatt wie Seide. Das Seidenfutter im Nerzmantel ihrer Mutter. Sie versteckte sich im Schrank, in den Mantel ihrer Mutter gewickelt. Die Seide strich über ihre bloßen Arme, überzog ihr Gesicht wie das plötzliche Aufwallen von Blut, ein wunderbarer, dunkler Tod.

Der Brief war in der Nacht angekommen, während er schlief, war durch den Briefschlitz geworfen worden. Auf dem roten Umschlag gab es keine Briefmarke, keinen Stempel. Toshi überprüfte das Türschloß.

Die Kirschbäume blühen. Wir werden uns heute abend auf dem Aoyama-Friedhof Lebewohl sagen. Unter einen blühenden Kirschbaum. Umgeben von all den traurigen Grabsteinen. Unser Abschied. Um sechs Uhr. Am Nordeingang.

Ich werde hingehen. Wenn nicht, wird sie nie aufhören, mir zu schreiben, denkt er, während er den Brief säuberlich faltet, wieder in den Umschlag steckt und ihn zu den anderen in die Schublade legt. Wenn ich heute abend nicht hingehe, werden immer wieder Briefe von ihr kommen. Er stellt sich vor, wie sich die Umschläge wie eine rote Schneeverwehung vor der Tür sammeln, wie sie dort jeden Morgen auf ihn warten, wenn er aufwacht. Und Jane schreibt, als wäre sie verrückt. Als gäbe es überhaupt keine Regeln.

»Ich war nicht sicher, ob du kommen würdest«, sagt sie schüchtern, denn hebt sie den Saum ihres weißen Kleides und macht einen Knicks. Sie sieht in dem weichen, schwächer werdenden Licht so hübsch und unschuldig aus, das Haar mit einem weißen Tuch zurückgebunden. Ist das wirklich die Frau, die diese Briefe geschrieben hat?

»Ich habe mich darauf gefreut«, sagt er impulsiv – gegen seinen Willen ist er von ihr bezaubert.

Sie lächelt. Sie hat eine Einkaufstasche in der einen Hand, mit der anderen faßt sie ihn am Arm und führt ihn den Pfad entlang, an den vielen anderen Spaziergängern vorbei. Bald kommen sie zu einem Kirschbaumwäldchen.

»Oh, sieh doch!«

Sie läßt die Tasche fallen und rennt unter die Bäume. Blütenblätter rieseln wie Schneeflocken auf ihr dunkles Haar.

Umgeben von einem Kreis aus Grabsteinen breitet sie die Arme aus.

»Sieh mich an, Toshi!« schreit sie. Alle Leute ringsum starren sie an. Was hat sie vor?

Sie wirbelt herum, bis ihr schwindlig ist, bis sie auf den mit Blütenblättern bedeckten Rasen fällt. Sie flattert mit den Armen wie ein Vogel.

Jemand sagt: »Sie hat einen Anfall!«

»Nein, das ist nur eine verrückte Ausländerin.«

Toshi rennt zu ihr.

Aber Jane lacht. »Sieh nur Toshi! Ich bin ein Schnee-Engel!«

Unter den Bäumen mit den aufbrechenden Blüten sitzen Familien und junge Paare und Gruppen von Büroangestellten – die Männer mit verschränkten Beinen, die Frauen haben die Beine angezogen. Sie haben ihre Schuhe fein säuberlich in Reihen an die Ränder ihrer Plastikmatten gestellt, die Spitzen nach außen. Der Soja-und Zucker-Duft von fettbegossenem Fleisch und der Geruch von Schellfisch, der auf Hibachis grillt, mischt sich in der kühlen Luft mit Zigarettenrauch. Flaschen mit Sake, Bier und Wein werden geöffnet. Hölzerne Eßstäbchen klicken wie Zikadenbeine, und dieses Geräusch durchdringt den dunkler werdenden Abend.

Toshi und Jane sitzen einander auf einem Bettlaken gegenüber.

»Das ist ein guter Wein«, sagt er und nippt an der Plastiktasse. Er ist nicht nur höflich, der Wein ist wirklich gut.

»Den hat jemand vor dem Hanae-Mori-Gebäude verkauft. Er war eigentlich zu teuer, aber ich habe den Typ verhext. Ich habe ihn mit meinen Zauberkräften dazu gebracht, mir den Wein beinahe umsonst zu geben.«

Sie starrt ihm in die Augen als versuche sie, auch ihn zu verhexen. Blütenblätter rieseln aus dem Dunkeln und bleiben auf den Lebensmitteln liegen, die Jane zwischen ihnen ausbreitet. »Ein multikulturelles Abendessen«, sagt sie, arrangiert Käse und Cracker und dann Suchi auf Papptellern. Sie holt ein Taschenmesser aus der Einkaufstasche und schneidet einen roten Apfel in Spalten. Irgendwo drückt jemand einen Knopf, und die Papierlaternen, die an den Bäumen hängen, flackern erst, dann glühen sie auf und werfen ein warmes Licht auf die weißen Blüten.

»Wie wunderschön! Es ist, als wären wir in einer Schneehöhle, in einem verzauberten Tunnel aus Licht«, flüstert Jane. Sie schließt die Augen und läßte den Kopf nach hinten sinken, entblößt ihren Hals und den schattenhaften Umriß ihrer Brust. Toshi spürt, wie er steif wird.

»Es sind Geister in der Luft«, flüstert sie.

Ein Mann spielt Gitarre. Eine Frau singt.

Jane öffnet die Augen wieder und lächelt. Sie sieht liebenswert und eifrig aus, überhaupt nicht wie jemand, der solche Briefe schreiben könnte. Vielleicht hat er sich in ihr getäuscht.

Sie legt ein Stück Käse auf eine Apfelspalte und hält sie hoch. Toshi öffnet den Mund, und sie steckt Käse und Apfel hinein, berührt mit den Fingern kurz seine Zunge. Er schließt die Augen, und sie zieht die Finger langsam über seine Zähne und Lippen zurück. Er stellt sich ihre Zunge in seinem Mund vor. Er kaut und schluckt, schmeckt den scharfen Käsegeschmack, die Augen immer noch geschlossen.

Der Gitarrist spielt ein altes Volkslied, und immer mehr Leute fangen an zu singen.

Der Rand der Plastiktasse berührt seine Lippen. Jane gießt ihm Wein in den Mund. Toshi wird langsam betrunken.

»Trink! Trink!«, sagt sie und läßt ihn die Tasse leeren, dann nimmt sie sie weg. Er öffnet den Mund und wartet auf mehr. Die Musik. Der Grillrauch. Er ist glücklich.

Er spürt etwas, eine überraschende Schärfe, ein Aufflakkern von Unruhe.

Er öffnet die Augen.

Die glitzernde Schneide ihres Taschenmessers gleitet über seinen Daumen.

Blut.

Jane packt seine Hand, stopft sich seinen Daumen in den Mund und saugt daran.

»Was machst du da?«

Er reißt die Hand weg, im selben Moment, wo sie zubeißt und die Zähne über seine Haut reißt. Er springt auf und weicht vor ihr zurück.

»Tut mir leid. Das wollte ich nicht«, sagt sie.

Er hat nur Strümpfe an den Füßen und spürt den kalten Boden, Zweige und spitze Steine. Jane bleibt ruhig sitzen und blickt zu ihm auf. An ihrer Oberlippe schimmert ein Blutstropfen. Sie hält immer noch das Messer in der Hand.

»Was hast du vor?« fragt er, zu laut und plötzlich ängstlich.

Leute drehten sich um.

»Weißt du, ich bin nie ohne jemanden gewesen, den ich lieben kann«, sagt sie.

Ein roter Fleck breitete sich auf ihrem weißen Kleid aus.

Toshi hält den Daumen hoch, der anfängt zu pochen.

Blut. Schweiß tropft von seinem Gesicht.

»Du hast mich geschnitten«, bemerkt er dümmlich. Er weiß nicht, was er sagen, was er tun soll. Sie hat das Messer. Sollte er versuchen, es ihr abzunehmen?

»Du versuchst nur, es spannender zu machen, nicht wahr?« sagt sie leise, als wolle sie ein Kind in den Schlaf reden. »Das weiß ich. Du willst mich nicht wirklich verlassen. Schon gut. Ich verstehe. Ich mag es auch, wenn es spannend ist.«

Sie greift nach dem Apfel, schneidet ihn weiter auf, als wäre nichts geschehen, und schmiert dabei Toshis Blut aufs Fruchtfleisch.

Eine Brise wirbelt die Blütenblätter auf, weht sie über ihre Teller mit dem Essen.

»Oh!« schreit Jane, als hätte etwas sie verletzt. Sie springt auf. »Sieh doch nur! Jetzt ist alles verdorben!«

Sie bricht in Tränen aus.

Der Gitarrist hört auf zu spielen.

»Schon gut. Es sind doch nur Blüten«, sagt Toshi, jetzt mit sanfter Stimme – er muß sie beruhigen.

»Du hast alles verdorben. Du hast mich betrogen«, schreit sie.

Was sagt sie da? Das ist doch Unsinn!

Und dann fügt sie, auf japanisch, hinzu: »Ich bin keine Hure!«

Jetzt sind alle anderen still geworden. Wo hat sie dieses Wort gelernt? Sie hat nie zuvor Japanisch mit ihm gesprochen. Alle starren sie an.

»Aber du hast mich geschnitten«, sagt er und hält ihr den Daumen hin. Als ob sie sich nicht daran erinnern würde.

»Laß mich in Ruhe!« kreischt sie. Sie greift nach einer Tasse Rotwein und kippt sie ihm ins Gesicht.

Jemand schnappt laut nach Luft.

Jane weicht zurück, stolpert über Leute und ihr Essen. Sie stößt Bier- und Weinflaschen und Grills um. Kinder fangen an zu weinen. Rückwärts weiterflüchtend, zertritt sie glühende Holzkohle mit ihren bloßen Füßen. Sie huscht an den Grabsteinen und angestrahlten Blüten vorbei wie ein Geist und verschwindet im Dunkel der Nacht.

Bis er wieder in seiner Wohnung ist, hat Jane schon drei Nachrichten auf seinem Anrufbeantworter hinterlassen. Toshi säubert und verbindet seinen Daumen, zieht dann die Sachen mit den Weinflecken aus und wirft sie in die Waschmaschine auf seinem Balkon. Nackt steht er draußen und hört Janes Stimme zu. Die Nachtluft ist kühl, aber die Lichter der Stadt brennen. Leuchtend weiße Vorhänge aus Licht umgeben das Nationalstadion. Der Tokyo Tower ist rot angestrahlt.

Bei der ersten Nachricht ist ihre Stimme seltsam ruhig, als würden ihre Worte von Wasser erstickt:

»Bist du da?« Sie wartet. Und dann: »Du hättest nicht all diese netten Sachen sagen sollen. Du hast es doch sowieso nicht ernst gemeint, oder?« Sie seufzt. »Vielleicht lag es am Wein. Der Wein war ein Fehler. Wir hätten uns nicht betrinken sollen. Ich habe in letzter Zeit nicht gut geschlafen. Ich liege die ganze Nacht wach, und dann bin ich tagsüber zu müde, um irgendwas auf die Reihe zu kriegen. Ich wandere in meiner Wohnung herum, in den zwei kleinen Zimmern, vollkommen erschöpft, aber zu ruhelos, um zu schlafen. Ich sage meine Kurse ab und gehe nicht mehr aus.«

Sie entzündet ein Streichholz und steckt sich eine Zigarette an.

»Ich habe einen antiken Kimono. Er ist aus Seide und sehr, sehr alt. Uralt. Ich bleibe den ganzen Tag zu Hause und wickle mich darin ein. Er würde dir gefallen. Ich trage sonst nichts, ich bin nackt darunter. Der Kimono ist grün, er hat die Farbe der Algen, die man um Reis wickelt.«

Sie bläst Rauch in den Hörer.

»Ich werde wahrscheinlich gefeuert. Was hältst du davon? Nein, der Kimono ist nicht grün. Aber ich habe dich nicht belogen, ich habe mir die Farbe nur vorgestellt. Er hat die Farbe eines aufgeschnittenen Granatapfels, ziemlich hell, und ist so fadenscheinig, daß er reißen würde, wenn du ihn berührst. Tageslicht ließe ihn zu Staub zerfallen.«

Sie hält inne, und er hört ihren Atem. Irgendwo läuft Wasser. Jane hat ein schnurloses Telefon. Er kann sie sehen. Sie raucht, geht vor der Wand mit den Holzschnitten auf und ab. Geishas ziehen ihre Kimonos auf und enthüllen sich ihren Samurai-Liebhabern. Hat Jane wirklich einen Kimono? Oder ist das eine Lüge?

»Bitte ruf mich sofort zurück. Ich muß mit dir reden. Egal, wie spät es ist. Ich schlafe sowieso nicht mehr.«

Sie legt auf.

Neun Stockwerke tief unter seinem Balkon beleuchten riesige Bogenlampen einen Trupp von Straßenarbeitern, die das Pflaster mit Preßlufthämmern aufreißen. Büroangestellte und Taxifahrer quellen aus dem Ramen-Laden wie Wolken blauen Rauchs. Toshi hält Ausschau, ob er Jane auf der Straße entdekken kann, aber er sieht sie nicht. Es sei denn, sie versteckt sich in einem Türeingang. Aber so verrückt ist sie doch nicht, oder? Er sieht seinen Daumen an. Er weicht vom Geländer zurück.

Die zweite Nachricht:

»Bist du immer noch nicht zu Hause? Wo steckst du denn? Vielleicht bist du immer noch auf dem Friedhof. Du hast eine andere dort getroffen, eine Hübschere, eine andere Amerikanerin, die dir keine Schwierigkeiten macht wie ich.« Etwas zerbricht. »Scheiße.« Eine Flasche? »O Gott. Habe ich das wirklich gesagt? Eine andere Amerikanerin. Ich bin wirklich erbärmlich. Lösch diese Ansage vom Band.«

Sie inhaliert tief.

»Ich habe so etwas früher nie gesagt. Ich war ein nettes Mädchen.« Sie hustet. »Habe ich dir je von meinem vietnamesischen Freund erzählt? Als ich in der High-School war? Er war zehn Jahre älter als ich. Er hatte Tätowierungen auf beiden Armen, und ein Motorrad. Mein Vater konnte ihn nicht ausstehen.« Er hört, wie sie den Kühlschrank aufmacht. »Aber mein Vater ist ein Arschloch.«

Sie seufzt laut, und er stellt sich folgendes vor: Sie kniet und starrt enttäuscht auf die leeren Fächer des Kühlschranks, starrt in seine weiße, feuchte Kälte. Eine verschrumpelte Zitrone. Eine leere, verkrustete Flasche Sojasoße. Eine Flasche Wodka.

»Bist du böse auf mich? Bitte nicht. Ich meine, ich würde das schon verstehen, aber ich wollte dir wirklich nicht weh tun. Ich wollte nur, daß du ... daß du mich beachtest.«

Plötzlich schreit sie, erschreckt ihn: »Ich wollte nur, daß du mich bemerkst.«

Sie flüstert: »Es tut mir leid. Bitte ruf mich an.«

Die dritte Nachricht.

Jane ist wütend.

»Oh, ich weiß, ihr Japaner glaubt, es wäre ein großes Abenteuer, mit einer Amerikanerin zu schlafen, ihr glaubt, wir Amerikanerinnen gingen wahllos mit jedem ins Bett, nicht wahr, ihr denkt, daß wir Huren sind, und daß es nichts ausmacht, wenn ihr uns schlecht behandelt.«

Sie fängt an zu weinen. Sie tut Toshi beinahe leid, aber er reißt sich zusammen. Das ist nur ein Trick. Alles, was sie sagt und tut ist gelogen.

»Du verstehst einfach nicht, daß ich in dich verliebt bin und o Gott, ich kann nicht ... Toshi, hör mir zu.«

Ihre Stimme klingt schleppend. Sie ist betrunken. Sie hat Drogen genommen.

»Ich muß ... Ich muß dich berühren, ich muß die Haut innen an deinen Oberschenkeln anfassen, meine Hand zwischen deine Beine legen und einfach einschlafen. Fallen und fallen und fallen – weißt du, was ich meine?«

Er hört ein dumpfes Geräusch, als wäre sie gegen die Wand gerannt. Sie läßt das Telefon fallen. »Oh.« Ihre Stimme ist weit weg. Dann ist sie wieder da. Aber sie spricht langsam und macht lange Pausen zwischen den Worten, so lange, daß Toshi jedesmal wieder überrascht ist, daß sie überhaupt weiterspricht.

»Ich muß dir das irgendwie klarmachen. Ich werde alles tun, damit ich dich wieder berühren kann, ich bleibe in meinem Zimmer und warte auf dich. Hörst du mir zu? Hörst du mich? Ich werde auf dich warten, und ich werde die ganze Zeit nackt sein und mich berühren und an dich denken. Ich denke an dich.«

Sie legt auf. Freizeichen.

Toshi bleibt auf dem Balkon. Er zittert in der Kälte, aber er will nur die Nachtluft und die Dunkelheit um sich, und an nichts denken. Sein Daumen pocht. Es ist immer noch früh am Abend, aber er ist erschöpft. Vom Friedhof. Von den Nachrichten auf dem Anrufbeantworter. Von der U-Bahn-Fahrt nach Hause, weil die U-Bahn voller Betrunkener war, die unterwegs waren, um die Kirschblüte zu feiern.

Als er noch klein war, sprachen die Lehrerinnen in der Schule über die Kirschblüten. Über den Mond. Über Ahornblätter im Herbst. Diese Dinge seien für Japaner etwas ganz Besonderes, sagten sie. Auf der Shiretoko-Halbinsel blühen die Kirschbäume erst sehr spät. Es gab keine Betrunkenen. Oma braute Tee aus den Blüten, den sie zu selbstgemachtem Konfekt tranken, das zu rosagefärbten Blüten und grünen Blättern geformt war.

Hier in Tokio jedoch wurden in der Kirschblütenzeit zusätzliche Leute-Schieber auf den Bahnhöfen eingestellt. Heute hatte er fünf Züge abwarten müssen, bis in einem genug Platz war, daß sie ihn hineinschieben konnten.

Er wird Paul anrufen. Paul wird wissen, was zu tun ist. Er geht wieder ins Zimmer, aber gerade als er nach dem Telefon greift, klingelt es. Er zuckt erschrocken zusammen, dann nimmt er ab.

»Toshi? Toshi Okamoto?«

Es ist nicht Jane.

»Ja. Hier ist Toshi Okamoto«, sagt er auf englisch.

»Hi! Du erinnerst dich vielleicht nicht mehr an mich. Ich bin Lucy. Wir haben an deinem Geburtstag zusammen gegessen. Mit Jane und meinem Mann, Hugh. Erinnerst du dich?«

»Ja. Ich erinnere mich an dich.«

Lucy. Sie war hübsch. Und charmant. Und während sie redet, erinnert er sich an mehr: an ihre langen, nackten Arme. Ihre Hände auf der Tischdecke, die langen Finger gespreizt. Was war sie noch? Komponistin?

»Ich hoffe, es stört dich nicht, wenn ich dich zu Hause anrufe, aber ich muß etwas mit dir besprechen. Etwas Geschäftliches. Wäre es möglich, daß wir uns bald einmal treffen? Falls du Zeit hast?«

Ist das ein weiterer Trick? Hat Jane sie gebeten, ihn anzurufen? Aber dann erinnert er sich: Als sie einander vor dem Restaurant vorgestellt wurden, hat er ihr seine Visitenkarte gegeben, mit seiner Adresse und Telefonnummer darauf. Sie hat sie mit beiden Händen entgegengenommen und sie wieder und wieder umgedreht, von der japanischen Seite auf die englische und wieder zurück.

»Ja. Wir können uns gerne treffen.« Er hat beschlossen, es zu riskieren.

»Großartig. Großartig!« Sie klingt wirklich erfreut.

Jetzt fällt ihm noch mehr ein: Ihr kurzes Haar, das sie hinter die Ohren geschoben hatte, wie man Gardinen zurückschiebt, um Sonnenlicht hereinzulassen. Wie sie sich über seinen Geburtstagskuchen gebeugt und die Lippen geschürzt hatte.

»Ja«, sagt er. »Großartig.«

Die Waschmaschine hört auf zu schleudern. Er holt seine Sachen heraus und hängt sie zum Trocknen auf und wiederholt dabei ständig ihre Namen im Kopf: Jane. Lucy. Jane. Lucy. Zwei Amerikanerinnen, die ihn in endloser Folge umkreisen, Jane in ihrem verrottenden Kimono, Lucy mit ihren langen Armen und der reinen Haut. Sie bewegen sich auf ihn zu und ziehen sich wieder zurück, drücken ihre Gesichter an seines, unnachgiebig, hartnäckig. Und neun Stockwerke unter ihm rollt eine Prozession die Straße entlang; mit plärrenden Lautsprechern. Die Radikale Reispartei.

»Ausländischer Reis wird Japan zerstören. Japaner haben ein besonderes Verdauungssystem, und ausländischer Reis kann von unseren Körpern nicht entsprechend verdaut werden. Es ist eine internationale Verschwörung, um Japan zu zerstören.«

Er geht ins Zimmer und schiebt die Balkontür zu. Er entrollt seine Matratze. Er macht das Licht aus und findet sich mit Audrey Hepburn in einem Hotel in Paris wieder. Gefährliche Killer sind hinter ihnen her, und er hat einen tiefen Riß auf dem Rücken. Audrey reinigt die Wunde. Er spürt, wie ihre Hände seine Haut liebkosen. Vor dem Hotelzimmerfenster sieht er die nackten, knorrigen Zweige eines Kirschbaums, schemenhaft, vor einem Hintergrund aus reinem Weiß.

Als er noch klein war, glaubte Toshi, daß Setzlinge, die unter dem Schnee begraben wurden, ersticken müßten. Daß ihre dünnen, nackten Zweige, die aus dem Schnee ragten, Arme waren, die sich nach Hilfe ausstreckten. Er grub sie aus, um sie zu retten. Aber wenn es auf der Shiretoko-Halbinsel erst einmal zu schneien begonnen hatte, hörte es bis zum Frühling nicht mehr auf. Toshi grub eine junge Birke frei, und am nächsten Tag war sie wieder eingeschneit.

Seine Mutter sah ihm eines düsteren Nachmittags vom hinteren Fenster aus zu. Die Wolken hingen, voller Schnee, reglos am Himmel. Sie zog ihren blauen Parka mit der Kapuze an. Zusammen gingen sie am Fuß des Abhangs entlang. Sie ging vor ihm her, und ihre grünen Gummistiefel hinterließen Löcher im Schnee, Schatten, in die er trat. Er hielt sich dicht hinter ihr. Einmal war sie in den Schnee hinausgegangen und stundenlang nicht zurückgekehrt.

»Was hast du gemacht?« fragte sie ihn.

Er erzählte es ihr.

»Aber sie sterben doch nicht! Sie schlafen nur. Einige Pflanzen schlafen unter dem Schnee, genau wie bestimmte Tiere«, sagte sie. »Der Schnee ist wie eine Decke, er schützt sie vor dem Wind und hält sie bis zum Frühling warm.«

Die Wolken brachen auf, warfen plötzlich solche Mengen

von Schnee hinunter, daß Toshi fürchtete, sie würden selbst darin ersticken.

Seine Mutter sah seine zweifelnde Miene. »Bären schlafen unter dem Schnee. Das weißt du doch, oder?«

Er nickte und stellte sich die Wärme eines Bären vor, der sich zu einer dicken Pelzkugel zusammengerollt hatte.

»Komm her.« Sie kniete sich neben zwei skelettartige Zweige, die nach oben ragten. »Du hast recht. Sie sehen aus wie Hände.« Sie begann, um die Zweige herum zu graben. Er half ihr.

»Sieh mal. Siehst du diese kleinen Knoten? Im Frühling werden sie aufbrechen. Neue Zweige werden wachsen, und grüne Blätter. Siehst du, wie gesund und glücklich dieser kleine Baum ausschaut?«

Sie legte ihre behandschuhte Hand schützend um den Zweig. Toshi zog den Handschuh aus und berührte ihn. Er fühlte sich tatsächlich lebendig an. Schneeflocken fielen auf Toshis bloßes Handgelenk und zeigten ihm für Sekunden ihre komplizierten Muster.

Auch seine Mutter zog einen Handschuh aus und drückte den Zweig gegen seine Wange. »Spürst du, wie warm er ist?«

Er fühlte die unerwartete Hitze ihrer Hand. Er wünschte sich, sie würde die Hand dort lassen. Sie zog ihm den Handschuh wieder an und schob seine Hand in den Jackenärmel. Dann wischte sie sich den Schnee von der Hose.

»Viele Pflanzen und Tiere können gut unter dem Schnee leben. Nur wir Menschen sind empfindlich und müssen im Winter dicke Sachen anziehen und drinnen bleiben.«

»Aber ein Mensch zu sein ist doch besser, als ein Tier zu sein oder eine Pflanze, nicht wahr?« Er würde nicht unter dem Schnee leben wollen, den ganzen Winter lang, allein. Als er zu ihr aufblickte, fielen Schneeflocken auf seine Wimpern. Er wischte sie weg.

»Ich weiß nicht, ob es besser ist«, sagte sie.

Es war eigentlich gar keine Frage gewesen, aber ihre Antwort hatte ihn dennoch nicht überrascht. Er war schon daran gewöhnt, daß seine Mutter von einem Augenblick zum anderen und scheinbar grundlos traurig wurde. In solchen Momenten schien sich plötzlich die Verzweiflung auf ihre Gesichtszüge zu senken, wie ein gewaltiges Gewicht. Sie sah dann aus, als würde sie an einen sehr fernen Ort denken, einen Ort, an dem er nie gewesen war und an den er nie gelangen würde.

Plötzlich wurde ihm kalt.

»Mutter?«

Der Schnee fiel um sie herum wie ein dichter Vorhang. Toshi konnte kaum noch das gelbe Licht des Nudelimbiß erkennen. Aber sie starrte auf den Abhang, als könne sie dort etwas anderes sehen als die verschwommenen Umrisse der Bäume.

»Mutter?« Seine Handschuhe waren naß. Er wollte ins Haus zurück.

Sie legte einen Finger auf die Lippen und deutete auf etwas. Toshi folgte ihrem Blick. Eine Familie von Rotfüchsen kam über die Kuppe des Abhangs getollt.

Seine Mutter lächelte.

Das gelbe Licht des Nudelimbiß wurde heller. Das Licht eilte heran, um ihn einzuhüllen und zu wärmen.

Braves Hundchen, braves Hundchen! Möchtest du ein Weilchen mit Toshi spielen?« zwitschert Mami dem winzigen weißen Hund zu, der auf ihrem Schreibtisch sitzt. Der Hund wedelt mit dem buschigen Schwanz.

»Toshi-chan, möchtest du mit Wan-chan spielen?«

Toshi blickt von dem Storyboard auf seinem Schreibtisch auf. »Nein, danke. Jetzt nicht.« Sein bandagierter Daumen stört ihn beim Zeichnen. Die Figuren vor ihm sehen kantig aus, das Fleisch ihrer Haut blutet auf ihre Kleidung.

Akira kommt zur Tür herein und setzt die Walkman-Kopfhörer ab. Quer durchs Zimmer kann Toshi den amerikanischen Rap hören. »Was denn, ein anderer Hund?«

»Darf ich dir Wan-chan vorstellen?« sagt Mami.

»Wieder nur für eine Stunde?«

»Nein, Wan-chan gehört uns für immer.«

Akira schüttelt seine frisch geringelten Dreadlocks, und weiße Reiskörner fallen auf den Boden.

»Sind die immer noch zugange?« fragt Toshi.

»Womit?« Nakamura wendet sich vom Fenster und dem verregneten Himmel ab und streicht sich Rauch aus dem Gesicht, wie sich andere das Haar aus der Stirn streichen.

»Diese verrückten Bauern haben vor dem Mitsukoshi-Warenhaus Barrikaden aufgestellt«, sagt Akira. »Sie haben ganze Wagenladungen von Reis ausgekippt.«

Der flauschige Hund blinzelt plötzlich schneller und schneller, und dann wird sein Bellen leiser. Yip, yip, yip, yip. Er hört auf, mit dem Schwanz zu wackeln, und fällt nach vorn, auf den Schreibtisch, mit dem Kopf zuerst. Es riecht verschmort.

»O je, er ist tot«, sagt Mami. »Böser Hund.«

»Was? Tot?« fragt Akira.

»Schlag ihn«, sagt Nakamura. »Fest, auf den Kopf.«

Mami schlägt ihn auf den Kopf. Wan-chan zuckt heftig, dann wedelt er wieder mit dem Schwanz. »Yip, yip, yip.«

»Was für ein albernes Vieh.«

»Er ist nicht albern. Er ist niedlich. Und viel besser als ein echter Hund. Immer freundlich, nicht wahr?« Sie hebt Wan-chan hoch und schmust mit ihm.

»Aber man kann doch kein Tier mögen, das mit Schaumgummi ausgestopft ist.«

»Er ist nicht mit Schaumgummi ausgestopft, sondern mit Computerchips«, sagt Nakamura. »Dieser Hund da hat mich viertausend Yen gekostet. Trotzdem, auf Dauer ist das immer noch billiger als ein Miethund.«

»Du brauchst einen Mann, keinen Hund«, sagt Akira zu Mami. »Vielleicht solltest du dich mal mit Toshi verabreden. Er ist ein netter, vertrauenswürdiger Junge. Anders als ich.«

»Kümmere dich um deinen eigenen Kram. Außerdem mag Toshi nur Amerikanerinnen. Er findet sie aufregender als uns japanische Mädchen. Stimmt's, Toshi-chan?«

»Nein, das stimmt nicht«, lügt Toshi.

»Lenkt Toshi nicht ab. Er arbeitet. Und das solltet ihr beide jetzt auch tun«, sagt Nakamura. »Ich weiß nicht, wofür ich euch eigentlich bezahle.«

»Ach, Sensei, Sie wissen doch, daß man Kreativität nicht erzwingen kann. Begabte Menschen wie wir brauchen Freiheit.« Akira setzt seine Kopfhörer wieder auf und hüpft mit übertriebenen, ruckartigen Tanzbewegungen durchs Zimmer. Immer mehr Reiskörner rieseln aus seinem Haar und rollen über das Storyboard auf Toshis Schreibtisch, wo Reihen gesichtsloser Gestalten darauf warten, ausgemalt zu werden. Ein Paar hoher Absätze erscheint auf dem weißen Papier, sie rennen über nassen Asphalt. Eine Frauenhand umklammert krampfhaft eine Pistole –, Amerikanerinnen, denkt Toshi. Wieso mag ich nur Amerikanerinnen? Sie machen einem ständig Schwierigkeiten. Heute möchte er sie nur noch vergessen und sich auf seine Arbeit konzentrieren. Aber er schafft es nicht. Der weiße Verband um seinen Daumen löst sich. Die rennende Frau ist Jane, und sie verfolgt ihn über das Blatt.

Toshi eilt durch ein Labyrinth unterirdischer Gänge, vorbei an Schuhgeschäften und Stehcafés, Nudelständen und Reisebüros mit Werbeplakaten für sonnigen Urlaub in Hawaii, Guam und Sapian. Vor einem Plakat mit zwei Bikinimädchen, die sich einen Ball zuwerfen, brät ein Obdachloser Reiskugeln über einem Feuer, das er in einer Radkappe entzündet hat. Der Rauch beißt Toshi in die Augen, aber er läßt ihn auch hungrig werden. Der Mann füttert das Feuer mit alten Zeitungen. Er wirft einen Umschlag mit dem Foto des Kronprinzen hinein. Die »Verzweifelte Suche nach Braut« geht in Flammen auf.

Paul steht in der langen Schlange vor dem Texas Steak House und unterhält sich mit einem jungen Japaner.

»Toshi, das hier ist Ueda-san, das ist mein guter Freund Okamoto-san«, stellt Paul vor.

Toshi verbeugt sich. Ueda verbeugt sich noch tiefer, gewährt Toshi einen Blick auf seine kurzgeschnittene Sportlerfrisur und die breiten Schultern. Er sieht aus, als wäre er ungefähr fünfzehn.

Paul sagt sehr schnell auf englisch: »Er versteht kaum Englisch, also mußt du schnell reden, wenn du etwas sagen willst, was er nicht hören soll.«

Ueda lächelt, holt ein Päckchen Zigaretten heraus und zündet sich eine an.

»Schüler?« fragt Toshi.

»Sei nicht so gemein. Er studiert Sport, hat gerade angefangen. Er spielt Fußball. Und er ist sehr intelligent.«

Eine Kellnerin in einer Uniform mit einem Muster aus Büffelköpfen und amerikanischen Fahnen kommt mit einem Klemmbrett und Speisekarten den Gang entlang.

»Keine amerikanischen Steaks heute. Nur Rindfleisch aus Kobe, Fisch und die Salatbar.« Sie lächelt strahlend. »Wir boykottieren amerikanisches Rindfleisch. Die Reisgeschichte, wissen Sie.« Sie reicht Toshi einen Papierstreifen. »Sie sind zu dritt? Hier ist Ihre Nummer. Sie werden in etwa einer Stunde einen Platz bekommen.«

»Kann sein, daß du wirklich in Gefahr bist.« Paul hält Toshis bandagierten Daumen zwischen seinem glatten Daumen und dem Zeigefinger fest und dreht ihn hin und her. Ueda ist noch einmal an die Salatbar gegangen, für einen dritten Nachschlag. Sein Platz am Tisch ist übersät mit zusammengeknüllten Papierservietten, Krabbenschwänzen, Kopfsalatfetzen und zerdrückten Päckchen von Ketchup, Mayonnaise, Senf und Sojasoße.

»Ich meine, sie ist eindeutig verrückt. Diese ganze Geschichte auf dem Friedhof! Und die Nachrichten auf dem Anrufbeantworter!«

»Vielleicht vergißt sie mich, wenn ich mich nicht mehr melde.« Aber das glaubt er selbst nicht.

»Du solltest eine Weile zu mir ziehen. Meine Nummer hat sie doch nicht, oder?«

»Nein. Ich hab' ihr nie von dir erzählt.«

Paul zieht eine Grimasse. Toshi wechselt das Thema.

»Das hab' ich ganz vergessen zu erzählen: Lucy hat angerufen.«

»Wer ist Lucy?«

»Diese nette Frau, die ich an meinem Geburtstag kennengelernt habe, als ich mit Jane essen war.«

Paul lehnt sich zurück und schüttelt den Kopf.

»Wirst du es denn nie lernen?«

»Was lernen?«

»Daß du mehr abbeißt, als du schlucken kannst, wenn du dich mit Amerikanerinnen einläßt.«

Toshi blickt auf. Er hat gar nichts abgebissen.

»Lucy ist anders als Jane.«

»Du hast sie durch Jane kennengelernt. Sie ist eine Freundin von Jane.«

»Sie ist Komponistin.«

»O Gott.«

»Sie möchte sich mit mir treffen.«

»Dann geh. Aber beschwer dich hinterher nicht bei mir, wenn du morgens mit einem Messer im Rücken aufwachst.«

Ein Messer im Rücken? Wäre Lucy zu so etwas fähig? Jane schon. Immerhin sind sie beide Amerikanerinnen. Jane hat ein Taschenmesser. Hat sie auch eine Pistole? Was für eine Rolle spielt das schon? Toshi weiß aus Filmen und aus den Nachrichten, daß in den Händen von Amerikanern praktisch alles zur Mordwaffe werden kann. Sie bringen einander andauernd um, ganz lässig, mit Alltagsgegenständen – mit einem Hammer, mit Golfschlägern, Plastiktüten. Er greift nach der Gabel und starrt die spitzen Zinken an.

Ueda kommt zurück, den Teller hoch mit Salat gefüllt, und darauf noch löffelweise rote und gelbe Götterspeise, Schokoladenpudding und Schlagsahne.

»Amerikanischer Salat ist toll«, sagt er. Und es sieht wirklich köstlich aus, bis er alles mit Gabel und Löffel durcheinandermatscht.

»Er ist süß, findest du nicht?«

»Kann schon sein.«

»Diese jungenhafte Begeisterung ist erfrischend. Und er ist ziemlich intelligent.«

»Das hast du schon erwähnt.«

»Und du bist der letzte, der sich ein Urteil anmaßen sollte. Eine Komponistin. Mein Gott. Laß mich raten: New-Age-Musik. Sie mischt Walgesänge mit chinesischen Harfen und balinesischer Gamelanmusik oder so.«

Toshi schweigt. Er mag es nicht, wenn Paul so redet.

»Tut mir leid, ich wollte nur komisch sein, aber das ist mir offenbar nicht gelungen. Hör mal, komm wenigstens heute nacht mit zu mir. Ich bin wirklich der Meinung, du solltest nicht nach Hause gehen.«

»Was ist mit ihm?«

Beide sehen Ueda an, der grinst und sich noch eine Zigarette ansteckt. Sein Gesicht ist rot vom Bier.

»Ach, du weißt schon«, sagt Paul.

»Ich weiß was?« fragt Toshi.

Toshi und Paul sind in der Küche und warten darauf, daß das Teewasser kocht. Ueda ist in Pauls Schlafzimmer und schaut sich einen amerikanischen Pornofilm an, und die Geräusche, die man bis in die Küche hören kann, machen Toshi ganz nervös. Schweres Atmen. Stöhnen und Ächzen. Sex zwischen Männern hört sich für ihn an wie ein Autounfall.

Ueda ruft aus dem Schlafzimmer: »Das ist ja phantastisch! Haben aller Amerikaner so große?«

Paul seufzt. »Na, gut, er ist noch jung. Warst du nicht auch so, als du noch jung warst?«

»Nein.«

Paul dreht das Gas unter dem pfeifenden Kessel ab und öffnet einen Schrank. »Such dir eine Tasse aus.«

Ueda ruft wieder: »Ist noch Bier da?«

»Ups. Das war mein Stichwort.« Er holt eine Bierdose aus dem Kühlschrank. »Inzwischen sollte er angemessen aufgeheizt sein.«

»Viel Glück«, sagt Toshi. Dann ist Paul weg. Die Schlafzimmertür fällt zu. Toshi steht vor dem offenen Küchenschrank voller Tassen und Becher in allen Größen und Formen.

Wenn er in Pauls Küche allein ist, reißt Toshi gern alle Schranktüren und Schubladen auf, den Kühlschrank und den Gefrierschrank, sogar die Spülmaschine. Die Oberflächen in der Küche sind alle weiß und makellos, aber die Farben und Formen, die Vielfältigkeit und die Anzahl von Pauls Sachen in den Schränken sind überwältigend. Einige der Geräte hatte Toshi noch nie gesehen, ehe er nach Tokio kam. Er hatte auch nicht die geringste Ahnung, wofür sie gut sein sollten: Ein Mixer, eine Nudelmaschine, eine Kaffeemühle. Eine Espressomaschine. Ein Entsafter.

Er wählt einen weißen Becher mit einem lächelnden Kuhgesicht darauf, dann öffnet er einen anderen Schrank. Dosen voller Tee. Kräutertee. Chinesischer Tee. Grüner Tee. Apfel, Pfirsich, Hagebutte. Schlaftee, Jasmin und Oolong und Eisenbuddha. English Breakfast. Passion Punch. Toshi holt eine Dose mit Darjeeling heraus und stellt sie auf die Arbeitsplatte, neben ein hohes Glasgefäß mit Spaghetti. Den Toaster. Den Mixer.

Er gießt sich Tee auf und nimmt ihn mit ins Wohnzimmer. Die Regale, die bis zur Decke reichen, sind voll mit Büchern, Keramik, Binsenkörben und antiken Buddhas von Pauls Reisen durch Asien. Die Wände sind bedeckt mit Holzschnitten und kalligraphischen Schriftstücken. Eine Noe-Maske. Hinter dem Eßzimmertisch ein besticktes chinesisches Gewand, schwarze, rote und goldene Seide, über einem Bambusstock drapiert wie ein Kunstwerk. Toshi liebt Pauls Wohnung, aber irgendwie verwirrt es ihn auch, so viele Gegenstände um sich zu haben, so vieles, was er ansehen und bewundern kann. Es macht ihn unruhig, weil er sich verpflichtet fühlt hinzusehen. Seine eigene kleine Wohnung ist fast so leer wie die Zimmer über dem Nudelimbiß, in denen er aufgewachsen ist. Die Wände sind kahl, bis auf den Holzschnitt eines gefangenen Samurai, dessen Hände auf dem Rücken gefesselt sind. Er ist von Yoshitoshi, einem Künstler des neunzehnten Jahrhunderts, und war Pauls Geschenk zu Toshis Collegeabschluß.

Als er Paul kennenlernte, hat Toshi ihn gefragt, warum er so viele Sachen hat.

»Wenn ich Geld ausgebe, fühle ich mich nicht so einsam«, sagte Paul. »Wenn ich einen richtigen Freund finde, werde ich das alles rauswerfen und wie ein Mönch wohnen.«

Toshi hat sich damals gefragt, ob Paul das ernst meinte. Jetzt fragt er sich: Wenn mein Vater und ich mehr Sachen zu Hause gehabt hätten, hätte ich mich dann in meiner Kindheit weniger einsam gefühlt?

Dampf stieg zu dem Fenster im ersten Stock auf. Bleiche Motten flatterten durch ihn hindurch und ins Zimmer hinein, die Flügel schwer vor Feuchtigkeit. Sie warfen zittrige, sich auflösende Schatten, und flogen dann wieder hinaus in die schwarze Nacht. Von unten, aus dem offenen Badfenster, drangen Geräusche nach oben. Toshi hörte, wie die Bürste über die bleiche Haut seines Vaters schrubbte, wie Wasser platschte. Dann scharrte der Schemel über den Kachelboden, als sein Vater aufstand und sich in die Wanne setzte.

Bevor seine Mutter sie verlassen hatte, hatte sein Vater Toshi oft mit ins Bad genommen, ihn vor die Wanne gesetzt und ihm mit einem echten Schwamm den Rücken gewaschen. Seit seine Mutter gegangen war, also seit einem Jahr, badete sein Vater immer allein.

Toshi zeichnete ein Bild des hinteren Zimmers in das neue Skizzenbuch, das Oma ihm geschenkt hatte. Mit Buntstiften malte er den Kotatsu-Tisch, dessen Holzplatte mit dunklen Ringen übersät war, den Spuren heißer Teetassen. Die Glühbirne, die von der Decke hing, und die Motten, die sie umkreisten. Die beiden blauen Sitzkissen, die er und sein Vater jeden Tag benutzten.

Sein Vater stieg aus der Wanne und patschte mit nassen Füßen über die Holzdielen. Das Badewasser tropfte von ihm hinunter auf den Kachelboden. Toshi zeichnete eine Vase auf den Tisch und füllte sie mit Weidenzweigen. Er färbte die Vase blau. An der Wand, neben dem Fenster, fügte er ein gerahmtes Bild hinzu, eins seiner eigenen. Auf die gegenüberliegende Wand malte er den schmalen Tansu, der schon seit Jahren dort stand. Darauf seine Sammlung von Muscheln und Steinen.

Sein Vater deckte die Wanne zu, ein dumpfes »Tump« von nassem Holz auf Metall. Jetzt, wo die Mutter fort war, benutzten sie oft dasselbe Wasser zwei oder drei Tage lang, heizten es jeden Abend neu auf. Toshi hörte, wie sein Vater vom Bad in den Laden ging und den Kühlschrank aufmachte, stellte sich die plötzlich kalte Luft und das weiße Licht auf seinem Gesicht vor. Er malte noch einen Kalender an die Wand auf seinem Bild. Er spitzte den schwarzen Buntstift und zeichnete fein säuberlich das Zeichen für den Monat Juli ein. Er hörte, wie zischend Luft entwich, als sein Vater eine Bierdose aufmachte. Dann seine langsamen Schritte auf der Treppe. Er zeichnete weiter, als sein Vater ins Zimmer kam und sich hinter ihn stellte. Toshi trug nur ein paar Baumwollshorts. Er spürte die Wärme, die der Körper seines Vaters ausstrahlte.

»Hier, für dich.« Sein Vater beugte sich vor und stellte ein Glas mit kaltem Gerstentee auf den Tisch, weit von dem Bild entfernt.

»Danke«, sagte Toshi, ohne aufzublicken. Er zeichnete die Ränder der Tatamimatten ein, moosgrün. Er legte den Stift hin und trank einen Schluck Tee. Sein Vater stand hinter ihm und trank sein Bier.

»Das ist ein schönes Bild.«

»Danke.« Dieses Lob überraschte Toshi. Nicht, daß sein Vater ein besonders kritischer Mann gewesen wäre – er sprach nur selten.

»Allerdings sieht das Zimmer in Wirklichkeit nicht so aus, nicht wahr?«

Toshi sah sein Bild an, dann das Zimmer.

»Nein.«

Hier gab es keine Vase mit Weidenzweigen. Keinen Kalender und kein gerahmtes Bild an der Wand. Nur die nackte Glühbirne, den Kotatsu und die alten Sitzkissen. Sonst nichts. Nachdem seine Mutter sie verlassen hatte, hatte sein Vater den Tansu in einem Lkw nach Utoro transportieren lassen. Er stand jetzt in ihrem Zimmer im Gasthaus. Auch Toshis gerahmtes Bild hing dort. Der Kalender des vergangenen Jahres war an Neujahr abgehängt und nie durch einen neuen ersetzt worden. Sein Vater hatte die beiden Zimmer im ersten Stock allmählich ausgeräumt, und sie waren leer geblieben. Toshi brachte Muscheln mit nach Hause, so weiß wie gebleichter

Reis. Nach Waldspaziergängen zog er kleine, vollendet geformte Fichtenzapfen aus den Taschen, wie geballte braune Fäuste. Sein Vater legte sie alle in den Schrank.

Sie bewohnten stille, leere Räume. Im vorderen Zimmer breiteten sie für die Nacht ihre Matten heraus, und am Morgen falteten sie sie wieder zusammen und legten sie zurück. Das war alles. Das Haus kam ihm verlassen vor.

Vor den Fenstern das Meer. Der Wind. Sonne und Mond. Birken. Die Jahreszeiten wechselten. Blätter fielen. In der Dämmerung blitzten die ersten Sterne. Im Frühling tollten Bärenjunge über den Abhang. Die Fischer verständigten sich mit lauten Rufen, wenn sie nachmittags mit ihren Booten zurückkehrten. Dunkle Laderäume, gefüllt mit Bergen von Fischen, die nach Luft schnappten. Die Fische, die ganz oben lagen, warfen sich gegen die Wände und versuchten zu entkommen. Sterbende Fische, immer noch in den Netzen. Die Netze jetzt zu der Farbe von eingelegtem Rettich ausgeblichen.

Auf dem Dach des Seibu-Warenhauses ist ein Vergnügungspark. In klaren Nächten kann man das glitzernde Durcheinander sogar vom Gipfel des Fuji aus sehen. Lucy wartet vor dem Riesenrad. Es ist der erste warme Maiabend, und das Riesenrad dreht sich träge. Seine bunten Lichter blinken und flakkern, verschwinden zwischen den niedrig hängenden Wolken, die die Hitze des Tages einschließen und auch den Rauch von Hunderten von Millionen Zigaretten, die in den Straßen von Tokio angezündet, geraucht und dann ausgedrückt worden sind. Der Abend riecht nach Tabak. Das Barometer steigt. Neonlicht wickelt sich um Gebäude, um ihnen Gestalt und Ausdehnung zu geben.

Lucy sieht kühl aus, schwarz gekleidet, die langen Arme

nackt. Sie stützt sich auf Luft. Sie lächelt, dann winkt sie, obwohl er schon ganz nahe ist.

»Hi. Schön, dich zu sehen.«

»Ja«, sagt er nervös. Sie lacht, was ihn beruhigt.

»Du mußt nicht mit ›Ja‹ antworten. Die richtige Antwort ist: ›Ich freue mich auch.‹« Sie hakt sich unter – eine Geste, die ganz natürlich wirkt. »Komm mit. Ich bin am Verhungern. Und ich habe Durst.«

Er ist bezaubert von ihrer Direktheit. Amerikaner können einfach sagen: Das und das will ich. Komm, wir holen es uns. Sie führt ihn über das Dach, tritt ins Licht, dann wieder ins Dunkel. Sie ist einen Viertelschritt vor ihm, und er kann ihre Kopfform bewundern, die Stelle, an der ihr entblößter Nacken in dem schwankenden Schatten verschwindet, den ihre Bluse wirft.

Das kalte Flutlicht auf ihrer Haut.

Ein blonder Ausländer in T-Shirt und Badehose weist ihnen im »Let's California Beer Garden« einen Tisch unter einem gestreiften Sonnenschirm. Gemalte Meereswellen rauschen über Tische und Stühle. Auf einem riesigen Wandbild segeln Madonna und Charlie Sheen auf Surfbrettern einem psychedelischen Sonnenuntergang entgegen. Die Musik ist laut. Um einander verstehen zu können, müssen sie sich über den runden Tisch beugen.

»Die Beach Boys«, sagte Lucy. »Kennst du sie?«

»Beach Boys?«

»Die Musik. Macht nichts. Ist überhaupt nicht wichtig. Im Gegenteil, es ist albern. Das alles hier.« Sie breitet die Arme aus und sieht sich um. »Ich meine, sieh es dir doch mal mit Bewußtsein an! Wo sind wir hier? Sag mir bloß, wo sind wir?«

Toshi denkt einen Augenblick lang nach. »Shibuya. Tokio. Japan«, verkündet er. Und sie lacht. Sie hat hübsche Zähne.

Ihre dichten Brauen und ihr kurzes Haar erinnern ihn an Audrey Hepburn in »Funny Face«. Audrey, die ehemalige Buchhändlerin, wird in Paris von Fred Astaire fotografiert.

Ihr Kellner kommt mit Block und Stift zurück. Sie bestellen spontan, willkürlich, rufen sich Begriffe von der Speisekarte zu wie bei einem Wortspiel. Salat. Pizza. Kartoffeln. Ein Krug Bier. Toshi fühlt sich von Lucys Gegenwart ermutigt.

»Weißt du, ich habe ein paarmal versucht, dich zu Hause anzurufen, aber du warst weg und dein Anrufbeantworter war nicht eingeschaltet«, sagt sie.

»Ich habe bei einem Freund übernachtet.«

»Stimmt irgendwas nicht mit deiner Wohnung?«

»Nein.«

»Ah.« Sie trommelt mit den Fingern auf den Tisch, lächelt ihn an. »Manchmal ist es schön, ein paar Tage woanders zu verbringen. Das kann ich verstehen. Manchmal hat man genug von der eigenen Wohnung.«

Wann wird sie mit ihm über Jane sprechen? Hat sie sich nicht deshalb mit ihm getroffen? Er erwartet, daß sie ihm etwas sagen soll, ihm eine Nachricht übermittelt.

Das Bier wird serviert, ein großer, schwitzender Krug. Toshi gießt ein.

»Willst du über Jane sprechen?« fragt er.

»Über Jane? Na gut.« Sie scheint überrascht. »Wenn du möchtest. Wie geht es Jane?«

Er ist verwirrt. »Das weißt du nicht?«

»Ich habe Jane seit deinem Geburtstag nicht mehr gesehen. Sie war mit Hugh befreundet, nicht mit mir. Und er und ich haben uns getrennt.«

»Du und Hugh . . .«

»Wir lassen uns scheiden.« Ihre Stimme klingt zögerlich, als sei sie unsicher, ob er das für eine gute oder eine schlechte Nachricht hält.

»Das tut mir leid.«

»Es ist eigentlich gar nicht schlimm. Ehrlich. Wir sind immer noch gute Freunde. Es gab keinen Streit. Wir wollten beide, daß wir uns trennen. Wir haben direkt nach dem College geheiratet. Wir waren viel zu jung. Und dann sind wir erwachsen geworden, verstehst du?«

Er schüttelt den Kopf. »Nein.« So, wie sie es erzählt, klingt es einfach und folgenlos. War das bei seinen Eltern auch so? Sind sie erwachsen geworden? Zum ersten Mal kommt ihm der Gedanke, daß vielleicht er der Grund dafür war, daß sie so lange zusammengeblieben sind. Wenn Lucy und Hugh Kinder hätten, wäre es dann weniger einfach für sie?

»Ich wollte nicht, daß es oberflächlich klingt«, sagt sie. »Das ist eine Angewohnheit von mir, um es anderen weniger unangenehm zu machen.«

»Schon gut«, sagt er.

»Jedenfalls lerne ich jetzt Aikido. Kennst du dich mit Aikido aus?«

»Nein, gar nicht.« Er ist durcheinander. Lucy spricht langsam und deutlich, und er kann sie gut verstehen. Aber es ist schwer, Zusammenhänge herzustellen. Munter springt sie von einem Gedanken zum nächsten. Hat Aikido irgendwas mit einer Scheidung zu tun?

»Versuch's mal. Es ist wirklich erstaunlich.«

»In welcher Hinsicht?«

»In vielerlei Hinsicht. Es ist eine Art spirituelle Therapie. Es lehrt einen, sich zu konzentrieren, zu sammeln, ruhig zu werden.«

Das englische Wort für »ruhig« hat er an der High-School gelernt, im Englischunterricht. Sie saßen gespannt an ihren Tischen, Stifte in der Hand, und hörten sich Bandaufnahmen von Nachrichtensendungen und Wettervorhersagen an. Und nach Kämpfen und Stürmen war es immer »ruhig«.

»Bist du denn unruhig?« fragt er.

Sie lächelt. »Ich bin oft ruhig, aber nicht immer. Jetzt gerade bin ich ganz ruhig.«

Er möchte ihr mehr Fragen stellen. Aus unerfindlichen Gründen hat er das Gefühl, sie alles und jedes fragen zu können. Aber das Essen wird serviert, und plötzlich ist der Tisch voller Teller. Lucy legt vor, bewegt ihre Stäbchen über den Kartoffelsalat, den Tomatensalat, den Quallensalat, arrangiert die Formen und Farben auf ihren Tellern zu Bildern. Dann fängt er an, ihr von Jane zu erzählen, und sie legt die Stäbchen hin und hört zu. Noch bevor er fertig ist, beugt sie sich vor und nimmt seine Hand.

»Du weißt doch Bescheid über Jane, nicht wahr?« fragt sie, so ernst, daß es ihn verwirrt.

»Nein. Ich weiß nichts.«

»O Gott.« Sie zieht ihre Hand wieder zurück und fächelt damit, als wolle sie etwas Böses wegwischen.

»Hör gut zu«, sagt sie, sehr langsam. »Jane hat eine ganz, ganz schreckliche Zeit hinter sich.«

»Eine schreckliche Zeit«, wiederholt er, und ein Schauder läuft ihm über den Rücken. Er verspürt einen unerwarteten Nervenkitzel. Er versucht, sich ein Lächeln zu verkneifen, aber er kann sich nicht zurückhalten. Lucy beugt sich wieder vor. Was wird sie ihm erzählen?

»Ihr Ikebanalehrer. Du erinnerst dich doch, beim Essen damals?«

»Als sie geweint hat?«

»Es war ein schreckliches Erlebnis für sie. Dieser Typ war ein echter Psychopath.«

Ein Wort, das er nicht kennt, aber es klingt sehr schlimm, sehr amerikanisch.

»Er liebte reichlich ausgefallene Sexualpraktiken. Ich glaube, er hat ihr weh getan.«

Toshi wird rot. Sex. Er weiß nicht, was er sagen soll.

»Tut mir leid. Ich weiß, das klingt schrecklich. Und ich weiß eigentlich nichts Genaues. Nur, was Hugh mir erzählt hat. Er kennt Jane noch aus der High-School. Sie ist offenbar häufig ziemlich außer Kontrolle geraten. Und sie hatte schon immer dieses Ding mit Asiaten.«

»Ding«, wiederholt er laut. Ein finsterer Gegenstand, etwas Schweres, Metallisches, das in der Luft schwebt. Man kann es in der Hand halten.

»Sie hatte nur asiatische Freunde. Ich weiß nicht wieso. Um ehrlich zu sein, glaube ich, daß Amerikaner sie sofort durchschauen. Aber Asiaten scheinen ihr affektiertes Gehabe attraktiv zu finden. Diese schrillen Klamotten und alles.«

Ist Jane unattraktiv? Ist es das, was Lucy sagen will?

»Hat sie dir erzählt, daß sie Schauspielerin ist?« will Lucy wissen.

»Ja.«

»Hugh sagt, sie habe in all den Jahren, die er sie kennt, nie auf einer Bühne gestanden. Aber sie gibt sich als großes Talent aus. Natürlich tun das viele Ausländer, die nach Japan kommen.«

Er blickt nicht mehr durch. Was tun viele Ausländer in Japan?

»Aber was ist passiert? Mit ihrem Ikebanalehrer?«

»Das weiß ich nicht genau. Nur, daß sie völlig durchgedreht ist. Sie hat mich und Hugh verrückt gemacht, hundertmal am Tag angerufen. Jane braucht immer Publikum für ihre Dramen.«

Jane dreht durch. Jane bricht zusammen.

»Vielleicht nimmt sie auch Drogen. Antidepressiva. Beruhigungsmittel. Sie ist in keiner guten Verfassung. Du solltest vorsichtig sein. Du triffst dich doch nicht mehr mit ihr, oder?«

»Nein.«

In diesem Augenblick hört die Musik auf, und plötzlich bemerken sie eine Unruhe ringsum, ein Murmeln. Alle haben aufgehört zu essen und starren in den Himmel. Lucy und Toshi lehnen sich zurück. Lautlos treibt ein Zeppelin über das Dach des Seibu-Warenhauses – ein Wal, ein Schatten, ein Traum –, so dicht, daß ein Junge auf dem Riesenrad den Arm ausstreckt, um seine schimmernde Oberfläche zu berühren. Ein blinkendes Spruchband erhellt ihre Gesichter wie ein Blitz: »Interessiert an einer Ehe mit dem Kronprinzen? Rufen sie die Kaiserliche Haushaltsagentur an, Nummer 3211-1111.«

Die Teller sind abgeräumt.

»Wieso hast du eigentlich angerufen und mich hergebeten?« fragt er sie.

Sie lächelt. »Nett, daß du fragst. Es gefällt mir hier so gut, daß ich die Arbeit ganz vergessen habe.«

»Welche Arbeit?«

»Ich nehm eine CD auf. Alles eigene Kompositionen, und ich produziere sie auch selbst. Ich dachte, du hast vielleicht Interesse, das Cover zu gestalten. Es ist zeitgenössische Musik, eine Mischung aus japanischen und westlichen Instrumenten. Klavier. Koto. Shamisen. Ich dachte, etwas im Manga-Stil wäre angemessen.«

»Du willst, daß ich das Cover für deine CD zeichne?«

»Ich würde dich bezahlen. Es geht um Arbeit, nicht um einen Gefallen. Natürlich würde ich erst mal deine anderen Arbeiten sehen wollen.«

»Aber wieso hast du mich überhaupt gefragt, obwohl du meine Sachen gar nicht kennst?« Nach Jane ist er mißtrauisch geworden.

»Ich kenne keine anderen Manga-Künstler. Du bist der einzige.« Sie lächelt. »Und ich mag dich.«

Er lächelt ebenfalls, kommt sich auf eine angenehme, entspannte Art verführt vor.

»Ich würde dir gern meine Musik vorspielen. Bevor du dich entscheidest.«

»Und ich würde deine Musik gerne hören.«

»Gut.« Sie reicht ihm eine pinkfarbene Visitenkarte über den Tisch, englisch auf einer Seite, japanisch auf der anderen. »Lucy Pink. Komponistin/Musikerin.« Ihre Adresse, Telefon- und Faxnummer.

»Pink? Wie die Farbe?«

»Wie die Farbe. Die Leute denken immer, ich hätte es erfunden. Aber es ist tatsächlich mein Name. Er war mal viel länger, aber mein Großvater hat ihn vor langer Zeit geändert.«

»Er hat ihn geändert?« Er kann sich nicht vorstellen, seinen Namen zu ändern. Warum? Und wozu?

Sie lacht. »Du weißt doch, wie Amerikaner sind.«

»Nein, weiß ich nicht«, sagt er. Er weiß es wirklich nicht, wie ihm langsam aufgeht.

»Entwicklung. Ganz gleich, wer oder was wir sind, wir arbeiten immer daran, jemand anders zu werden.«

Der Schulbus setzte ihn ab, wendete auf dem Kies und rumpelte wieder auf die Küstenstraße zurück. Toshi ließ die lederne Schultasche neben der Hintertür zu Boden fallen. Aus dem Fenster drangen der Duft von heißer Brühe und die Schüsse eines Fernsehkrimis. Toshi begann, den Abhang hinaufzugehen.

Er kletterte, bis ihn der tröstliche Geruch des Waldes umgab. Es war Ende September. Der Abhang war dicht mit sonnengebleichtem Bambus bewachsen, und mit wilden Gräsern, die Toshi bis an die Hüften reichten. Er stieg über die trostlosen Betonwände und das blaue Schindeldach des Nudelimbiß' hinaus zu einer Stelle, von der aus er die dunkle See sehen konnte. Die russischen Inseln waren von Wolken umgeben. Er stieg über die quietschenden Reifen einer Verfolgungsjagd weg. Der Schrei einer Frau schwebte mit einer Windbö nach oben, dann verloren sich die Geräusche des Fernsehers zwischen dem dichten Gebüsch. Toshi blieb im Schatten einer Birke stehen, zog sich das Hemd über den Kopf und wischte sich den Schweiß von Gesicht und Brust. Dann setzte er sich hin und beobachtete das obere Fenster. Die Blätter der Berberitzen färbten sich langsam rot. Eine Libelle landete auf einer Blüte, deren Stiel sich bog.

Eine Stunde verging. Über Toshis Kopf gab es nur noch drei Farben auf der Welt. Grüne Blätter. Weiße Wolken. Blauer Himmel. Im hinteren Fenster erschien das Gesicht seiner Mutter. Es war ein Gesicht, das er zu kennen glaubte, aber jetzt schien es weiter entfernt als die wolkenverhangenen Inseln. Sie beugte sich nach draußen, die Arme auf dem Fensterbrett, das Haar offen. Sie weinte.

Sieh her! Bitte sieh her! rief er ihr lautlos zu, durch die wilden Gräser und die vor Insekten wimmelnde Luft. Schwärmende Moskitos bildeten eine dunkle Wolke am Himmel. Aber Toshis Mutter starrte nur auf den Abhang, der so steil hinter dem Haus aufstieg, daß sie ihn manchmal »die Mauer« nannte. »Gefangen zwischen der Mauer und dem Meer«, seufzte sie dann.

Er sah, wie ihre Lippen sich bewegten, aber die wütenden Laute, die zu ihm hinaufgetragen wurden, stammten aus der unsinnigen Sprache, die sie im Schlaf sprach. Sie drehte sich abrupt um, und er hörte seinen Vater rufen. Seine Mutter wandte sich vom Fenster ab.

»Was machst du da? Er wird gleich hier sein. Willst du etwa, daß er dich so sieht?«

Er hatte noch nie gehört, daß sein Vater jemanden anschrie, weder seine Mutter noch sonst jemanden. Die Worte trafen seine nackte Brust wie Steine, sehr fest geworfen, und ihm stockte der Atem. Sein Vater beugte sich aus dem Fenster und schaute den Abhang hinauf, sah direkt zu Toshi hin. Toshi erkannte, wie die Wut aus seinem Gesicht verschwand, von

Trauer abgelöst wurde. Sein Vater zog das Fenster zu, und dann war er verschwunden.

Jeden Nachmittag, wenn der Schulbus Toshi am Ende der Straße absetzte, wartete seine Mutter an der Haustür auf ihn. Im Winter pfiff der Teekessel auf dem Herd. Im Sommer stand ein Glas mit kaltem Gerstentee im Kühlschrank bereit. Am Tag zuvor war die Haustür geschlossen gewesen. Toshi war hineingerannt, der Ranzen auf seinem Rücken hüpfte auf und ab. Sein Vater war gerade dabei, grüne Zwiebeln zu schneiden. Mit einer Hand schob er die langen Stengel vor, die andere hielt das breite Messer, dessen hölzerner Griff ebenso geädert war wie der Arm seines Vaters.

»Sie ist krank. Laß sie lieber in Ruhe.«

»Was ist denn? Was hat sie denn?« Es machte ihm angst, wenn seine Mutter krank war.

»Stell keine Frage. Bleib einfach hier unten und sei still.«

Er machte seine Hausaufgaben an der Theke und horchte auf Geräusche von oben. Aber er hörte nichts. Später aß er zusammen mit den Fischern, die ihn neckten, weil er langsam groß wurde.

»Wenn du so weiterwächst, wirst du noch so riesig wie ein Ausländer.«

»Das muß an dem Essen liegen, das sein Vater kocht.«

Alle lachten, ihr Schweiß tropfte in die Schüsseln, heißes Essen an einem warmen Abend. Sein Vater wandte sich ab, um den Deckel von einer Pfanne mit Gyoza zu nehmen, aus der eine Dampfwolke aufstieg, und jemand ließ Toshi an seinem Bier nippen. Es schmeckte bitter, glatt wie Glas.

Sie schlossen den Imbiß. Er wischte die Tische ab, während sein Vater grünen Tee aufgoß und ihn nach oben trug. Toshi konnte nicht hören, ob sie miteinander sprachen. Wenn, dann flüsterten sie.

Er wartete.

Sein Vater kam herunter.

»Es geht ihr jetzt besser. Du kannst raufgehen.«

Seine Mutter saß in dem hinteren Zimmer. Die Eßstäbchen in ihrer Hand verharrten über einer Schale mit Tee und einer mit Reis, der langsam kalt wurde. Als Toshi sah, daß ihr Futon neben ihr ausgerollt war, blieb er in der Tür stehen, hatte Angst, weiterzugehen.

»Es tut mir leid, Toshi-chan. Ich bin keine gute Mutter, nicht wahr?«

»Du bist eine gute Mutter«, sagte er, entsetzt bei dem Gedanken, sie würde krank bleiben und sich nicht mehr um ihn kümmern können. »Wirklich, du bist eine gute Mutter.«

Aber diese Nacht schlief sie allein im hinteren Zimmer.

Und am folgenden Nachmittag, als der Schulbus zum Nudelimbiß kam, war die Haustür wieder geschlossen.

Die Sonne ging unter, und am Septemberhimmel erschienen drei Sterne, glitzernd wie neue Zehn-Yen-Stücke. Glühwürmchen wanden sich durch die Bäume wie eine Prozession von Papierlaternen in unsichtbaren Händen. Es wurde kühler, und Toshi zog sein Hemd an. Seine Mutter kam den Hügel hinauf und summte »Rote Libelle«, ein Lied, das sie ihm auch am Sonntag vorgesungen hatte, bevor sie in den Wald gegangen waren, um Farnknollen zu suchen. Später hatte sie den Farn in Tempurateig getunkt und zum Abendessen gebraten. Ihre schöne, tiefe Stimme brachte ihn fast zum Weinen.

Sie setzte sich neben ihn und lehnte sich an den Baumstamm. Ihr Haar war wieder ordentlich aufgesteckt.

»Hast du keinen Hunger?«

Er gab ihr keine Antwort.

»Hier oben ist es am Abend besonders schön. Und kühl. Komisch, daß wir noch nie daran gedacht haben, nach dem Abendessen hier raufzugehen. Von jetzt an können wir das ja vielleicht öfter tun.«

Er hätte gern mit ihr gesprochen, aber er war wütend, und er hatte Angst. Er hatte immer gewußt, daß man mit ihr behutsam umgehen mußte. Aber erst vor kurzer Zeit hatte er begriffen, daß er sie vielleicht verlieren könnte.

Beide warteten, lauschten auf die leisen Geräusche hinter sich, die Laute des Waldes, der sich auf die Nacht vorbereitete. Der Himmel wurde schwarz. Plötzlich explodierte weit draußen auf dem Meer ein leuchtend orangefarbenes Licht. Es wurde immer heller, tanzte wild im Dunkeln.

»Mutter . . .«

»Auf einer der Inseln brennt es«, flüsterte sie, als ob sie belauscht würden. Ihre Stimme war wie ein tröstliches Blätterrascheln.

Das Feuer breitete sich aus, sein unnatürliches Leuchten fand seinen Widerschein auf den Regenwolken.

»Wird jemand das Feuer löschen?« fragte er.

»Das ist doch egal«, sagte sie.

»Aber dort wohnen doch Leute, oder?«

»Ich möchte nicht über die Inseln sprechen.« Sie klang, als sei sie sehr weit entfernt. Was hatte sie da gerade gesagt? In der letzten Zeit war sie so oft davongeglitten. Er hatte keine Macht, sie zurückzuholen, er konnte nur warten.

Sie blieben noch eine Weile sitzen, sprachen nicht, sahen nur zu. Schließlich sagte seine Mutter: »Ich hab' dein Abendessen gekocht. Es wartet auf dich. Sollen wir runtergehen?«

»Na gut.« Er hatte zuviel Hunger, um ihr noch länger böse zu sein.

Sie kletterten den Abhang hinunter. Der Laden ragte hoch über ihnen auf und schob sich vor den flackernd roten Himmel, und sie sanken in die Dunkelheite wie man in Schlaf sinkt. Dann erinnerte er sich wieder.

»Mutter?«

»Was ist denn?«

»Bist du krank?«

Er lauschte ihren Atemzügen. Hatte sie Angst, es ihm zu sagen?

»Nein, ich bin nicht krank. Ich war krank, vor langer, langer Zeit. Lange bevor du auf die Welt kamst. Aber dich zu bekommen hat mir geholfen.«

»Aber gestern. Und heute ...«

»Das war nichts. Nur eine kleine Erkältung.«

Sie standen jetzt vor der Hintertür, und beide zögerten. Auf der anderen Seite der Tür saß sein Vater im Dunkeln und sah fern. Toshi wurde plötzlich klar, daß er tatsächlich Angst haben mußte, sie zu verlieren. Sein Vater wußte alles über ihre Krankheit, hatte ihm aber nichts darüber erzählt. Sollten sie nicht etwas unternehmen, um ihr zu helfen?

Auf dem Bildschirm watete der Kaiser in hüfthohen Gummistiefeln durch ein Reisfeld.

»Toshi-chan«, flüsterte sie.

»Ja?«

»Bitte sei gut zu deinem Vater. Du solltest immer sehr gut zu deinem Vater sein.«

Ja glaubst du denn, du kannst mich einfach so WEGWERFEN? Mich vergessen wie eine Hure? WIE MÜLL? Ich bin keine Hure. Denkst du so von uns Amerikanerinnen?

Kaum ist er in der Wohnung, fängt auch schon das Telefon an zu klingeln. Er weiß nicht wieso, aber er zählt die Klingelzeichen. Es sind zwanzig, und dann hört es auf. Er schließt die Tür hinter sich ab, zieht die Turnschuhe aus und die Hausschuhe an. Unter dem Briefschlitz in der Tür liegen drei rote Umschläge, wie rote Flecken im Schnee.

Jane.

Habe ich dir schon erzählt, daß ich auf dem Flohmarkt am Togo-Schrein einen herrlichen uralten Vogelkäfig gekauft habe? An einem bewölkten Sonntagmorgen. Er hat ganz zarte Schnitzereien. Atme nicht darauf. Sei vorsichtig.

Er öffnet alle drei Umschläge, breitete die Blätter aus und studiert sie wie Bilder, wie eine Collage, wie Teile eines Puzzlespiels.

Ich habe zwei Unzertrennliche gekauft. Die sind jetzt meine einzigen Freunde. Nachts bedecke ich ihren Käfig mit einem Seidentuch, das über den Käfig nach unten fließt, uralte Dunkelheit. Sie schlafen.

Diese Seiten, Janes Handschrift, die englischen Wörter, erschrecken und locken ihn.

Bitte, bitte, bitte, ich muß dich unbedingt sehen. Ich muß deine Stimme hören, oder ich werde verrückt. O ja, das könnte wirklich passieren, es wird passieren, das schwöre ich dir.

Er berührt das Papier sanft, und er tut ihr weh.

Sie bleibt zu Hause, im Bett, und stellt sich Sachen vor: Deine Brust, deinen Bauch, deine Oberschenkel. Deine Haut. Sie hat dich auswendig gelernt. Sie glaubt, daß sie sterben wird, wenn sie deine Haut nicht mehr berühren kann. Freut dich das?

Die Blätter zittern.

Bist du ein Teufel, der mich quälen soll? Ich kann nicht mehr schlafen. Ich liege im Bett, stelle mir vor, wie du dich an mich preßt, und habe einen Orgasmus.

Es klingelt an der Tür.

Manchmal stellt sie sich vor, daß sie in einem Feuer sterben wird, das jemand in Brand setzt.

Der Türknauf dreht sich, und er gerät in Panik. Hat er abgeschlossen? Jane – wer sonst sollte es sein? – schlägt mit einer Wut gegen die Tür, die ihm angst macht. Dann herrscht wieder Ruhe. Er wagt kaum zu atmen. Er wartete, zitternd und wie erstarrt, fünf Minuten, zehn Minuten. Die Vorhänge sind offen. Das Gebäude gegenüber. Beobachtet sie ihn? Leise zieht er die Vorhänge zu, geht auf Zehenspitzen zur Tür. Er überprüft das Schloß, legt die rostige Kette vor.

Wieder klingelt das Telefon.

Sein Herz klopft heftig.

Es klingelt dreißigmal, dann hört es auf, beginnt wieder. Zwanzigmal. Als es still ist, holt er seine alte Reisetasche heraus und wirft Unterhosen, T-Shirts und Jeans hinein.

Wieder klingelt es an der Tür. Aber natürlich: Sie war in der Telefonzelle an der Ecke. Er geht zur Tür, sieht durch den Spion. Jane. Ihr Gesicht, von der Linse verzerrt, ist grotesk, ihre roten Lippen geschwollen. Sie scheint ihn direkt anzusehen, und er weicht zurück. Sie schlägt gegen die Tür. Kann sie sehen, daß er hier steht?

Er läßt sich auf den Tatami sinken, erschöpft von diesem Überfall. Sie klingelt wieder, dann wirft sie einen roten Umschlag durch den Briefschlitz. Er hört Schritte, die Fahrstuhltür geht auf und wieder zu. Er wartet, vermutet einen Trick. Sie ist nicht nach unten gegangen, sie versteckt sich draußen.

Plötzlich müde geworden, hebt er den Umschlag auf und steckt ihn in die Tasche. Er legt sich auf den Tatami gleich an der Tür und schläft so schnell ein, daß er das Gefühl hat, in Dunkelheit zu fallen.

Audrey Hepburn wird von einem sadistischen Mörder bis in eine dunkle Wohnung verfolgt. Sie ist blind. Sie stolpert. Sie zittert. Sie schreit. Der Mörder zündet ein Streichholz an und beleuchtet ihr entsetztes, aber immer noch schönes Gesicht. Das Licht der Flamme flackert auf ihrem langen, bleichen Hals, dann erlischt es. Dunkelheit.

Er wacht erst früh am nächsten Morgen wieder auf, als ein Erdbeben das Haus durchrüttelt und einen Teebecher voller Buntstifte von seinem Schreibtisch wirft. Der Teebecher, das Geschenk eines Töpfers, zerbricht, und die Buntstifte liegen auf dem Boden und bilden chinesische Schriftzeichen. Eine Warnung, denkt Toshi: Halte dich von Ausländern fern.

Ein paar Jahre nach Toshis Geburt baute Omas Sohn Taro ihr einen kleinen Laden für Töpferwaren, auf der anderen Straßenseite, gegenüber von seinem Gasthaus. Der Laden bestand nur aus einem Raum, mit Wänden aus Treibholz, einem Wellblechdach und einem breiten Fenster mit blauem Rahmen zur Straße hinaus. Jedes Wochenende, wenn er über die Halbinsel zu seiner Mutter gefahren kam, besuchte Toshi Oma in ihrem Laden. Im Winter brachte er ihr Feuerholz vom Gasthaus herüber, brüchige Scheite auf den Armen, die Stiefel knirschend in Schnee und Eis. Drinnen zog er dann die Stiefel aus und Hausschuhe an. Während er mit den Buntstiften malte, die Oma für ihn besorgt hatte, fegten sie und staubte ihre Töpferwaren ab. Sie kochte starken Tee für sie beide – dunkel und rauchig oder blaßgrün mit smaragdgrünen Flecken, die wie Algen an der Oberfläche trieben. Wenn es wärmer wurde, ging er mit ihr in die Wiesen über der Stadt, um wilde blaue Iris und pfirsichfarbene Lilien zu pflücken. Sie steckten sie in große Vasen, die Oma auf die kleine Veranda der Töpferei stellte, um die Touristen anzulocken. Die Vasen waren dunkel wie Schlamm, ihre Glasur gesprenkelt von Asche und mit dicken grünen Nasen von Fichtenharz.

Drei- oder viermal im Jahr, wenn die Töpfer in den nahen Hügeln ihre Sachen brannten, fuhr Oma mit Taros Lieferwagen zu ihnen hinauf und wählte Stücke für ihren Laden aus. Als Toshi elf war, bat sie ihn eines Sonntags mitzukommen. Seine

Mutter war an diesem Wochenende krank und kam nicht aus ihrem Zimmer. Als Toshi an die Tür geklopft hatte, hatte sie keine Antwort gegeben.

»Du solltest deine Mutter lieber nicht stören. Sie braucht ihre Ruhe«, sagte Oma. »Komm mit. Du kannst mir helfen, jetzt, wo du so groß und stark geworden bist.«

Es war Anfang Mai, und hoch in den Bergen schimmerten immer noch Schneefelder. Sie fuhren über die Teerstraße hinter der Mittelschule und über ein paar niedrige Hügelkämme, bis zuerst die Stadt und dann das Meer aus dem Blickfeld verschwanden. Dann war der Asphalt zu Ende. Die unbefestigte Straße war hart, fleischfarben getrocknet. Vor Toshis Füßen stand eine Kiste mit Äpfeln und getrocknetem Fisch.

»Deine Mutter will dir keine Angst machen«, sagte Oma.

»Das weiß ich«, erwiderte er. Es tröstet ihn, mit Oma über seine Mutter reden zu können. Außerdem war sie nur noch selten krank, seit sie ins Gasthaus gezogen war. »Wohin führt diese Straße?« fragte er, um das Thema zu wechseln. Er war noch nie hier oben gewesen. Die Straße schien ins Nichts zu führen. Sie zog sich durch unbewohnte Gegenden zwischen den beiden Küsten, zwischen seinem einen und seinem anderen Zuhause. Hier zu fahren erregte ihn, es war, als denke man zum erstenmal über eine neue Idee nach: Dieses Land hier war wie das Meer. Nach jeder Kurve kam noch eine Kurve. Der Lieferwagen war ihr Boot. Auf der einen Seite lag dunkler Wald. Aus dem anderen Fenster konnte man abgesägte Baumstümpfe, helle Erde und den Himmel sehen.

»Ich weiß nicht, wohin sie führt. Ich benutze sie seit Jahren, aber ich folge der Straße einfach, und sie bringt mich dorthin, wohin ich muß.« Sie lachte. »Genau wie das Leben, nicht wahr?«

»Wie meinst du das?« Er sah zum Waldrand hin. Ein Rotfuchs lag ausgestreckt in der Sonne.

»Eines Tages wirst du das verstehen«, sagte sie.

Bald sahen sie Rauchwolken. Einen dünnen Schornstein.

Sie kamen um eine weitere Kurve und sahen ein Holzhaus, weitab von der Straße, Feuerholz war an einer Seite bis unter das steile Dach gestapelt. Toshi öffnete das Fenster und steckte den Kopf hinaus, als könnte die Luft das Geheimnis lösen: War es möglich, daß hier tatsächlich jemand wohnte, mitten im Nichts?

Die Frau des Töpfers verbeugte sich, als sie hereinkamen. Wortlos nahm sie Oma die Äpfel und den Fisch ab, und dann brachte sie ihnen Tee und eine Schale mit Mandarinen.

Das Haus bestand aus einem einzigen großen Raum. Eine Leiter führte zum Speicher, der als Schlafraum diente. Vor dem großen Fenster zogen weiße Wolken rasch über die Halbinsel, machten sich lang und dünn. Bebendes Licht fiel herein und beleuchtete den Holztisch und die groben Teetassen so überdeutlich, daß Oma eine Bemerkung über die wechselnden Farben des Tons machte. Aber die Frau des Töpfers, hinter der Küchentheke, stand im Schatten. Sie schien sehr weit von ihnen entfernt zu sein. Während sie Tee tranken, rollte sie dunklen, gesprenkelten Sobateig aus. Toshi sah ihr zu, wie sie den Teig zu Nudeln schnitt, die sie über das Abtropfbrett und die Stuhllehnen hängte. Das Mehl zog sich über ihre Arme wie Handschuhe. Hier ist es stiller als am Meer, dachte er.

Iino, der Töpfer, nahm sie mit hinters Haus, zu seiner Werkstatt und dem Brennofen. Zwei Paar Schneeschuhe und Skier lehnten an den dicken Erdmauern. Toshi hätte gern gewußt, ob Iino und seine Frau Kinder hatten, aber er fragte nicht. Alles hier hatte etwas Unfertiges: Die Regale mit den Töpferwaren, die Hocker, auf denen sie saßen, während Iino Oma einzelne Stücke zeigte. Iino war beinahe so schweigsam wie seine Frau. Beide hatten lange, geflochtene Zöpfe, die ihnen im Rücken über ihre ausgebleichten blauen Overalls hingen. Oma schwatzte freundlich weiter, während sie sich Teekannen und

Tassen, Sake-Flaschen und Schüsseln ansah. Zu dritt packten sie alles in Zeitungen ein. Als sie fast fertig waren, sprach Oma Toshi an.

»Hol doch mal deinen Zeichenblock aus dem Auto und zeig Iino ein paar von deinen Bildern.« Sie wandte sich dem Töpfer zu. »Dieser Junge hier wird mal ein Künstler.«

Toshi rannte zum Auto und holte seinen Block. Ob Iino seine Bilder gefallen würden? Er hatte sie noch nie einem Fremden gezeigt. Er reichte dem Töpfer den Block, und Iino wischte sich die Hände am Blaumann ab und klappte dann den Block auf. Nervös beobachtete Toshi, wie er langsam weiterblätterte, sich für jedes Bild Zeit ließ. Sie hörten, wie die Haustür aufging und wieder zufiel, dann erklangen die schlurfenden Schritte von Iinos Frau auf dem Pfad. Sie hatte eine blaue Glasschüssel mit Apfelschnitzen mitgebracht, stellte sie wortlos auf den Tisch und ging wieder. Aber in der Tür blieb sie noch einmal stehen. Ohne jemanden anzusehen, sagte sie so leise, daß man es kaum hören konnte: »Was für ein hübscher Junge.« Und dann ging sie schnell nach draußen.

Iino grunzte, blickte aber nicht vom Zeichenblock auf.

Oma lachte und rief: »Danke!«

Toshi starrte auf den Tisch und spürte, wie er rot wurde. Aber er freute sich. War er wirklich hübsch?

»Das da«, sagte Iino schließlich und legte den Block hin.

Das Bild zeigte das Meer, vom Dach des Gasthauses aus gesehen. Toshi hatte es an einem Sonntagmorgen gemalt, als seine Mutter Wäsche aufhängte: Die Fläche zwischen dem Meer und der Stadt bestand aus Dächern, aus Fenstern, die sich in den Frühlingstag hinaus öffneten. Nasse Laken und Socken hingen an Wäscheleinen. Eine Hose flatterte wie eine Fahne. Zwischen zwei Häusern konnte man einen Blick auf den Mast eines Fischerboots erhaschen. Das weiße Blatt und das blaue Meer sahen auf dem trockenen, mit Tonspuren überzogenen Tisch wie ein weit entferntes, feuchtes Land aus.

»Das ist ein wunderschönes Bild. Wirklich«, sagte Iino und sprach Toshi zum erstenmal direkt an. »Ich würde es gerne einrahmen und im Haus aufhängen, damit ich jeden Tag das Meer sehen kann. Würdest du es gegen eine meiner Arbeiten tauschen?«

Oma klatschte in die Hände. »Wie wunderbar! Ist es nicht gut, daß du mitgekommen bist, Toshi-chan?«

Iino, ein echter Künstler hatte eines seiner Bilder gelobt und wollte es in seinem Haus aufhängen. Zum ersten Mal hatte Toshi das Gefühl, anerkannt zu werden. Er erlebte die Macht der Begabung, und ihm wurde ganz schwindlig. Aber dann erinnerte er sich an seine gute Erziehung. Er verbeugte sich und sagte: »Ich bin sehr froh. Herzlichen Dank.«

Auch Iino verbeugte sich. »Es ist mir eine Ehre, einem anderen Künstler zu begegnen.«

Er ließ sich mit dem Aussuchen Zeit, während Iino und Oma fertigpackten. Schließlich nahm er einen hohen, zylindrischen Teebecher und trug ihn zur offenen Tür. Im transparenten Licht wurde die braune Oberfläche deutlicher: Moosbedecktes Flußufer, von oben gesehen. Unten war der Becher grau und gefleckt wie ein kiesiges Flußbett. Toshis Bild würde ihn ans Meer erinnern, hatte Iino gesagt. Dieser Becher erinnerte Toshi an Bergbäche. Er hielt ihn Iino hin. »Darf ich den hier haben?«

Auf die Bitte des Töpfers signierte er sein Bild.

»Wenn du mal berühmt wirst, wird es viel Geld wert sein. Dann kann Herr Iino es verkaufen und sich zur Ruhe setzen«, sagte Oma, und sie und Iino lachten.

Im Auto, auf dem Rückweg, hielt er den Becher in der Hand und drehte ihn hin und her, folgte dem Verlauf des Flusses. Oma hatte gesagt, die Straße, auf der sie fuhren, sei wie das Leben. Als Iino Toshi einen Künstler genannt hatte, hatte er ihm einen Wegweiser gegeben. Jetzt wußte er, wohin er unterwegs war.

Es wurde langsam Abend. Als sie über den letzten Hügelkamm fuhren, war Toshi erstaunt, wie hell das Sonnenlicht noch auf den Wellen glitzerte.

»Toshi-chan, bist du krank? Du siehst schrecklich aus.«

Mami trägt heute einen leuchtend orangefarbenen Kimono, auf den Kraniche gestickt sind, die das Empire State Building und den Eiffelturm umkreisen. Ihr Gesicht hat sie zuckerweiß gepudert und das Haar mit Gänseblümchen geschmückt. Sie legt den Kopf schief und sieht Toshi neugierig in die Augen. Sie sieht aus wie ein süßer Kuchen, von dem man klebrige Finger bekommt.

»Ja, du bist krank. Du solltest dich ausruhen.« Sie nimmt seinen Arm und führt ihn wie ein Kind zu seinem Schreibtisch. Toshi folgt ihr. Willenlos. Was hat sie in seinen Augen erkennen können? Kann sie Jane sehen, die mit verzerrtem Gesicht an seine Tür hämmert? Er könnte niemals mit Mami darüber reden. Er weiß, was sie sagen wird. Ausländerinnen. Er ist selbst schuld.

Er stellt die Reisetasche ab. »Mami-chan, wieso bist du so feierlich angezogen? Gehst du nachher auf eine Party?«

Sie breitet die Arme aus und dreht sich im Kreis. »Sehe ich hübsch aus? Bitte sag mir die Wahrheit.«

Akira kommt von der Toilette und zieht sich den Reißverschluß seiner weiten Shorts hoch. Er hat sich die Nase piercen lassen, und heute trägt er einen goldenen Ring, der zu dem halben Dutzend an seinen Ohren paßt. »Weißt du es noch nicht? Mami-chan wird den Kronprinzen heiraten. Eines Tages wird sie Kaiserin von Japan sein. Also solltest du lieber nett zu ihr sein.« Er steckt sich eine Zigarette an. Auf seinem

Bildschirm umschwirren japanische Kampfflieger Hawaii. Barbusige Hulamädchen in Baströcken tanzen.

»Stimmt das?«

»Hör nicht auf Akira. Er will mich nur necken. Ich gehe zum Vorsprechen im Toyko Dome, aber nur zum Spaß. Ich weiß schon, daß sie mich nicht nehmen werden.« Sie wickelt sich eine rosafarbene Federboa um den Hals und tätschelt den Stoffhund auf ihrem Schreibtisch. »Wan-chan, möchtest du gern im Kaiserpalast wohnen?«

Der Hund rührt sich nicht. Aus einer Öffnung unter seinem Schwanz ragt ein Knäuel von Kabeln hervor.

»Ich wette, du schaffst es bis zur Endausscheidung. Dann wirst du den Prinzen wenigstens kennenlernen«, sagt Toshi. »Sei nicht so pessimistisch.«

»Aber du solltest lieber vorher den Kaugummi ausspucken«, meint Akira und klickt mit der Computermaus. Eine Bombe fällt auf Pearl Harbor, verfehlt aber ihr Ziel. Der Computer piept.

»In den Nachrichten hieß es, daß mehr als zwanzigtausend Mädchen erwartet werden. Ich habe keine Chance. Ich dachte nur, ich gehe mal hin und sehe es mir an.«

»Wieso möchtest du Prinzessin werden?« Nakamura blickt von den Storyboards auf seinem Tisch auf. »Dieser Kronprinz scheint ein ziemlich langweiliger Kerl zu sein. Du hättest es besser, wenn du hier bleibst und hart arbeiten würdest.«

»Das stimmt. Ich habe gelesen, daß er sich mit Welsen und ähnlich langweiligem Zeug befaßt«, sagt Akira.

»Aber wenigstens du wünschst mir doch Glück, Wan-chan?« Sie gibt dem leblosen Hund einen Kuß. »Also, bis bald.«

»Viel Glück«, sagt Toshi.

Sie geht.

Akira schaltet den Computer aus, und Hawaii verschwindet im Dunkeln.

»Ihr Vater ist arbeitslos. Deshalb will sie den Kronprinzen

heiraten. Sie hat Angst, daß ihre Familie auf der Straße landet.«

»Wirklich? Das habe ich nicht gewußt. Das ist ja schrecklich«, sagt Toshi.

»Ja. Er hat dreißig Jahre lang für Sony gearbeitet. Aber sie haben Tausende entlassen. Es kam in den Frühnachrichten.«

»Japan wird Amerika immer ähnlicher«, sagt Toshi.

»Keine Sorge. Wenn die Leute keine Jobs mehr haben und sich langweilen, werden sie noch mehr Comics kaufen. Das ist gut für uns. Oder, Sensei?« fragt Akira.

Nakamura nimmt die Zigarette aus dem Mund, legt sie vorsichtig auf den Rand des Aschenbechers und zündet sich eine zweite an. Er hält Akira die Packung hin.

»Fresh Air. Neue Marke. Probier mal.«

Akira nimmt ein Päckchen aus der Hemdtasche und hält sie hoch. »Happy«, lächelt er.

Nakamura steht auf und legt den Arm um die Pappfigur von Chocolate Girl. »Nur du kannst Japan noch retten, meine Liebe. Das Land bricht zusammen wie ein Backsteinhaus bei einem Erdbeben. Wir haben unseren Schwung verloren. Unsere japanische Seele.«

»Sensei, fangen Sie nicht schon wieder damit an.« Akira setzt sich die Walkman-Kopfhörer auf.

Toshi fällt plötzlich ein, daß er Janes Brief immer noch ungeöffnet in der Hosentasche hat. Er ist heute früh so schnell aus dem Haus gegangen, daß er sich nicht einmal mehr umgezogen hat. Er greift in die Tasche, spürt sein schweißfeuchtes Taschentuch und seine eigene warme Haut durch den dünnen Stoff.

»Dunkle Mächte sind hier in Japan am Werk, und ich versuche nach wie vor, sie zu verstehen. Ich muß sie zu Papier bringen.« Nakamura nimmt Chocolate Girl in die Arme und tanzt mit ihr durchs Zimmer. »Wir sind eine Nation von Hamburgerfressern geworden. Pestizide von Golfplätzen vergiften unsere Wasservorräte und zerstören die Reisfelder. Der Militäretat wird immer größer. Unsere Firmen haben die heiligen Regenwälder von Borneo verwüstet und die Flüsse Südostasiens verschmutzt. Junge Thaimädchen werden entführt und in unseren Bars gefangengehalten.«

Toshi holt den Umschlag aus der Tasche und öffnet ihn.

»Die Dämonen aus Japans Vergangenheit suchen uns immer noch heim«, ruft Nakamura.

Nur ein einzelnes Blatt. Er faltet es auseinander und wedelt den Rauch weg.

Er starrt die Worte lange an, liest sie immer wieder.

Sie wird folgendes tun:
Sie wird dir die Haut von den Oberschenkeln abziehen und ihren Mantel damit füttern, damit sie Dich immer spüren kann.

»Hütet euch, hütet euch!« Nakamura und Chocolate Girl wirbeln in einer Rauchwolke an Toshis Schreibtisch vorbei. »Wir werden für unsere Fehler zahlen müssen.«

»Paul?«

»Hier.«

Paul sitzt am Küchentisch, im Dunkeln. Toshi schaltet das Licht ein, setzt sich und sieht zu, wie sein Freund Kekse hinunterschlingt.

»Dir wird schlecht werden.«

»Wahrscheinlich. Das gehört alles dazu.«

»Wozu?«

Paul ist immer noch in Anzug und Krawatte. Sein Aktenkoffer liegt, Wasserflecken auf dem braunen Leder, auf dem grauen Linoleum neben seinem Stuhl.

»Ist Ueda weg?« Eigentlich braucht er gar nicht erst zu fragen. Pauls Freunde verschwinden immer.

»Weg. Zusammen mit ungefähr zwanzig CDs, zwei Videos und meinem Issey-Miyake-Mantel.« Paul stopft sich den letzten Keks in den Mund. »Nicht, daß mich materielle Dinge interessieren würden.«

Toshi holt ihm ein Glas Wasser.

»Iß bitte nicht so hastig.«

»Wenigstens hat er keine Kunstgegenstände geklaut. Erinnerst du dich noch an Adachi?«

»Welcher war das noch mal?« Paul hat so viele Freunde.

»Er hat den Holzschnitt mitgenommen.« Er steht auf und sucht in den Schränken, öffnet einen nach dem anderen. »Oder war es Morioka? Vielleicht war Adachi der, der mir die Lederjacke geklaut hat. Nein, das war dieser Doi. Ich glaube, Adachi hat meine Rolex mitgenommen.« Nacheinander wirft er alle Schranktüren wieder zu.

»Ich verstehe es einfach nicht. Ich bin so nett zu ihnen. Ich führe sie in teure Restaurants. Ich kaufe ihnen Geschenke. Ich lasse sie meine Sachen anziehen.«

»Sie sind einfach noch zu jung. Man kann ihnen nicht vertrauen.«

»Dir konnte ich vertrauen, auch als du noch jünger warst.«

Paul steht auf und geht ins Wohnzimmer. Toshi folgt ihm.

»Vielleicht solltest du versuchen, dich mit älteren Männern zu verabreden.«

»Älter als wer?«

»Oder netteren?«

»Ich habe dich kennengelernt. Du bist nett.« Er legt sich auf den Teppich, auf die Seite, zieht die Knie an die Brust, als wäre ihm kalt. Er erinnert Toshi an die Obdachlosen, die im Bahnhof Shinjuku übernachten. Er steht hinter Paul und wartet, hört seine Atemzüge. Dann greift Paul hinter sich und tätschelt den Teppich, wie Toshi es vorausgesehen hat. »Bitte«, sagt er leise.

Das Wort steigt langsam auf, ein Wölkchen, das von der

größeren Wolke seines Körpers abreißt, die auf dem Himmel des grauen Teppichs treibt. »Bitte« hängt in der Luft, wartet auf Toshis Reaktion. Also legt er sich hinter Paul, legt ihm die Arme um die Taille und drückt sich an ihn.

»Danke«, flüstert Paul.

Als er anfängt zu weinen, faßt Toshi ihn fester und sagt immer wieder: »Schon gut. Schon gut.« Er versucht, sich auf Paul zu konzentrieren, ertappt sich aber dabei, daß er darüber nachdenkt, wie sich der Teppich an seiner Haut anfühlt. Die regendurchnäßten Hosen, die an ihm kleben. Janes Brief in seiner Tasche. An der Uhr des Videogeräts kann er ablesen, wie die Minuten vergehen. Er lauscht den Verkehrsgeräuschen und dem Regen.

Paul hört auf zu weinen. Er sagt: »Paß auf, jetzt wasche ich mir das Gesicht, und dann gehen wir aus und saufen uns die Hucke voll.«

Als sie die Bar betreten, hält ein bleicher Mann mit dünnem blondem Haar Toshi auf und betrachtet ihn von Kopf bis Fuß.

»Du siehst hinreißend aus. Willst du mit zu mir nach Hause gehen?«

»Nein, danke«, sagt Toshi. So etwas passiert manchmal, wenn er mit Paul in Bars geht. Es macht ihm nichts aus. Es gefällt ihm, wenn er für attraktiv gehalten wird – auch von Männern.

»Oh, und auch noch höflich. Ruf mich doch einfach irgendwann an. Du wirst es nicht bereuen. Ich verdiene nicht schlecht.«

Er drückt Toshi eine Visitenkarte in die Hand und geht.

Paul greift nach der Karte.

»Morgan Stanley. Hätte ich mir doch denken können! So ein Arschloch!« Er zerreißt die Karte und wirft die Fetzen auf den Boden. »Was möchtest du trinken? Ich nehme einen Wodka.«

Sie lassen sich am anderen Ende der Bar nieder, so daß Paul die Tür im Auge behalten kann, um sehen zu können, wer reinkommt. Es ist erst zehn. Es wird noch mindestens eine Stunde lang ziemlich leer sein. Toshi holt Janes Brief aus der Tasche, legt das Blatt auf die Bar. Paul starrt es an.

»Wow! Unglaublich! Das ist wirklich nicht mehr komisch. Voodoo oder was? Waren ihre anderen Briefe auch so unheimlich?«

Toshi berichtet, was Lucy ihm erzählt hat, über Janes Affäre mit dem Ikebanalehrer.

»Wieso hast du mir das nicht gleich gesagt?«

Er ist gekränkt. Er mag es nicht, wenn er von etwas, das Toshis Leben betrifft, ausgeschlossen wird.

»Weiß nicht. Hätte ich wohl tun sollen.« Aber er weiß es genau. Er hat nicht mit Paul darüber gesprochen, weil er nicht erklären wollte, daß ihn die Briefe ebensosehr erregt wie schockiert haben. Wie könnte er ihm so etwas sagen?

»Diese Frau hat nicht mehr alle Tassen im Schrank.«

Tassen? Teetassen. Kaffeetassen. Toshi muß an die vielen Tassen und Becher in Pauls Küche denken.

»Durchgeknallt. Übergeschnappt. Und wahrscheinlich nimmt sie auch noch Drogen. Was bedeutet, daß sie gefährlich ist.«

Sie kippen ihren Wodka und bestellen noch eine Runde.

»Ich muß sie sehen.«

»Du mußt was?«

»Ich muß sie sehen.« Paul bittet ihn oft, irgend etwas zu wiederholen. Als sie einander kennenlernten, dachte Toshi zuerst, Paul sei ein wenig schwerhörig. Jetzt weiß er, daß dies seine Art ist, etwas zu betonen, wenn er entweder verärgert oder amüsiert ist.

»Ich muß rausfinden, was sie will.«

»Das wirst du nicht rausfinden, weil du sie nicht treffen wirst. Sie ist viel zu verrückt. Sogar für mich.«

Er beugt sich zu Toshi und flüstert: »Was mich daran erinnert, daß ich dich etwas fragen wollte.«

»Was?«

»Wie habt ihr beide es denn getrieben? Es hört sich doch so an, als sei sie ziemlich exzentrisch.«

Toshi spürt, daß er rot wird.

»O Gott. Du wirst ja richtig verlegen. War es so wüst? Habt ihr irgendwelche Gegenstände benutzt? Blutige Rituale abgezogen? Tiere geopfert? Los, erzähl schon. Ich will endlich Einzelheiten wissen.«

»Es war ganz normal«, sagt er. Und das stimmt ja auch fast.

Paul ist enttäuscht. Der Barmann bringt ihren Wodka und Paul zahlt, dann kippt er den Alkohol wie Medizin. Er hebt zwei Finger. Der Barmann nickt.

»Noch eine Frage.«

»Ja?«

Paul sieht ihn an, die Stirn leicht gerunzelt. »War es Safe Sex?«

»Ja«, sagte Toshi, erleichtert, daß er diesmal die Wahrheit sagen kann. Er weiß, was Paul mit »Safe« meint, denn Paul hält ihm ständig Vorträge und drückt ihm Artikel und Flugblätter über Aids in die Hand, englische und japanische. Und so verrückt Jane auch sein mag, selbst sie war in dieser Hinsicht vorsichtig.

»Na Gott sei Dank. Wenigstens etwas, das ich dir beibringen konnte. Entschuldige, Zeit zu pinkeln.« Paul steht auf, geht und läßt Toshi mit zwei Gläsern auf weißen quadratischen Untersetzern allein.

Wodka mit Eis.

Er greift nach einem der beiden Gläser, wirbelt die Eiswürfel herum. Und er wartet. Daß Paul wiederkommt. Daß Jane ihm weh tut oder nicht. Er beobachtet, wie die Eiswürfel sich im Glas bewegen. Als könnte er aus ihnen lesen wie aus Teeblättern. Er wartet auf eine Zukunft, die er sich nicht vorstellen kann.

»Sie müssen Schauspieler sein. Habe ich recht? Sagen Sie mir, daß ich recht habe.«

»Wie bitte?«

Er dreht sich um und versucht, sich auf den Mann zu konzentrieren, der neben ihm sitzt. Paul ist immer noch nicht wieder da, und die Bar inzwischen voller geworden. Wie lange ist er schon weg? Vor der Toilettentür hat sich eine Schlange gebildet. Madonna singt. Mitten im Raum steht ein riesiges Blumengesteck, ein langes, stachliges Gebilde, von dem sich alle vorsichtig fernhalten, Zigaretten und beschlagene Gläser dicht an die Brust drückend, als wären sie zerbrechlich.

»Ich sagte, Sie müssen Schauspieler sein. Ich hab' Sie doch schon mal gesehen! In der Werbung für diesen Aschenbecher, der Rauch aufsaugt? Sie spielen den Ehemann, nicht wahr? Moment. Nein, es war der Pfefferminz-Spot. Genau.«

Der Mann hat ein Froschgesicht. Toshi, schon ziemlich betrunken, stellt sich vor, er sei ein Baumfrosch, der den Zweigen des Blumengestecks entkommen ist.

»Nein. Ich bin kein Schauspieler.«

Er möchte mit niemandem reden. Er trinkt aus, dann greift er nach Pauls Glas. Das Eis ist fast geschmolzen, Wasser in Wodka. Der Frosch wendet sich ab. Toshi glaubt, ihn los zu sein, aber so einfach ist das nicht. Einen Augenblick später spricht er ihn schon wieder an.

»Gehen Sie gern ins Kino?«

Toshi nickt. »Ja. Sehr gern.« Es fällt ihm schwer, Englisch zu sprechen. Zu viel Alkohol. Vielleicht wäre es nett, sich über Filme zu unterhalten, über irgendwas Unkompliziertes, das nichts mit seinem eigenen Leben zu tun hat.

»Ich wußte es. Ich liebe Filme. Ich habe meine gesamte Kindheit im Kino verbracht.«

Der Frosch wartet, aber Toshi gibt keine Antwort. Also redet er weiter.

»Mein Lieblingsregisseur ist Ozu. Er ist so ehrlich, finden Sie nicht?«

»Ich hab' noch nie einen Film von Ozu gesehen«, erwidert Toshi. Er hat solche Gespräche mit Ausländern schon oft geführt. Alles, was Ausländer an Japan mögen, war schon Geschichte, als Toshi zur Welt kam.

»Sie haben nie was von Ozu gesehen?« Der Frosch kann es kaum glauben. »Wollen Sie etwa behaupten, daß Sie noch nie ›Die Reise nach Tokio‹ gesehen haben?«

Toshi nickt, dann schüttelt er den Kopf. Er vergißt immer wieder, daß »ja« im Englischen manchmal »nein« bedeutet.

Endlich geht die Toilettentür auf. Paul kommt heraus und lächelt Toshi zu. Auf dem Weg zur Theke weicht er den Dornenzweigen aus, nickt Bekannten zu, wedelt beiläufig den Zigarettenrauch weg und blickt forschend in jedes Gesicht. Paul ist immer auf der Suche – nach einem Freund, nach neuen Dingen.

»Also, dann sollten Sie ihn sich unbedingt ansehen«, meint der Frosch. »Immerhin sind Sie Japaner. Und er ist einer der zehn besten Filme der Welt.«

Toshi will gerade nach den neun anderen fragen, als Paul sich hinsetzt und die beiden leeren Gläser ansieht. »Ich hätte wissen sollen, daß ich dich nicht mit meinem Wodka allein lassen darf.«

»Gehört ihr beiden zusammen?« Der Frosch beugt sich vor, spricht Paul an. »Ich hatte nicht vor, Ihnen Ihren Freund abspenstig zu machen.«

»Schon gut. Wir haben nichts miteinander.« Paul bestellt zwei weitere Drinks.

»Ehrlich?« Der Frosch sieht Toshi an. »Na, wenn das so ist, hab' ich es vielleicht doch versucht.«

»Ich bin nicht schwul«, erklärt Toshi.

»Nein, selbstverständlich nicht. Auf gar keinen Fall. Ich auch nicht. Keiner hier ist schwul«, sagte der Frosch. Der

Wodka kommt. »Lassen Sie mich das bitte übernehmen«, sagt der Frosch und lehnt sich zurück, um die Brieftasche zu zükken. Aber er lehnt sich zu weit zurück, und sein Hocker kippt um.

»Vorsicht!« ruft Paul.

Toshi sieht den Frosch fallen, langsam und mit überraschtem Gesicht, direkt in die Arme von zwei Frauen in Rugbyhemden – eine blond, eine brünett.

»Erwischt!« lacht die Blonde. Und dann heben sie den Hokker mit dem Frosch wieder hoch, als ob sie nur ein Möbelstück zurechtrückten.

»Oh, danke. Vielen Dank«, sagt er. Er ist puterrot angelaufen. Er legt die Hand auf die Brust, bewegt sich heftig, vielleicht, um seinen Herzschlag anzudeuten. »Ihr Mädels seid wunderbar! Ihr habt mir das Leben gerettet!«

Die Blonde lacht wieder. »Kein Problem.«

»Laßt mich euch wenigstens einladen. Ich bestehe darauf.« Er wendet sich Toshi zu. »Noch eine Runde für Sie und Ihren Freund?«

»Eigentlich wollten wir gerade gehen. Ich habe noch nicht zu Abend gegessen.« Paul steht auf. »Fertig?« sagt er zu Toshi, vor dessen geistigem Auge sich der Sturz des Frosches immer noch wiederholt, eine Zeitlupenbewegung, als hätte sich alles unter Wasser ereignet. Toshi hat die Verwirrung im Blick des Mannes gesehen, als die polierte Oberfläche der Theke, die Reihen von Schnapsflaschen, die Spiegel an der Wand an ihm vorbeisausten.

Und wie er dann wieder zum Sitzen kam, als hätte man den Film rückwärts abgespult. Wenn es möglich wäre, sich auch in der Zeit zurückzubewegen, könnte man die eigenen Fehler ausmerzen?

Es ist Regenzeit. Auf den Fernsehwetterkarten hängen schwere Wolken über den japanischen Inseln von Okinawa bis in den Norden von Honshu. Nur Hokkaido ist wolkenfrei. Auf der Shiretoko-Halbinsel läßt man die Wäsche nachts draußen hängen, saubere Laken knattern im dunklen Wind. Hier, im Schwulenviertel Tokios, hängen nur Neonreklamen übereinander, drei Stockwerke hoch, und ihre leuchtenden Farben verlaufen im Regen wie Wasserfarben. Toshi und Paul kommen am »Marine Club«, »Kings of College«, »69«, »Zip«, »Morning Tissue« und an der »Idol Host Snack Bar« vorbei. Regen umwirbelt sie wie Dampf. Selbst wenn sie einen Schirm hätten, würde er nicht viel nutzen.

Paul ist vor ihm, bewegt sich eilig.

»Danke«, sagt Toshi zu Pauls nassem Rücken. »Ich hatte wirklich keine Lust, mit ihm zu reden.«

»Ich hab' das nicht nur deinetwegen getan. Ich habe wirklich Hunger.« Er bleibt stehen und dreht sich um. Sie sind beide betrunken.

»Versprich mir etwas«, sagt Paul.

»Was denn?«

»Daß du vorsichtig bist.«

»Ganz bestimmt.« Er weiß nicht, was Paul meint, aber er stimmt einfach dem zu, was sein Freund sagt.

»Ich meine, mit Jane.«

»Oh.«

»Dieser Brief da ist wirklich unheimlich. Ich meine, wer kann schon wissen, was sie tun wird.« Paul wirft einen kurzen Blick nach hinten. »Sie könnte dich zum Beispiel verfolgen. Vielleicht beobachtet sie uns gerade jetzt.«

»Uns beobachten?« Toshi erstarrt. Ist sie wirklich hier? Um sie herum bewegt sich alles stoßweise und alles ist naß, das allgemeine Tempo wird vom Regen diktiert.

Und Geräusche: Zischen, Knacken, Plätschern.

Taxis, Fahrräder, Trauben von Regenschirmen.

Vor einem Imbißstand schwankt eine rote Papierlaterne.

»He, mach dir keine Sorgen. Wenn es dein Schicksal ist,

erschossen zu werden, wird dich schon keiner aufhängen.« Paul lächelt und tätschelt seine Schulter.

»Was?« Toshi ist nicht sicher, ob Paul dummes Zeug redet oder ob er selbst zu betrunken ist, um ihn zu verstehen.

»Komm, wir essen was.« Paul überquert die Straße, patscht mit seinen teuren Schuhen durch Pfützen.

Ein Taxi fährt zwischen ihnen hindurch und bleibt dann stehen.

Eine glänzende gelbe Oberfläche.

Eine Frau in einem engen schwarzen Kleid steigt aus und klappt einen Snoopy-Schirm auf.

Toshi erkennt sie.

»Lucy!«

Die Taxitür schlägt zu. Die Frau blickt erstaunt auf.

Das Taxi fährt weg, und die beiden stehen mitten auf der Straße. Paul ist schon auf dem gegenüberliegenden Bürgersteig.

»Toshi! O Gott, ich hatte eigentlich gehofft, daß mich keiner, den ich kenne, mit diesem Schirm hier sieht. Er gehört mir nicht mal. Du darfst nicht glauben, daß er mir gehört.«

Sie lacht, klappt den Schirm wieder zu und versteckt ihn hinter ihrem Rücken, dann öffnet sie ihn wieder. Sie tritt einen Schritt vor, so daß Toshi ebenfalls unter dem Schirm steht.

»Außerdem hilft er überhaupt nichts. Schau mal, es regnet von unten nach oben.« Sie lacht und klappt den Schirm ein zweites Mal zu. »Unglaublich: Da renne ich mit einem Snoopy-Schirm rum und treffe ausgerechnet dich. Sonst begegne ich in Tokio nie jemandem, den ich kenne. Was machst du denn hier?«

Er ist betrunken, und sie spricht sehr schnell. Sie sieht so hübsch aus. Er hätte sie sich nie in einem solch eleganten schwarzen Kleid vorstellen können. Und dabei hat er sie sich sehr oft vorgestellt. Heute abend perlt der Regen von ihrer nackten Haut wie Tropfen frischen Öls.

»Ich bin auf dem Weg in einen Jazzclub. Muß hier irgendwo in der Nähe sein. Ich habe eine Karte. Möchtest du mitkommen?« Mißtrauisch sieht sie ihn an. »Bist du betrunken? O Gott, du bist betrunken, nicht wahr?«

Er grinst. »Ich bin mit einem Freund hier. Er steht da drüben.« Er zeigt auf Paul, der winkt und dann auf sie zukommt. Alle drei stehen im Regen. Autos weichen ihnen aus.

»Das ist mein Freund Paul. Das ist meine Freundin Lucy.«

Die beiden zusammen zu sehen, diese verschiedenen Teile seines Lebens, ernüchtert ihn ein wenig.

»Du bist also die berühmte Lucy.«

»Berühmt?« Amüsiert sieht sie Toshi an.

»Ein entzückender Schirm«, sagt Paul. Charmant.

»O Gott, ich wußte, daß so was passieren würde. Du mußt mich für völlig bescheuert halten. Ich schwöre, dieses Ding gehört mir nicht.« Sie flirtet mit Paul. Er sieht gut aus mit seinem roten Haar.

»Natürlich nicht. Aber dein Geschmack geht mich ja auch gar nichts an«, sagt Paul. Sie kehren zum Bürgersteig zurück und gehen weiter, haben Toshi fast vergessen. Ihm ist das gleichgültig. Er ist erleichtert. Sie sind einander sympathisch.

»Wir wollten gerade essen gehen. Komm doch mit!« bittet Paul.

»Klar. Gern.« Sie wirft einen Blick über ihre Schulter, ohne langsamer zu werden. »Ist das dieser Freund, bei dem du gewohnt hast? Er ist nett.«

»Ja«, sagt Toshi und beeilt sich, sie einzuholen.

Aber wird er das je schaffen? Sie gehen zu schnell, und sie reden zu schnell. Diese Fähigkeit der Amerikaner, vom ersten Moment an ein entspanntes, freundliches Gespräch führen zu können, verblüfft und entmutigt ihn. Wird er je so selbstsicher sein?

Sie flüchten sich in einen kleinen Stehimbiß, die erste offene Tür, die sie im Regen finden. Eine orangefarbene Resopaltheke mit fünf Hockern, nackte Glühbirnen, abgetretener Betonboden. Toshi setzt sich und stellt aus alter Gewohnheit die klebrigen Flaschen mit Reisessig, Chiliöl und Sojasoße auf der Theke in eine Reihe.

Toshi ist in einer Welt aufgewachsen, die mit den Molekülen von Ramenbrühe durchtränkt war. Eine seiner ersten Erinnerungen ist die an seinen Vater, wie er die Brühe in einem riesigen Topf auf dem Herd umrührt. Er wirft Stücke fetten Schweinefleischs hinein. Bevor sie sie verließ, machte seine Mutter die Nudeln selbst, am Fenster, hob den Teig wieder und wieder hoch wie den Saum ihrer Schürze.

Hinter der Theke sitzt ein müder Mann, sieht fern und wartet auf Kundschaft. Wie Toshis Vater. Er bringt ihnen Wasser, nimmt dann die Bestellung auf. Toshi sieht zu, wie er jede Portion Nudeln in der Hand wiegt, bevor er sie ins kochende Wasser wirft. Von rechts hört Toshi den Regen rauschen, Lucy und Paul sitzen links von ihm. Er hört ihnen nur halb zu, während der Koch drei weiße Schüsseln von einem hohen Stapel nimmt, sie nebeneinanderstellt und Soße hineinschöpft. Er hat so etwas schon öfter gehört: Wo sie herkommen. Seit wann sie in Tokio sind. Warum.

Aber dann kommen Einzelheiten, Ereignisse aus Lucys Vergangenheit, die er noch nicht kennt. Lucy ist achtundzwanzig. Bei ihrem ersten Besuch in Japan hat sie drei Monate in einem Zen-Tempel in Kamakura verbracht. Sie hat den Boden gefegt, Zazen praktiziert und gelernt, wie man die Shakuhahi-Flöte spielt.

Sie lacht. »Ich war schrecklich, außer beim Flöte spielen. Ich hätte mir beim Meditieren beinahe den Rücken und die Knie kaputtgemacht. Ich war praktisch ein Krüppel.«

Der Koch gießt die Nudeln ab, hält sie unter fließendes Wasser.

»Und warum bist du nach Japan zurückgekommen?« fragt Lucy Paul.

Mit einer glatten, geübten Armbewegung wirft der Koch die Nudeln in die Schüsseln.

»In Amerika hatte ich mich verliebt. Mein Freund und ich sind zusammengezogen. Wir haben uns wirklich geliebt, aber er ist gestorben.«

»O Gott«, sagt Lucy.

Toshi ist verblüfft. Diese Geschichte hat Paul ihm nie erzählt.

Der Koch löffelt Brühe in die Schüsseln. Mit Stäbchen fügt er dünne Scheiben Schweinefleisch und gehackte Schalotten hinzu.

»Ja. Er ist krank geworden. Ein Jahr lang habe ich ihn jeden Tag sterben gesehen. Dann war er tot. Und ich bin geflüchtet. Wieder nach Japan.«

Oben auf jede Schüssel legt der Koch ein knuspriges Nori-Quadrat. Die Algen werden dunkler, als sie die Brühe aufsaugen.

»Das tut mir sehr leid«, sagt Lucy und greift nach Pauls Hand.

Toshi ist wie betäubt. Er spürt, daß er den Atem anhält, aber er weiß nicht, wie er wieder mit dem Atemholen anfangen soll.

Der Koch reicht ihnen die dampfenden Schüsseln. »Vorsicht. Heiß.«

»Na ja«, sagt Paul und nimmt seine Schüssel. »Was soll's. Heutzutage ist das doch die übliche Geschichte, oder?«

»Nein. Nein, ist es nicht. Sag so was nicht. Das wird es nie sein.«

Toshi fühlt sich beschämt. Paul kennt Lucy erst seit zehn Minuten. Wieso hat Paul ihm das nie erzählt? Er möchte nicht mehr zuhören. Er konzentriert sich auf die weiße Schüssel, die vor ihm steht. Als sich der vertraut und angenehm riechende Dampf auf seinem Gesicht niederschlägt, treten ihm Tränen der Wut in die Augen, lassen alles verschwimmen. In einer Hand hat er Stäbchen, in der anderen einen Plastiklöffel. Wie sind die dahin gekommen? In der Suppe der weiße Himmel über der Shiretoko-Halbinsel. Schwere Wolken werden vom Meer hereingetrieben, stoßen zusammen. Er ist verletzt und wütend und kann nicht mehr zwischen Sehnsucht und Erinnerung unterscheiden. Auf wen ist er eigentlich wütend? fragt er sich mit zunehmender Angst. Auf Paul? Auf Lucy? Die Mutter, die ihn verlassen hat? Einen Vater, der Tag um Tag Gemüse gehackt, Reis gebraten, Nudelportionen in der Hand abgewogen hat, ohne je etwas zu sagen, etwas von sich preiszugeben? Wieso erzählt ihm nie jemand, was wirklich wichtig ist? Ist es seine eigene Schuld?

Er läßt die Stäbchen sinken, kommt mit der Hand an den Rand der Schüssel und stößt sie um. Er beobachtet, wie kochendheiße Brühe im Zeitlupentemp in seinen Schoß tropft. Lucy und Paul und der Koch blicken erschrocken auf, als er schreit. Einen Augenblick lang weiß selbst er nicht, woher dieser Schmerz rührt.

Sie stehen im Regen. Lucy klappt ihren Snoopy-Schirm auf.

»Danke. Es war wunderbar«, sagt sie zu Paul.

»Du hast uns den Abend gerettet«, erwidert er. »Du und dein wunderbarer Schirm.«

Sie küssen sich wie alte Freunde, wie Amerikaner. Sie wendet sich Toshi zu, zögert, dann lächelt sie.

»Alles in Ordnung? Hast du dich auch wirklich nicht verbrannt?«

»Mir geht's gut«, sagt er und sieht auf seine Hose hinunter, die von der Taille bis zu den Aufschlägen naß ist: Paul hat gläserweise Wasser über ihn gegossen.

»Also, ich melde mich bei dir, sobald ich ein Band fertig habe, das du dir anhören kannst. Aber schick mir deine Zeichnungen, ja?«

Wütend wie er ist, kann er nur nicken.

Sie winkt und verschwindet um eine Ecke.

»Jetzt bekommen wir kein Taxi mehr. Wir werden die Bahn nehmen müssen«, sagt Paul, der Toshis Schmollen vielleicht bemerkt hat, vielleicht auch nicht. Auch er ist betrunken.

In der U-Bahn-Station legen sich die Obdachlosen in ihren von der Regierung ausgegebenen blauen Uniformen zum Schlafen nieder, auf langen Reihen identischer Matten. Toshi überlegt, ob er sich dazulegen soll. Ihm wird klar, daß auch er jetzt kein Zuhause mehr hat. Pauls Heim ist nicht das seine.

Paul geht zu einem Fahrkartenautomaten. »Zwei Fahrkarten nach Aoyama i-Chome«, sagt er auf japanisch.

»Bitte werfen Sie zweihundertachtzig Yen ein«, weist ihn die Maschine an.

Er steckt Münzen in den Schlitz.

»Das war der richtige Betrag. Denken Sie daran, in Akasaka Mitsuke umzusteigen. Danke.« Dann spuckt der Automat zwei Fahrkarten aus.

»Ich danke auch«, sagt Toshi, der das Gefühl hat, mit diesem Automaten, der immerhin Japaner ist, mehr gemeinsam zu haben als mit Paul. Er steckt die Karte in den Schlitz der Schleuse, dann den Arm in den Blutdruckmesser. Die Gummimanschette wird fester, packt ihn, läßt dann mit einem Zischen wieder los.

»Hundertzehn zu siebzig. Arbeiten Sie morgen wieder fleißig«, sagt die Maschine mit freundlicher Stimme.

»Wenn ich nicht schwul wäre, wäre deine Freundin Lucy genau die Art Frau, in die ich mich verlieben könnte.« Paul kommt ins Zimmer, ein Glas Wasser in der Hand.

Es ist Morgen. Toshi setzt sich im Bett auf. Er hat einen schrecklichen Kater.

Paul läßt zwei weiße Tabletten ins Glas fallen und reicht es

Toshi. »Warte, bis es nicht mehr sprudelt, und dann trink. Ein amerikanisches Heilmittel. Es wirkt Wunder.«

»Wie kommt es, daß du mir nie von deinem Freund erzählt hast, der gestorben ist?«

Toshi hat darüber nachgedacht, seit er aufgewacht ist. Am Abend zuvor hat er immer wieder versucht, sich Pauls Freund vorzustellen und ist über diesen Gedanken in einen unruhigen Schlaf gefallen. Wer war er? Wie hat er ausgesehen? Er hat sich auch vorgestellt, wie Paul traurig in einem Flugzeug nach Japan sitzt.

Paul ignoriert die Frage, setzt sich auf die Bettkante und zupft den Saum seines Bademantels wie einen Rock zurecht.

»Glaubst du, ich gäbe eine gute Kronprinzessin ab? Vielleicht hätte ich zum Vorsprechen gehen sollen.«

Toshi lacht nicht. »Du hast sie gerade erst kennengelernt. Du kennst sie nicht mal.«

»Sie ist Amerikanerin«, sagt Paul. »Sei ein braver Junge und trink dein Alka-Seltzer. Es hat aufgehört zu sprudeln.«

Toshi trinkt. Es schmeckt scheußlich. Paul nimmt ihm das Glas wieder ab.

»Ich weiß nicht, wieso ich immer auf dich höre«, sagt Toshi. Er wartet darauf, daß die Medizin wirkt, daß sie seinen Zorn ebenso beruhigt wie seine Kopfschmerzen und den übersäuerten Magen.

»Weil ich älter und ein Weißer bin. So war es schon immer, seit Anbeginn der Zeit.«

Heute früh hat er keine Lust auf Pauls Witzeleien.

»Du hättest es mir sagen können. Ich dachte, ich wäre dein bester Freund. Du hast Lucy Sachen erzählt, von denen ich keine Ahnung hatte.«

»Ich war vollkommen betrunken. Und sie ist jemand, mit dem ich bei uns befreundet gewesen wäre. Es war, als würde ich sie schon lange kennen.«

Paul steht wieder auf.

»Ich bin spät dran.«

In der Tür bleibt er noch einmal stehen.

»Du bist Japaner. Ich glaube, ich habe einfach angenommen, daß du es nicht verstehen würdest. Und außerdem ...« Er hält inne.

»Außerdem?«

»Außerdem«, fährt Paul schon im Flur fort, »bin ich die ganze Zeit über in dich verliebt gewesen. Das macht es schwierig, über bestimmte Dinge zu reden.«

Später, als Paul unter der Dusche ist, geht Toshi in sein Schlafzimmer und zieht die Schubladen auf. Er weiß eigentlich nicht so recht, wonach er sucht. Ein Foto? Briefe? Ich kenne Paul überhaupt nicht, denkt er. Ich dachte, ich kenne ihn, aber das stimmt nicht. Was gibt es wohl noch, das ich über ihn nicht weiß?

Er findet nichts. Er läßt die Schubladen offen und geht in den Flur hinaus. Vor der offenen Badezimmertür bleibt er stehen und sagt: »Ich werde wieder in meine Wohnung ziehen. Ich glaube, es ist nicht gut, wenn ich noch hierbleibe. Okay?«

Paul antwortet nicht.

»Hast du mich verstanden?«

Paul dreht die Dusche ab. Das Murmeln der Lüftung. Wasser tropft vom Duschkopf. In der Küche läuft das Radio.

»Ich habe dich verstanden«, sagt Paul.

Und dann dreht er die Dusche wieder auf.

Es regnet schon seit Tagen. Die Fotos an der Wand und die Seiten der Comics auf dem Tatami wellen sich immer mehr. Erschöpft und entmutigt lehnt sich Toshi einen Moment an die Wand, hinterläßt dort einen feuchten Handabdruck. Und dann erinnert er sich an eine Höhle auf der Shiretoko-Halbinsel, etwa eine Wegstunde vom Nudelimbiß entfernt. Die Wände dieser Höhle waren mit phosphoreszierendem Moos bedeckt. Toshi hatte einmal den ganzen Körper an die Wand gedrückt und als er weiterging, blieb sein Abdruck zurück.

Er ist überrascht, daß keine roten Umschläge mehr auf ihn warten. Er stöpselt das Telefon wieder ein, voll vager Hoffnung. Ist es möglich, daß Jane aufgegeben hat, ebenso erschöpft von ihrer eigenen Hartnäckigkeit wie er? Und was ist mit Lucy, die so unerwartet in sein Leben, so ungeschickt zwischen ihn und Paul getreten ist?

Seine Kleider und seine Haut riechen nach Zigarettenrauch. Er nimmt Seife, Shampoo, ein Handtuch und seine orangefarbene Plastikschüssel und geht nach draußen, am Seven-Eleven und der Videothek vorbei, seine nackten, nassen Füße rutschig in den Gummisandalen. Regenwasser rauscht im Rinnstein, spült Zigarettenkippen hoch. Toshi blickt durch seinen durchsichtigen Plastikschirm zum dunkeln, feuchten Himmel auf. Die Lichter in den Hochhäusern glitzern wie Sterne – die einzigen Sterne, die er in Tokio je gesehen hat.

Im Badehaus sitzt er nackt auf einem Hocker und starrt sich im Spiegel an. Vor ihm erhebt sich auf einem Kachelmosaik der Fuji bis zur Holzdecke. Toshi läßt Wasser laufen, bis die Plastikschüssel überfließt und das Wasser auf die Kacheln spritzt. Überall um ihn herum schrubben sich nackte Männer mit rauhen Waschlappen, waschen sich das Haar, reiben sich die Fußsohlen mit Bimsstein. Sie ziehen sich Rasierer über die nassen Wangen, schnicken die Rasierseife auf den Boden. Aus Reihen von Wasserhähnen und Duschen stürzt Wasser. So viel Wasser kommt ihm wie Luxus vor, selbst bei ununterbrochenem Regen. Er spürt, wie der heiße Dampf seine Poren öffnet, und die Unruhe aus ihm heraussickert.

Toshi wäscht sich ab, dann läßt er sich in die große Wanne sinken und spürt die wahre Hitze – Hitze, die weh tut, ihm bis in die Knochen dringt. Hitze, die Erinnerungen heraufbeschwört: Seine Mutter kommt nach dem Bad die Treppe herauf, das hübsche Gesicht gerötet, das Haar unter einem Handtuch, ein Glas mit kaltem Tee in der Hand. Sein erster Abend im College-Schlafsaal in Sapporo, er sitzt im Bad, umgeben von unbekannten Gesichtern, alle sind zu schüchtern, etwas zu sagen, nicken einander nur zu. Toshi spürt, wie er sich entspannt. Er schließt die Augen und sieht heiße vulkanische Quellen vor sich. Dampf steigt über Japan auf und hüllt das ganze Land in eine Schwefelwolke. Über die niedrige Trennwand des Badehauses dringen Frauenstimmen. Eine Mutter warnt ihre Tochter, vorsichtig zu sein, wenn sie in die Wanne steigt. Er hört ein Platschen und macht die Augen auf. Neben ihm gleitet ein kahlköpfiger alter Mann in die Wanne.

»Ah, das tut gut«, sagt er und nickt Toshi zu.

»Ja«, sagt er.

»Sind Sie Student?«

»Nein, ich arbeite.«

»Aber Sie kommen nicht aus Tokio. Das höre ich am Akzent.«

»Ich bin aus Hokkaido.«

»Eine schöne Gegend. Saubere Luft. Viele Bäume.« Wieder nickt der Mann, dann läßt er seinen glänzenden, faltigen Rükken gegen den Wannenrand sinken und schließt die Augen.

Wir können hier nackt miteinander in derselben Wanne sitzen, obwohl wir Fremde sind, denkt Toshi. Das geht, weil wir Japaner sind. Wir verstehen einander. Wir trauen einander. Er hat genug von den Amerikanern, von seinen Versuchen, sie zu verstehen. Er fühlt sich von ihnen verschlugen. Selbst von Paul. Paul ist in ihn verliebt. Das wußte er. Ihm wird klar, daß er es schon immer gewußt hat. Aber wieso mußte Paul alles verderben, indem er es aussprach?

Wieder schließt er die Augen, überläßt sich der Hitze, sieht Hokkaido vor sich. Das flackernde grüne Licht im Fichtenwald. Die aufgebogene Borke der Birken. Die Geräusche im Wald, wenn es nicht windig ist.

Der Abdruck eines kleinen Jungen auf einer Wand mit schimmerndem Moos.

Er macht die Balkontür zu und schaltet die Klimaanlage ein. Dann holt er seinen Zeichenblock hervor und beginnt zu malen. Das Chocolate Girl langweilt ihn. Es gibt so vieles, was er zeichnen möchte. Heute zeichnet er nach dem Gedächtnis: Eine Sternschnuppe im August. Er ist zwölf, vielleicht dreizehn Jahre alt. Um Mitternacht liegt er auf dem Pier und sucht den Himmel nach Sternschnuppen ab. Über ihm durchglühen Sterne das Dunkel, als wären sie alles, was er sich wünscht.

Immer noch aufrecht sitzend, den Block vor sich aufgeklappt, schläft Toshi ein und träumt. Seine Finger erschlaffen, und der Stift rollt über den Tisch, fällt auf den Boden des Nudelimbiß. Der Laden ist voller Kunden. Hinter der Theke arbeitet sein Vater angestrengt, brät Reis in dem großen Wok. Der Raum füllt sich mit öligem Rauch. Alle, die Toshi kennt, sind hier. Paul und Jane und Lucy. Die Fischer. Nakamura und Mami und Akira. Und alle rauchen Zigaretten. Toshi muß husten. Plötzlich findet er sich mit Audrey Hepburn in einer großen Garage wieder. Sie läuft von Auto zu Auto, läßt die Motoren an. Die Fenster sind zu, und die Garage füllt sich mit Abgasen. Toshi bekommt keine Luft mehr.

Er wacht auf. Sein Hals und die Lunge tun weh. Das Zimmer ist voller Qualm. Er reißt die Balkontür auf, schnappt nach Luft und sieht, wie der Qualm in die warme, feuchte Dunkelheit entweicht. Neonreklamen flackern. In seinem Zimmer knistern kleine Flammen in der Nähe der Tür. Der Tatami brennt. Schaben flitzen hinter den Küchenschränken hervor und rasen die Wände hoch. Er packt den Kessel und gießt Wasser über die kleinen Flammen, die zischend verlöschen.

Nackt steht er da, mit klopfendem Herzen, die Haut verschwitzt und rauchig. Der Tatami riecht wie gerösteter Tee. Jemand klopft an seine Tür.

»Okamoto-san! Okamoto-san! Sind Sie da drin? Wachen Sie auf!«

Er öffnet die Tür. Schaben krabbeln in den Flur hinaus. Sein Nachbar steht vor der Tür, in seiner Sommerunterwäsche, und sieht ganz erschrocken aus. »Oh, Gott sei Dank. Ich hatte solche Angst. Ich habe die Feuerwehr angerufen.«

»Es ist alles in Ordnung.« Er hört die Sirene. Dann riecht er etwas anderes, stärker als Tee. Eine zusammengeknüllte Zeitung liegt unter dem Briefschlitz, schwelend. Toshi hebt sie auf. Es ist die Japan Times, eine englischsprachige Tageszeitung. Das Papier fühlt sich schwer an, durchtränkt von Flüssigkeit. Sein Nachbar beugt sich darüber und schnuppert.

»Kerosin. Sieht aus, als habe jemand ihre Wohnung in Brand stecken wollen.«

Die Feuerwehr kommt, und dann die Polizei. Regenwasser tropft von den glänzenden Uniformen, bildet kleine Pfützen, die das Licht der Leuchtstoffröhren widerspiegeln. Dann kommt ein Fernsehreporter mit einem Kameramann, und grelles Licht prallt von den Wänden ab, entzieht der Nacht jeden Rest von Farbe. Mit nackten Oberkörper und in Boxershorts steht Toshi da, schirmt die Augen mit der Hand ab, verwirrt von all dem Durcheinander. Die Fahrstuhltür geht auf und wieder zu, spuckt Fremde aus. Die Polizisten reichen die kerosindurchtränkte Zeitung hin und her wie ein Hackfleischbrötchen, während Toshis Nachbar ihnen von der Ausländerin erzählt, die er beobachtet hat, als sie gegen Toshis Tür schlug.

»Das war vor ein paar Tagen. Natürlich habe ich keine Ahnung von Ausländern, habe noch nie im Leben mit einem gesprochen, aber ich hatte den Eindruck, daß sie ziemlich außer sich war.«

Am Rand der kleinen Zuschauermenge werden die Worte »Ausländerin« und »Brandstiftung« aufgenommen und dem Gewebe der Nacht hinzugefügt.

Der Reporter hält Toshi das Mikrofon vor die Nase.

»Ich weiß überhaupt nichts darüber. Vielleicht hat sie mich verwechselt. Ich lese die Japan Times nicht. Das ist eine englische Zeitung.«

»Wir hatten schon öfter Probleme mit Ausländern, wissen Sie. Eine Welle ausländischer Verbrecher«, sagt einer der Polizisten.

»Welle ausländischer Verbrecher?« Der Reporter kritzelt in seinen Notizblock.

Der Polizist steckt die kerosingetränkte Zeitung in eine metallisch glänzende Tüte, die er sorgfältig verschließt.

Früh am Morgen kommt Toshis Vermieter, sieht sich das Zimmer an und runzelt die Stirn.

»Sie bekommen keinen neuen Tatami. Aber ich schicke im Laufe der Woche jemanden rauf, der ihn umdreht.«

»Vielen Dank! Es tut mir sehr leid, daß Sie mitten in der Nacht gestört wurden.«

»Ich mag es nicht, wenn meine Mieter sich mit Ausländern abgeben. Das bringt allen nur Schwierigkeiten.«

»Es tut mir leid. Ich bin sicher, jemand hat mich verwechselt. Von nun an werde ich vorsichtig sein.«

Er verbeugt sich tief. Aber er fragt sich, ob der Vermieter nicht recht hat, ob es nicht unvermeidbar zu Schwierigkeiten führt, wenn man sich mit Ausländern einläßt. Und er fragt sich auch, ob es für Vorsicht nicht schon zu spät ist.

Stunden später, nachdem er die Wohnung so gut wie möglich geputzt hat und sich ein bißchen hinlegen will, klingelt das Telefon. Jane. Er weiß, daß er drangehen muß. Er muß mit ihr sprechen. Er nimmt den Hörer ab.

»Hallo?«

»Guten Morgen«, sagt seine Mutter fröhlich. »Ich hoffe, ich habe dich nicht geweckt.«

Er erzählt ihr nichts davon. Es wäre unmöglich, ihr zu erklären, welche Wendung sein Leben hier in Tokio genommen hat.

»Ich wollte dir erzählen, daß dein Vater dich besuchen kommt.«

»Wirklich? Wann denn?«

Sein Vater verließ die Halbinsel nie, er tat ja kaum einen Schritt aus dem Laden.«

»Ich glaube, er ist schon auf dem Weg.«

»Warum kommt er denn? Er hat nicht mal angerufen, um mir Bescheid zu sagen!«

»Ich weiß es nicht. Er hat es nicht gesagt. Nur, daß er nach Hakodate fährt und von da aus die Fähre nimmt. Ich habe ihm gesagt, daß es auf diese Weise sehr lange dauert, aber er sagte, er wolle nicht fliegen, und er habe viel Zeit.« Sie schweigt einen Moment. »Er war seltsam in der letzten Zeit.«

»Was meinst du damit?«

»Ich weiß es nicht genau. Er hat oft angerufen und wollte mit mir reden. Ich glaube, er ist einsam.«

»Ist alles in Ordnung?«

»Ja. Aber sei freundlich zu ihm. Er wird alt, weißt du.«

»Keine Sorge. Ich werde mich gut um ihn kümmern. Wie alt ist er jetzt?«

»Warte ... Ich bin fünfundsechzig. Also muß er ... zweiundsiebzig sein.«

»Er wird bei mir wohnen wollen, oder?«

»Das nehme ich an, er hat nicht darüber gesprochen. Er rief nur an und sagte: ›Ich werde Toshi-chan in Tokio besuchen.‹ Du weißt doch, wie dein Vater ist.«

»Ja«, sagte Toshi. Aber eigentlich weiß er das nicht.

Zu Beginn des Frühlings machte Toshi seinen College-Abschluß. Er räumte sein Zimmer aus, verabschiedete sich von Freunden und Lehrern und verließ Sapporo für immer. Seine Freundin, Patty Shapiro, war bereits nach Amerika zurückgekehrt, zu ihrem amerikanischen Freund. Als Toshi durch die bittere Kälte zum Bahnhof ging, kam ihm die Stadt völlig verlassen vor. Seine gefühlsmäßigen Bindungen hatte er bereits gelöst. Er hatte nur seine Reisetasche dabei. Einen großen Koffer und eine Kiste mit Kunstbüchern hatte er schon an Pauls Adresse nach Tokio geschickt.

Auf dem Weg zur Shiretoko-Halbinsel stieg er auf kleinen, schneeverwehten Bahnhöfen um, fuhr durch vertraute Landschaften nach Nordosten. Skihänge. Wogende Schwefelwolken hingen reglos über heißen Quellen. Ein Langlaufrennen. Mit gesenkten Köpfen, Nummern auf den Rücken befestigt, bewegten sich die Skiläufer zügig voran. Leuchtend rosafarben und grün glitzernd waren sie wie Perlen über die weißen Hügel verstreut.

Seine Mutter wartete vor dem Bahnhof von Shari auf ihn. Sie saß hinter dem Steuer von Taros Auto und trank aus einem dampfenden Kaffeebecher von Mr. Donut.

Jedesmal, wenn Toshi seine Mutter sah, war er erneut verblüfft darüber, wie sehr sie sich verändert hatte und immer noch veränderte. Sein Vater wurde von Jahr zu Jahr stiller, verlor Worte so schwer wie Gewicht. Aber seine Mutter war in den Jahren, seit sie sie verlassen hatte, gesprächiger, ja sogar fröhlich geworden. Manchmal störte das Toshi. Hatten er und sein Vater sie wirklich so unglücklich gemacht? Selbst ihr Aussehen: Im Nudelimbiß hatte sie ihr Haar jeden Morgen zu einem festen Knoten gesteckt. Aber als sie ins Gasthaus zog, hatte Taro sie geneckt und »Tantchen« genannt, bis sie ihr Haar löste und fortan einen Zopf trug. Und bevor Toshi aufs College gegangen war, hatte sie auch den Zopf gelöst. Jetzt hing ihr dichtes, graugesträhntes Haar über den Rücken. Ihre Kleidung war locker geschnitten, schlicht und verbarg, wie immer, ihre Figur. In den vergangenen Jahren hatte sie jedoch hin und wieder ein hübsches Kleidungsstück hinzugefügt. Heute trug sie Männerhosen, einen Pullover und eine Daunenjacke. Silberne Räder mit Speichen aus Türkis baumelten an ihren Ohren.

Taro unterhielt die Gäste gern, indem er ihnen erzählte, er stamme von den Ainu ab, dem Stamm, der einmal ganz Hokkaido bewohnt hatte. Eines Abends hatte Taro, nach zwei Flaschen Sake, auf Toshis Mutter gezeigt und gesagt: »Diese Frau hier ist eine reinblütige Ainu. Das sieht man ihr doch sofort an.«

Sie hatte gelacht, während sie weiter Fischeintopf und Bergwurzelgemüse servierte. »Das stimmt. Wir Ainu haben sehr dichtes Haar, wie Pelz. Das Haar meiner Mutter wuchs bis zum Boden. Sie hat sich immer Fuchsknochen und Federn hineingeflochten.«

Die jungen Gäste hatten sie verblüfft angestarrt. Toshi empfand sowohl Staunen als auch unerwarteten Zorn. Seine Mutter errötete wegen ihrer Lüge und verließ schnell das Zimmer.

Er hatte nie gedacht, daß sie zu einer Lüge fähig wäre. Aber sie hatte sie so schnell und beiläufig erzählt, als sei es die Wahrheit, als ob es keinen Unterschied gäbe. Zwangsläufig mußte er darüber nachdenken, wann sie wohl sonst noch gelogen hatte. Was weiß ich alles nicht über meine Mutter?

Sie fuhren an trostlosen, gefrorenen Feldern vorbei, gewellten dunklen Tüchern, die bis zur Küstenstraße hinunterhingen.

»Ist viel los im Gasthaus?«

»Das ist der betriebsamste Winter seit langem. Die Leute können sich nicht mehr leisten, ins Ausland zu fahren, also kommen sie hierher und schauen sich die Eisschollen an.

Warte, bis du siehst, was Taro alles verändert hat. Er hat ein Filipino-Mädchen eingestellt.«

»Wirklich?«

»Es ist heutzutage schwer, Japanerinnen zu finden, die in einem Gasthaus arbeiten wollen. Sie wollen alle in die Stadt und im Büro arbeiten. Er hat sie durch eine Agentur gefunden. Sie ist sehr nett und wirklich fleißig.«

Dann fuhren sie eine Weile schweigend weiter.

Windböen schleuderten Kiesel wie Regentropfen gegen die Windschutzscheibe.

»Dein Vater und ich sind jetzt geschieden worden.«

Eine merkwürdige Taubheit breitete sich von Toshis Brust bis in die Arme und Beine aus. Hinter seinen Augen rauschte das Blut. Er starrte geradeaus.

»Hast du gedacht, wir wären schon geschieden?« Ihre Stimme klang trocken, nicht wie gewohnt. Sie war eine Fremde.

»Ich weiß nicht.«

Auf der Shiretoko-Halbinsel heiratete man jung und bekam sofort Kinder. Toshis Mutter war bei seiner Geburt zweiundvierzig gewesen, sein Vater achtundvierzig, alt wie Großeltern. Er hatte nie gefragt, wieso sie gewartet hatten, und was in den Jahren vor seiner Geburt geschehen war. Und nachdem sie gegangen war, war nie über die Trennung gesprochen worden. Jetzt wollte seine Mutter plötzlich darüber sprechen. Aber er wußte nicht, was er nach so vielen Jahren des Schweigens sagen sollte.

»Ich habe um die Scheidung gebeten. Nicht dein Vater. Du solltest nicht ihm die Schuld geben.«

Toshi war wütend. »Wieso mußtest du das tun? Ihr hättet auch verheiratet bleiben können.« Noch während er das aussprach, wurde ihm klar, wie dumm er sich anhörte. In seiner Vorstellung waren seine Eltern zusammengeblieben. Aber es war fünfzehn Jahre her, seit seine Mutter gegangen war.

»Wir hätten nicht verheiratet bleiben können«, sagte sie.

»Warum nicht?«

Sie gab keine Antwort.

Wo die Bergausläufer sich bis zum Meer hinzogen, wurde die Straße schmaler. Die Berge selbst waren weiß, der Schnee so tief, daß die Baumwipfel nur kleine Schatten auf die Oberfläche warfen.

»Wenn das alles taut, wird sehr viel Wasser ins Meer fließen. Wir werden mindestens bis Mai im Schlamm wühlen«, sagte sie.

Er würde ihr helfen, würde ihr Zeit lassen zu sagen, was sie sagen wollte. »Die Bäche und Flüsse werden den ganzen Sommer Hochwasser haben«, meinte er.

»Und das bedeutet Fliegen und Moskitos.«

Und in den frühen Morgenstunden Schwärme von Schmetterlingen, dachte er. Große Schillerfalter, die so unvermittelt aus den Bäumen herabflattern, wie man aus einem Traum aufschreckt.

»Toshi-chan, du magst Taro doch, oder?«

»Ja«, sagte er, immer noch in Gedanken. Taros Frau war jung gestorben – an Krebs, hatte Oma ihm einmal erzählt. Er hatte seine Stelle bei einer Firma aufgegeben und war nach Hokkaido gezogen. Er hatte nie wieder geheiratet und hatte keine Kinder. Er hatte Toshi mit zum Angeln genommen, hatte ihm beigebracht, wie man Treibholz sammelt und sich daraus einen Schuppen baut.

Sie bremste den Wagen, als fiele es ihr schwer, sich auf das zu konzentrieren, was sie sagen wollte.

»Taro und ich werden heiraten.«

Er war so überrascht, daß er gar nichts sagen konnte, obwohl er wußte, daß sie eine Reaktion erwartete. Als er schließlich »Herzlichen Glückwunsch« hervorbrachte, kam es mechanisch, das Ergebnis der guten Erziehung.

»Dann hast du also nichts dagegen?«

Er hörte die Besorgnis in ihrer Stimme. Sie wollte seine Zustimmung.

»Nein. Taro ist ein guter Mann.« Das stimmt. Er wußte, daß sie es gerne hörte.

»Danke. Ich habe mir natürlich Sorgen darüber gemacht, was du denken würdest.«

Die Worte brachen aus ihm heraus. »Wieso? Wieso warst du besorgt? Du hast dir doch auch vorher nie Gedanken gemacht. Du tust doch immer nur, was dir paßt, oder?«

Sie lenkte scharf an den Straßenrand und hielt an. Sie starrte geradeaus.

»Glaubst du, deine Mutter ist glücklich gewesen?«

Es klang, als würde sie gleich anfangen zu weinen. Es tat ihm bereits leid, daß er so grob gewesen war.

»Bitte verzeih mir«, sagte er mit gesenktem Kopf.

»Du kennst die Wahrheit nicht. Eines Tages werde ich sie dir erzählen.«

Er hob den Blick, aber sie wandte sich ab und starrte aus dem Fenster.

»Die Wahrheit? Welche Wahrheit?« Von welcher Wahrheit sprach sie? Dem Grund, weshalb sie sie verlassen hatte?

»Jetzt nicht.«

»Mutter! Bitte!« Er hob die Stimme.

»Ich kann nicht. Ich kann nicht.« Sie wischte sich die Augen mit dem Ärmel und holte tief Luft, rang um Haltung. Sie trat aufs Gaspedal und fuhr langsam weiter. Er starrte in seinen Schoß, dachte immer noch: Die Wahrheit? Was für eine Bedeutung hat dieses Wort für sie? Als sie nach Rausu kamen, sagte er: »Weiß Vater Bescheid? Über die Heirat?«

»Selbstverständlich. Ich habe es ihm sofort gesagt.«

Mehr sagte sie nicht. Er stellte keine Fragen mehr. Er kannte seinen schweigenden Vater, die Art, wie er zu allem nickte, ob es gut oder schlecht war. Er tat ihm leid, allein in seinem Nudelimbiß am Ende der Straße. Wenn er abends um acht den

Laden zumachte, war niemand mehr da. Zuerst hatte seine Frau ihn verlassen, dann sein Sohn. Jetzt heiratete seine Frau einen anderen.

Draußen über den Eisschollen schrien Möwen, die der Wind wieder an den Strand zurückdrückte.

An diesem Abend lud Taro sie in ein Restaurant an der Küstenstraße ein. Er ließ sich nicht anmerken, ob Toshis Mutter von ihrem Gespräch berichtet hatte oder nicht. Er war in festlicher Stimmung. Er bestellte heißen Sake, und sie hoben die Tassen zu einem Trinkspruch.

»Ich habe fünfzehn Jahre gebraucht, um deine Mutter dazu zu bringen, mich zu heiraten. Schließlich habe ich ihr gedroht, wenn sie jetzt nicht ja sagt, suche ich mir ein hübsches junges Mädchen.«

Er streckte den Arm aus, um sie an sich zu ziehen, aber sie rückte ein wenig ab. Taro lachte und schob sich dichter an sie heran. »Und jetzt hab' ich sie doch noch erwischt und lasse sie nie mehr gehen.«

Sie schüttelte den Kopf. »Und so einen albernen Mann will ich heiraten.«

Taros Vertraulichkeiten machten sie verlegen. Toshi sah, daß sie rot wurde. Er wandte sich ab. Alle schwiegen einen Augenblick und begannen dann zu essen.

Schließlich sagte Taro leise: »Nimm es deiner Mutter bitte nicht übel. Es war meine Idee. Wir wollen einfach nur eine Chance, miteinander glücklich zu sein.«

»Das verstehe ich«, sagte Toshi. Und das stimmte. Denn es war etwas, was er selbst seiner Mutter immer gewünscht hatte, so lange er sich erinnern konnte: daß sie glücklich war.

Der Bus und Herr Goto waren zusammen alt geworden. Die Ledersitze und die Gesichtshaut des Fahrers waren beide erschlafft, hatten sich zu einem ganz ähnlichen runzligen Muster gefaltet. Toshi öffnete das Fenster, um den Zigarettenrauch hinauszulassen, während der Bus stockend den Berg hinauffuhr und in den scharfen Kurven ächzte.

»Jetzt bist du also nach Hause gekommen, Toshi-chan. Wirst du deinem Vater im Laden helfen?«

»Eigentlich bin ich nur zu Besuch. Ich ziehe nach Tokio«, sagte er.

»Tokio? Wirklich? Tokio ist eine sehr große Stadt. Zu voll für mich. Ich war einmal da, direkt nach dem Krieg. Es hat mir nicht gefallen. Weiß dein Vater, was du vorhast?«

»Aber selbstverständlich. Ich bin nur zu Besuch hier«, wiederholte er.

»So?«

Herr Goto sagte nichts mehr, paffte nur weiter und starrte auf die Straße hinaus, als müsse er sich mehr als üblich aufs Fahren konzentrieren.

Der Parkplatz oben auf dem Hügelkamm hatte sich nicht verändert, bis auf drei Münzfernrohre. Herr Goto bog ein, hielt an, warf seine Zigarette aus dem Fenster und steckte sich eine neue an.

»Dein Vater ist auch kein junger Mann mehr.«

»Ja, das stimmt.«

»Ich nehme an, er ist ziemlich einsam, ganz allein da am Ende der Straße.«

»Ja, das ist er wohl.«

Wußte er von Toshis Mutter und Taro? Aber natürlich. Jeder hier wußte alles über jeden. Was hatte sein Vater all die Jahre ertragen müssen, seit seine Mutter sie verlassen hatte? Für den jungen Toshi waren es die mitleidigen Blicke der Lehrer gewesen, die Neckereien der Mitschüler, gemeine Bemerkungen über seine Mutter, die er zufällig beim Einkaufen hörte. All das hatte irgendwann aufgehört. Und dann war Toshi weggegangen. Aber hatte es für seinen Vater je ein Ende gehabt?

Herr Goto lenkte den Bus vom Parkplatz. Weiter unten segelte ein Falke im Aufwind, folgte den Konturen der Berge.

»Nun ja, schließlich werden wir alle nicht jünger, nicht wahr?« sagte der Busfahrer und begann zu husten. Er schob das Fenster auf, räusperte sich und spuckte.

Sein Vater stand an der Haltestelle in Rausu neben dem weißen, auf Hochglanz polierten Auto und rauchte. Hinter ihm hob sich die gefrorene See, erzitterte. Gelbe Wolken jagten über den Horizont und breiteten eine Decke über die verschlafenen russischen Inseln.

»Willkommen daheim«, sagte er. Er hatte seine Schürze nicht umgebunden.

Toshi verbeugte sich. »Danke, daß du mich abholst. Geht es dir gut, Vater?«

Er nickte. Sie stiegen ein und fuhren die Straße entlang auf den Hügel zu.

»Ich dachte, wir fahren zu den heißen Quellen über den Wasserfällen.«

»Was ist mit dem Laden?«

»Im Winter mache ich mittags nicht mehr auf. Es ist zu viel Arbeit für die paar Kunden, die vorbeikommen. Das meiste verdiene ich ohnehin an den Touristen im Sommer. Du wärst überrascht, wie viele inzwischen hierherkommen.«

»Was treibst du denn den ganzen Tag?«

Sein Vater antwortete nicht. Es war keine besonders persönliche Frage, aber eine, wie Toshi sie noch nie gestellt hatte. Wie dachte sein Vater darüber, daß Toshis Mutter Taro heiratete? Toshi hätte ihn das nie fragen können. Er wußte, daß sie nie darüber sprechen würden.

Die Luft war so trocken, daß er glaubte, die Wolken über sich hinwegziehen zu hören. Blätter, die an den Zweigen hängengeblieben waren, raschelten wie vergessene Musikinstrumente.

Verlegen zogen Toshi und sein Vater sich aus, voneinander abgewandt, legten ihre Sachen ordentlich zusammengefaltet auf einen trockenen, flachen Stein. Der Schnee rund um das Wasser war gesprenkelt mit Spuren von Rehen, Füchsen und Menschen. Toshi schauderte. Er bedeckte seine Genitalien mit den Händen und stieg schnell ins Wasser. Er war erschrocken, wie alt sein Vater geworden war. Seine blasse Haut hing ihm um die Knochen wie ein zu weites Gewand, und sein kurzgeschnittenes Haar war grau geworden.

»Ah, tut das gut!« sagte sein Vater und schloß die Augen, als er sich ins Wasser setzte. Er bekam Schlagseite wie ein leckes Fischerboot. Blasen stiegen um ihn herum auf und platzten, setzten strengen Schwefelgeruch frei.

Lange Zeit saßen sie schweigend da und sahen zum Winterwald hinüber: vertikale Linien, kahle Baumstämme, Leerräume, die darauf warteten, vom Frühling aufgefüllt zu werden. Wie eine von Toshis Zeichnungen – nach dem Bleistift, vor den Buntstiften.

»Du willst also nach Tokio ziehen«, sagte sein Vater schließlich. Es war keine Frage.

»Ja.«

»Das ist gut. Für einen jungen Menschen gibt es hier oben nichts.«

»Wirst du denn allein zurechtkommen, Vater? Mit dem Laden?«

»Mach dir um mich keine Sorgen«, erwiderte er. »Kennst du jemanden in Tokio?«

»Meinen Freund Paul. Den Amerikaner. Erinnerst du dich an ihn?«

»Ach ja. Der Ausländer.«

Wieder schwiegen sie für ein paar Minuten. Birken knarrten und stießen gegen benachbarte Fichten. Schmelzender Schnee fiel in großen Klumpen von den Zweigen und polterte im Wald wie schwere Schritte.

Sein Vater sagte: »In einer so großen Stadt wie Tokio ist es wichtig, Leute zu kennen.«

»Ja.«

Das war das Ende ihres Gesprächs.

Toshi dachte daran, daß er seinen Vater jetzt vermutlich lange Zeit nicht mehr sehen würde. Es gab einiges, was er ihn gern gefragt, was er über ihr gemeinsames Leben gesagt hätte, über all diese schweigenden Jahre in den beiden Zimmern über dem Nudelimbiß. Und über seine Mutter. Aber er verstand, daß es zu spät dafür war. Zu spät für sie. Vielleicht war es schon vor Toshis Geburt zu spät gewesen. Die Worte seiner Mutter fielen ihm wieder ein. Kannte sein Vater die Wahrheit ebenfalls?

Toshi sah ihn an, einen schweigenden, alten Mann in einem kleinen Quellenteich. Und es war, als sähe er ihn von jenseits des Meeres aus.

Toshi war auf einem Schiff und entfernte sich weiter und weiter.

Schirme und Fahrräder sind im Flur abgestellt und blockierten den schmalen Zugang zu Janes Wohnung. Fenster gehen auf und wieder zu, Lampen werden ein- und ausgeschaltet. Wasser tropft aus Rohren und Klimaanlagen. Jemand übt Tonleitern auf dem Klavier, und die Töne springen ins Dunkel hinaus wie Lichtstrahlen.

Umgeben von neueren, höheren Apartmenthäusern wirkt Janes Haus geduckt, sein nasses Ziegeldach hängt durch. Toshi steht vor ihrer Tür, zögert, kehrt beinahe wieder um, aber dann erinnert er sich: Der brennende Tatami. Er klopft. Er hört Schritte, der Türknauf dreht sich, und sein Herzschlag wird schneller. Er holt tief Luft.

Die Tür geht auf.

Jane hält mit einer Hand den Morgenmantel zu, streicht sich mit der anderen das Haar aus der Stirn. Ihr Gesicht ist geschwollen und gerötet, und ihre Haut strahlt spürbar Hitze aus. Er ist erschrocken, sie plötzlich so nah vor sich zu sehen, so erschrocken, daß er sowohl seine Angst als auch seinen Zorn vergißt.

»Ja? Was willst du?« fragt sie, mit starrer, unduldsamer Miene, als wäre er ein vollkommen Fremder. Erkennt sie ihn denn nicht? Vielleicht hätte er vorher anrufen sollen. Aber er traut ihr nicht mehr. Wer weiß, was sie getan hätte, wenn sie die Zeit gehabt hätte, sich auf ihn vorzubereiten.

Sie läßt den Morgenmantel los, er klafft auf. Ein kurzer Blick auf blasse Brüste, dann bedeckt der grüne Stoff sie wieder, wie eine Welle, die an den Strand rollt. Toshi ist erregt, und das verstört ihn.

»Ich bin Toshi.«

»Ich weiß, wer du bist«, sagt sie, ein wenig zu laut. »Glaubst du, irgendwas stimmt nicht mit mir? Wieso kommst du her?«

Sie ist aufgeregt, weicht bereits zurück, will schon die Tür schließen. Hinter ihr, in der Wohnung, flackert eine rote Glühbirne.

»Und?«

»Ich muß mit dir reden«, sagt er, plötzlich wütend. »Über das Feuer.«

Er ist sicher, es gesehen zu haben: Ein leichtes Zucken läuft über ihr Gesicht, direkt unter der Haut.

»Feuer. Was für ein Feuer? Du hättest vorher anrufen sollen.« Sie lacht. »Ich hätte dir gesagt, daß du nicht kommen sollst.«

»Jane?«

Ein junger Japaner, nackt bis auf die Unterhose, kommt an die Tür. Er sieht irgendwie benommen aus. Betrunken. Seine Lippen sind geschwollen, und er hat blaue Flecken auf der Brust.

Toshi dreht sich um und geht.

Hinter ihm fällt die Tür zu.

Am Ende der Straße bückt er sich ein wenig, um unter einem Busch Hängehortensien durchzukommen. Er bemerkt, daß er immer noch den Atem anhält. Er atmet aus und dann wieder ein, die warme, feuchte Luft, den Geruch nach nassen Blättern und Erde. Nachtblüten schimmern mattblau. Im milchigen Lichtkegel einer Straßenlampe bleibt er stehen und beobachtet, wie ein Motorrad um die Ecke biegt. In Helm und Lederkombination gehüllt, sieht der Fahrer aus wie ein menschliches Geschoß, ein Akrobat, der in der Luft Purzelbäume schlagen könnte. Das Motorrad rutscht auf dem nassen Pflaster, und Toshi entschlüpft ein leiser Aufschrei, als es schwankt, gegen die Schwerkraft ankämpft, sich dann aber wieder fängt. Als es weiterfährt, durchdringt das Motorengedröhn Toshis Körper, und er kommt sich unerklärlich verlassen vor.

Er durchquert das Gelände eines großen Tempels, dessen Pfade von nicht mehr benutzten Steinlaternen und Bäumen mit dichtem Blattbewuchs gesäumt sind, die das Licht von der Straße fernhalten. Im Dunkeln ragt Jane plötzlich hoch über ihm auf. Wieder und wieder öffnet sie die Tür zu ihrer Wohnung, während Toshi nach der Ursache seiner Frustration sucht, in der Neigung ihres Kopfes, im Licht, das sich auf ihren nackten Brüsten spiegelt.

Vor dem Schrein wirft Toshi eine Münze in eine Glücksmaschine. Ein weißer Papierstreifen gleitet in seine Hand. Er reißt ihn auf und blinzelt, um die Schriftzeichen erkennen zu können. Es ist Kyo – Pech. Toshi bindet das Papier an den Zweig eines kleinen Baumes neben dem Automaten. Die Zweige dieses Baums sind voller weißer Papierstreifen. Toshi geht schnell weiter, ohne sich noch einmal umzusehen. Läßt sein Pech zurück.

Und Jane.

Akiras Computerspiel gibt seine Töne von sich, Wan-chan bellt, und das Telefon klingelt. Toshi, über den Schreibtisch gebeugt, versucht, das alles zu ignorieren und statt dessen zu zeichnen: Lippen, die zum Kuß geschürzt sind. Ein verborgenes Messer. Die Gedanken von Chocolate Girl treiben in Blasen über ihrem Kopf, während sie im Hafen von Nagasaki einen gestrandeten Wal mit einem Seil umschlingt und ihn von der Sandbank zieht.

Und seine eigenen Gedanken? Die Arbeit langweilt ihn. Er ist erleichtert, daß das mit Jane vorbei ist. Was soll er mit Lucy machen? Diese Amerikaner verunsichern ihn – er ist fasziniert, aber auch entmutigt. Gestern, beim Abendessen – ihrem ersten Treffen seit Wochen – hat Paul ihm endlich von Michael Aoi, seinem japanisch-amerikanischen Freund erzählt, der an Aids gestorben ist.

»Es tut mir leid, daß ich nie mit dir darüber gesprochen habe. Das war ein Fehler, aber du warst noch so jung, als wir uns kennengelernt haben, und ich dachte, du würdest es nicht verstehen«, hatte Paul gesagt. »Ich weiß, ich bin ein schwieriger Mensch, aber ich gebe mir große Mühe, dies zu ändern. Du magst mich für stark halten, aber ich bin auf dich angewiesen.«

»Du bist mein bester Freund«, sagte Toshi und dachte: Wann werden wir einander wirklich kennen? Sehe ich denselben Paul, den Lucy sieht? Toshi wuchs auf einer schmalen Halbinsel auf, die man in weniger als einer Stunde mit dem Bus überqueren kann. Paul kommt aus Amerika, einem so riesigen Land, daß es sich über den Rest der Welt ausdehnt. Können Amerikaner ihre Gedanken und Gefühle deshalb so leicht ausplaudern? Paul könnte nie in einem Sechs-Tatami-Zimmer leben.

Mami geht ans Telefon, benutzt derart höfliche und gewählte Worte, daß Toshi sie kaum verstehen kann. Sie hat das erste Vorsprechen bestanden und wird demnächst auf einer riesigen Gartenparty zusammen mit tausend anderen Mädchen dem Kronprinzen vorgestellt werden. Abends nimmt sie Unterricht in Haltung, gutem Benehmen und der obskuren Sprache der kaiserlichen Familie.

»Toshi-chan, für dich!«

Er legt den Stift hin, läßt Chocolate Girl über dem großen Buddha von Kamakura in der Luft hängen. Unter der Bronzefigur kauern sich drei ängstliche Thaimädchen zusammen.

Er nimmt den Hörer. »Hier Okamoto.«

»Herr Toshi Okamoto?« Ein Mann. Diensteifrig.

»Ja.«

»Polizei Groß-Tokio.«

Sie haben bestimmt festgestellt, daß Jane mit dem Feuer zu tun hatte. Ein Reiskorn rollt ihm über die Stirn, bleibt in seiner rechten Braue hängen.

Wan-chan bellt: »Yip, yip, yip.«

»Still, Wan-chan. Toshi telefoniert. Du bekommst keinen Knochen«, schimpft Mami.

»Ihr Vater ist Fumio Okamoto aus Rausa auf Hokkaido?«

»Ja.« Sein Vater?

»Es tut mir leid, ich habe schlechte Nachrichten für Sie.«

»Schlechte Nachrichten?« wiederholt er.

Plötzlich wird es still im Büro.

»Ja. Ihr Vater ist in der Yamanote-Linie gefunden worden. Er hatte im Zug einen Herzinfarkt.«

»Einen Herzinfarkt? Er ist hier in Tokio? Geht es ihm besser?« Seewind pfeift durchs Telefon. Wolken rasen von den russischen Inseln her auf ihn zu. Wenn der Wind nur laut genug ist, wird er nicht hören müssen, was als nächstes kommt.

»Es tut mir leid, er ist im Zug gestorben.«

»Gestorben?«

Sein Vater, wie er in einer Dampfwolke vor dem Nudelimbiß steht und sich verbeugt.

Sein Vater, wie er abends allein vor dem Fernseher sitzt, raucht, ein Glas Bier in der Hand. Jeden Abend. Jahr um Jahr.

»Ja. Wir haben Ihren Namen und Ihre Telefonnummer in seiner Tasche gefunden.«

Toshi pflückt sich das Reiskorn aus der Braue und starrt es an. Seine Hand zittert. Das ist sicherlich eine Verwechslung.

»Entschuldigen Sie, aber haben Sie wirklich gesagt, mein Vater ist tot?«

»Es tut mir leid, Ihnen so etwas Schreckliches am Telefon mitteilen zu müssen. Wir möchten Sie bitten zum Krankenhaus zu kommen und ihn zu identifizieren.«

Er legt auf und starrt seine Zeichnungen an. In seinen Ohren rauscht das Meer, verdrängt alle anderen Geräusche. Die Thaimädchen öffnen die Münder weit, warten, daß er ihre Hilfeschreie einzeichnet.

Nakamura, Akira und Mami stehen um seinen Schreibtisch herum und sehen ihn an, als sei er jemand, den man bemitleiden muß. Mami hält ihm Wan-Chan hin.

Soldaten haben sich vor dem Bahnhof Shinjuku postiert, halten ihre glänzenden Schilde und Schlagstöcke ausgestreckt wie Kultgegenstände. Hinter ihnen kriechen Menschen über einen Reisberg, füllen ihre Taschen und Aktenmappen und Einkaufstüten. Der weiße Berg schmilzt vor Toshis Augen dahin. Und in den Plastikvisieren der Soldatenhelme sieht er sein eigenes Spiegelbild, in die Länge und die Breite verzerrt, wieder und wieder.

Taro holt Toshi am Flughafen ab, und zusammen warten sie neben der Landebahn, während der Metallsarg mit der Leiche von Toshis Vater ausgeladen und in einen Lieferwagen geschoben wird. Toshi erinnert sich daran, was ihm sein Vater vor sechs Jahren gesagt hatte, an dem Tag, als er nach Tokio geflogen war, für die Zulassungsprüfung. »Ich bin noch nie geflogen«, hatte er gesagt und Toshi einen Umschlag mit Geld gegeben.

Jetzt ist er doch noch geflogen, aber zu spät, um es noch genießen zu können. Und auch nach Tokio ist er zu spät gekommen. Als Toshi auf die Mittelschule kam, hatte sein Vater ein Sparbuch für Toshis Universitätszeit angelegt. Jede Woche war er zur Bank gefahren und hatte Geld eingezahlt. Er hatte Toshi bezahlt, wenn dieser ihm abends im Laden geholfen hatte, und auch dieses Geld auf das Sparbuch gebracht.

»Du solltest dein Leben nicht hier verbringen«, hatte sein Vater oft gesagt. »Es gibt bessere Orte. Sieh zu, daß du hier wegkommst und ein angenehmes Leben führen kannst.«

Toshi war davongekommen. Sein Vater aber nicht. Selbst nachdem die Mutter sie verlassen hatte und Toshi aufs College gegangen war, war er geblieben. Warum? Hatte er Toshis Mutter nahe bleiben wollen? Toshi würde es nie erfahren. Schon im Leben war sein Vater so schweigsam gewesen wie jetzt im Tod.

Der Lieferwagen mit der Leiche fährt davon, und Toshi und Taro gehen zurück zum Kleinlaster. Toshi hat das Gefühl, als sei das Flughafengebäude vor ihnen nicht mit dem Boden verankert, als könne es sich jeden Augenblick in den klaren Himmel erheben, höher und höher, bis es verschwunden ist. Wie Toshis Vater. Toshi verkneift sich Tränen der Wut. Der Nudelimbiß, vereinsamt und stumm, am Ende der Straße. Eine riesige Welle hätte das einstöckige Gebäude jederzeit wegreißen können. Die Erde hätte sich plötzlich unter ihnen auftun können. Toshi hatte in der Schule von solchen Ereignissen gehört. Japan bewegt sich unter unseren Füßen ununterbrochen, hatte ihr Naturkundelehrer mit ruhiger Stimme verkündet und farbige Diagramme der Erdkruste entrollt. Die Mädchen spielten nervös mit den Knöpfen ihrer weißen Blusen.

Die Jungen kicherten und brachten die hölzernen Pulte zum Wackeln. Jeden Freitag nachmittag füllten die Schüler Eimer mit Wasser und Seife, ließen sich auf alle viere nieder und schrubbten den Dielenboden des Klassenzimmers, die Flure und Treppen, immer aufmerksam, immer Bewegung erwartend. Vulkanausbrüche und Erdbeben. Es kann auch hier geschehen, warnte sie der Lehrer. Ein schreckliches Geräusch, wie ein vorbeirauschender Zug, und dann verschwinden Menschen in Schwefelwolken. Toshi wendet sich von Taro ab und wischt sich die Tränen weg. Warum nur war ihrer aller Leben nicht anders verlaufen? Wenn nur jemand gesprochen hätte. Die Worte würden das Schweigen in ihrem Haus zerrissen haben.

Der Asphalt entrollt sich weiter vor ihm, ein dunkler Teppich auf der Ebene.

Seine Mutter ist bereits im Nudelimbiß. Sie und Mary, die Filipina aus dem Gasthaus, putzen den Boden, als Toshi eintrifft.

»Ist alles in Ordnung?« Sie tritt ins Sonnenlicht hinaus und zieht sich die Gummihandschuhe aus. Sie schwitzt.

»Mir geht's gut.«

»Es ist so warm heute.« Sie lächelt kurz und zieht ein Taschentuch aus der Schürzentasche, wischt sich die Stirn und den Nacken.

Die Bäume am Abhang hinter dem Laden hängen dicht voller Blätter, glänzend und dunkel wie Pfefferschoten.

»Und du, Mutter?«

Sie nickt. »Mir geht es gut.« Sie schaut an ihm vorbei aufs Meer, und er dreht sich um, um ihrem Blick zu folgen. Die Luft ist so durchscheinend, daß es aussieht, als lägen die Inseln dichter am Festland. Der übliche Dunst ist weggewischt und einer blendenden Klarheit gewichen. »Mir geht es gut«, wiederholt sie.

Die Beisetzungsfeierlichkeiten werden im Laden stattfinden. Toshi, seine Mutter und Mary schrubben das Fett von den Wänden und der Theke. Sie tragen zwei Tische vor die Tür, wo Toshis Englischlehrerin aus der Mittelschule, Frau Hayashi, und zwei andere Frauen aus der Stadt sie mit weißem Tuch bedecken. Sie plazieren die Schachteln und Listen, Tusche und Pinsel. Jeder Besucher wird einen schwarzgeränderten weißen Umschlag mit Geld mitbringen. Sie werden unterschreiben, und ihre Spenden werden notiert.

Oma ist inzwischen zu alt, um sich noch viel zu bewegen, aber sie sitzt auf einem Stuhl in der Sonne und unterhält sich mit ihnen, während sie alles vorbereiten.

»Die Leute werden wahrscheinlich dreitausend Yen geben. Ein paar Fischer vielleicht auch fünftausend«, sagt sie.

Toshis Mutter nickt. »Kann sein.«

»Gibt es keine Angehörigen mehr, die wir benachrichtigen müssen?«

»Nein, das weißt du doch. Es ist niemand mehr da«, sagt seine Mutter scharf, hebt einen Eimer mit dreckigem Wasser hoch und trägt ihn hinter den Laden.

Toshi hat noch nie zuvor erlebt, daß sie unhöflich zu Oma ist. Aber Oma scheint es nicht bemerkt zu haben.

»Niemand mehr da. Überhaupt niemand. Du mußt einsam sein, Toshi-chan.« Oma schließt die Augen, als wolle sie sich dieses dunkle Nichts, das ihn umgibt, besser vorstellen können.

Die frischen Bambussprossen auf der Theke waren immer noch mit feuchter Frühlingserde bedeckt, die den Laden mit dem Duft des jungen Waldes erfüllte. Möhren, Zwiebeln und Auberginen lagen auf einer offenen Zeitung ausgebreitet und warteten darauf gewaschen und kleingeschnitten zu werden.

Auf dem Herd kochte Wasser. Toshi, sechs Jahre alt, hatte gerade die Schulsachen ausgezogen und kam barfuß die Treppe heruntergerannt. Sein Mutter stand hinter der Theke, in einem alten T-Shirt, und schälte einen Apfel für ihn. Sein Vater trank Tee und sah sich seinen Nachmittagskrimi an.

»Ich habe meinem Lehrer gesagt, ich hätte keine Verwandten, aber er meint, das sei unmöglich, alle Japaner hätten irgendwo Verwandte«, verkündete Toshi.

Die Sonne fiel durch das Küchenfenster neben dem Herd. Das Fenster stand immer offen, sogar im Winter, damit der Kochdunst und der Gasgeruch abziehen konnten.

»Stimmt das? Habe ich Cousins? Und Tanten und Onkel?«

»Aua.« Seine Mutter ließ das kleine Messer fallen, und steckte den Daumen in den Mund. Sie sah Toshis Vater an, bis dieser den Fernseher ausschaltete, dann ging sie zur Hintertür hinaus und ließ sie hinter sich zufallen.

Toshi setzte sich neben seinen Vater, der ihm seine Tasse mit grünem Tee über den Tisch zuschob. Toshi nippte daran. Der Tee war kalt.

»Ist was mit Mutter?« fragte er, ängstlich, etwas Falsches gesagt zu haben. Schon mit sechs wußte er, daß es Dinge gab, bei denen man vorsichtig mit ihr sein mußte.

»Sie redet nicht gern über die Vergangenheit, das ist alles.« Er stand auf und drehte die Flamme unter dem kochenden Wasser herunter, dann trat er ans offene Fenster, blinzelte in die Sonne.

»Deine Mutter und ich sind nach dem Krieg hierhergekommen. All unsere Verwandten sind im Krieg umgekommen. Alle. Eltern. Brüder und Schwestern. Auch Onkel und Tanten. Es ist niemand mehr da. Das macht deine Mutter traurig. Weißt du, von welchem Krieg ich rede?«

»Ja.« Er wußte es. Es hatte einen großen Krieg gegeben. Amerika hatte schreckliche Bomben auf Japan geworfen und viele Menschen getötet.

»Die Amerikaner haben meine Verwandten umgebracht?«

Sein Vater zögerte. »Das stimmt.«

»Aber woher stammst du? Vielleicht ist doch noch jemand da, und du weißt es nur nicht. Vielleicht habe ich Cousins und Cousinen.« Er sehnte sich danach, daß es mehr gab als nur ihn und seine Mutter und seinen Vater. Am liebsten hätte er ihr ganzes Haus voller Leute gesehen.

»Wir sind aus dem Süden gekommen. Von einem Ort, von dem du noch nie gehört hast. Und dort ist niemand mehr. Also kannst du deinem Lehrer sagen, daß er sich geirrt hat.«

»Kann ich nicht wenigstens meinem Lehrer erzählen, woher du kommst?«

Sein Vater gab keine Antwort. Er schaltete den Fernseher wieder ein, aber der Krimi war zu Ende. Jetzt liefen Nachrichten. Ein weißhäutiger Ausländer mit Anzug und Krawatte stand neben dem Kaiser. Sie reichten einander die Hände, dann lächelte der Ausländer in die Kamera.

»Ist das ein Amerikaner?« fragte Toshi. War das der Mann, der seine Verwandten umgebracht hatte?

»Ja.«

Toshi sah sich den Amerikaner genau an. Er sah freundlich aus. Er hatte ein breites Grinsen und große, offene Hände, und er überragte den Kaiser, der neben ihm winzig und steif aussah.

Sein Vater warf das Gemüse ins Spülbecken und ließ Wasser laufen. Das Gespräch war beendet.

Toshi zog seine Turnschuhe an und ging zur Hintertür hinaus. Seine Mutter saß auf der Zementstufe und wickelte Grashalme um ihren verletzten Daumen wie einen Ring. Toshi setzte sich neben sie.

»Er tut mir leid, Mutter. Tut es weh?«

»Ach was. Nur ein kleiner Schnitt. Du hast nichts falsch gemacht. Ich erinnere mich nur nicht gern an unangenehme Dinge«, sagte sie und streifte den Grasring ab. Sie nahm seine

Hand und probierte den Ring an jedem seiner Finger aus, schließlich auch an seinem Daumen.

»Du hast deinen Vater und mich. Wir alle haben einander. Genügt das nicht?«

»Doch«, sagte er.

»Bist du einsam?«

»Nein.«

An der Böschung war es vollkommen windstill. Aber am Zweig einer einzelnen Birke sah er Blätter zittern, als würden sie vom Wind bewegt. Also wußte er, daß dort oben etwas lebte. Vielleicht hatten seine Mutter und sein Vater unrecht. Vielleicht waren sie drei hier doch nicht allein.

Seine Mutter sitzt auf der Schwelle, ihre Gummihandschuhe und den Eimer mit Dreckwasser neben sich. Er gießt das Wasser aufs Gras und setzt sich dann neben sie.

»Alles in Ordnung?«

Sie nickt und späht den steilen Abhang hinauf, als suche sie nach etwas. Toshi macht sich Sorgen um sie. Sie hat nicht viel gesprochen, seit er aus Tokio angerufen und ihr die Geschichte wiederholt hat, die man ihm im Krankenhaus erzählte: Wie sein Vater auf seinem Platz nach vorn gesackt war, aber niemand auf ihn geachtet hatte. »Heutzutage gibt es so viele Obdachlose, die in den Zügen schlafen«, hatte der Polizist erklärt. Sterbend oder bereits tot war sein Vater stundenlang durch die Stadt gefahren, bis die Reispartei gedroht hatte, die Gleise vor dem Bahnhof Ueno in die Luft zu sprengen und der Zug evakuiert worden war. »Dann haben sie ihn gefunden.«

Was empfindet seine Mutter? Er möchte sie gerne fragen, aber er tut es nicht. Und er wünscht sich, sie könnte fragen, was er empfindet. Weil er es nicht weiß. Auf dem Flug nach Hokkaido hat er sich den Tod seines Vaters vorgestellt, so wie man es ihm erzählt hatte. Wieder und wieder hatte er ihn sterben sehen, sein Gesicht vor Augen gehabt, versucht, daraus etwas über diesen Mann zu erfahren, über ihr Verhältnis zueinander. Aber alles, was er empfindet, ist Schrecken und Schuld: Die Gleise der Yamamoto-Linie sind nur etwa fünfzig Meter vom Nakamura-Studio entfernt. Vom Fenster aus konnten sie die Züge vorbeifahren sehen. Während Toshi an seinem Schreibtisch saß und nutzlose Comics zeichnete, fuhr sein Vater wieder und wieder vorbei, sterbend, umgeben von Fremden.

Er läßt seine Mutter auf der Schwelle sitzen, geht wieder hinein und schließt die Tür leise hinter sich. Mary ist vor dem Haus, mit Oma. Er sieht sich im Laden um, in dem jetzt zum erstenmal, seit er sich erinnern kann, keine Tische und Stühle mehr stehen und der Geruch nach Brühe und Sojasoße und Zigaretten hinausgeweht ist. Vordertür und Fenster stehen offen. Im hellen Sonnenlicht sieht der Laden alt und heruntergekommen aus, die Wände und Decke dunkel von Fett und Rauch. Es macht Toshi traurig, daran zu denken, daß sein Vater sein Leben hier verbracht hat.

Toshi öffnet den Schrank, weil er annimmt, daß er Dinge enthält, die sie sortieren sollten. Kleidung, Papiere, irgendwelche Überbleibsel vom Leben seines Vaters.

»Es gibt kaum etwas«, sagt er.

»Vergiß das Auto nicht«, meint seine Mutter.

Sie haben beide gebadet und trinken jetzt im hinteren Zimmer Tee. Im vorderen Zimmer hat sie bereits ihre Matratzen ausgebreitet.

»In Tokio brauche ich kein Auto. Wieso nimmst du es nicht?«

»Wir könnten ein zweites Auto brauchen. Aber ich habe kein Recht drauf, das weißt du. Ich bin nicht mehr seine Frau.«

»Bitte nimm es. Und was wird aus dem Laden?«

»Alles gehört dir. Ich denke, du solltest ihn verkaufen. Die Erbschaftssteuern sind sehr hoch. Ich kann Taro bitten, sich darum zu kümmern, wenn du möchtest.«

»Bitte tu das. Wenn es ihm nichts ausmacht.«

Er sieht sich im Zimmer nach etwas um, das er mit nach Tokio nehmen kann, etwas, das ihn an das Leben mit seinem Vater erinnern wird. Aber sowohl hier als auch im Laden hat sich seit seiner Kindheit nichts verändert, bis auf die neuen Thekenhocker, nachdem die alten kaputt waren, und hin und wieder einem neuen Anstrich über dem Fett. Er fragt sich, ob jemals eine andere Person in diesen Räumen gewesen ist, von ihm, seiner Mutter und seinem Vater abgesehen.

»Dein Vater war ein Mann, der nicht viel verlangte.«

»Ja. Ich weiß. Ich frage mich nur ...«

»Was?«

»Ach, ich möchte gern wissen, warum er mich in Tokio besuchen wollte.«

Er hat seit dem Anruf der Polizei immer wieder darüber nachgedacht. Hatte sein Vater ihm etwas sagen wollen?

»Wir werden es wohl nie erfahren.«

»Wahrscheinlich nicht«, sagt er, überzeugt, etwas Wichtiges versäumt zu haben. Etwas, das er wissen müßte.

»Toshi-chan? Glaubst du, daß dein Vater unglücklich gewesen ist?«

»Ja«, sagt er sofort, obwohl er noch nie darüber nachgedacht hat, und ist über seine rasche Antwort ebenso erstaunt wie über ihre Frage. Seit seiner Kindheit hat er gesehen, wie lautlos und vor allem wie vorhersehbar sich sein Vater bewegte, so daß es selbst jetzt schwierig ist, an ihn nicht nur im Zusammenhang mit der Arbeit und mit seinen Gewohnheiten zu denken. Wann er morgens aufstand. Wie oft er ein neues Auto kaufte oder ein neues Gericht auf die Speisekarte setzte. Kalte chinesische Nudeln im Sommer, gebackene Austern im Winter.

Sie öffnet ihre Reisetasche und holt eine flache Holzschachtel heraus, die mit verblichener Kalligraphie beschriftet ist.

»Es stimmt. Er war unglücklich. Und das ist meine Schuld gewesen. Deshalb bin ich gegangen. Ich dachte, er hätte immer noch genug Zeit, ohne mich glücklich zu sein. Eine andere Frau kennenzulernen und wieder zu heiraten.«

Toshi ist verblüfft über diese Äußerung, und mißtrauisch. Sie hat noch nie so über seinen Vater gesprochen. In all den Jahren nicht, seit sie gegangen ist. Er hat immer angenommen, daß es andersherum war: daß er und sein Vater sie unglücklich gemacht hatten. Es war immerhin ihr Unglücklichsein, mit dem sie hatten zurechtkommen müssen, um das herum sie ihr ganzes Leben eingerichtet hatten.

Sie öffnet die Schachtel und reicht ihm ein altes Schwarzweißfoto. Ein junger, gutaussehender Mann steht im Regen. Es dauert einen Moment, bis Toshi klar wird, daß es sich um seinen Vater handelt. Ihm fällt auf, daß er noch nie ein Foto von ihm gesehen hat. Sie haben nie fotografiert, auch nicht auf Ausflügen oder bei Sportfesten in der Schule oder Abschlußfeiern. Sie besaßen gar keine Kamera. Von Toshis Zeichnungen einmal abgesehen, gab es keine Zeugnisse ihres gemeinsamen Lebens. Es war, als hätten seine Eltern eine sichtbare Erinnerung bewußt verhindert, als hätten sie gewußt, daß sie nie zurückblicken wollten.

»Dein Vater war ein wunderbarer Mann. Er ist immer gut zu mir gewesen. Es war meine Schuld, daß unsere Ehe nicht funktioniert hat.«

Sie steht auf und stampft herum, weil ihr die Füße eingeschlafen sind.

»Ich habe ihn zu spät verlassen. Er war schon zu unglücklich. Und das tut mir furchtbar leid. Aber ich will, daß du es weißt, damit du nicht ihm die Schuld gibst.«

Er überlegt, ob sie wohl lügt, um seinen Vater zu schützen, jetzt, wo er tot ist. Es gibt so vieles, was er sie fragen möchte, die Fragen eines ganzen Lebens. Aber selbst jetzt, nachdem der Tod seines Vaters die Regeln verändert hat und sie so viel preisgibt, kann er sich nicht dazu überwinden, sie um mehr zu bitten als das, was sie ihm freiwillig gibt. Und außerdem waren sie und sein Vater es, die ihn gelehrt haben, keine Fragen zu stellen.

Er sieht die brüchige Fotografie an: Sein grinsender Vater hält den Hut in beiden Händen vor sich ausgestreckt, verkehrt herum, als wolle er den Regen einfangen oder dem Fotografen ein Geschenk anbieten. Hinter ihm wölben sich Hügel, die Toshi nicht kennt, wie Wogen vor dem dunklen Meer des Himmels. Sein Vater sieht glücklich aus. Und Toshi findet, er schaut in die Kamera wie jemand, der sehr verliebt in die Fotografin ist.

»Wer hat dieses Foto gemacht?«

»Ich«, sagt seine Mutter.

Also besaßen sie einmal eine Kamera. »Hier.« Er will ihr das Foto zurückgeben.

»Nein. Behalte es. Bitte. So sollst du ihn in Erinnerung behalten.«

»Das ist nicht mein Vater. So habe ich ihn nie gekannt. Nur du«, sagt er.

Sie wendet sich ab.

»Zeit, schlafen zu gehen.« Sie schaltet die Deckenlampe aus, als wolle sie ihr Gesicht vor ihm verbergen, oder seines vor ihr. »Wir haben einen anstrengenden Tag vor uns, wir brauchen unseren Schlaf.«

Sie wartet noch einen Augenblick, vielleicht darauf, daß er etwas sagt. Als das nicht passiert, geht sie im Dunkeln ins vordere Zimmer.

Seine Mutter ist viel jünger als sein Vater, also muß sie noch ein Mädchen gewesen sein, als sie das Foto machte, das er jetzt so vorsichtig in der Hand hält. Wie die besten Lackwaren scheint es gar kein Gewicht zu haben.

Die Wolken sind vom Meer herübergekommen, und vor dem Fenster zum Abhang hinaus ist es dunkel. Schiene der Mond, würde man die Birke sehen können. Seine Mutter hat das vordere Zimmer immer gemieden, hat lieber hinten gesessen und zu den Bäumen hinausgeschaut. Toshi zog die vorderen Fenster vor. Die Lichter auf den Fischerbooten und in klaren Nächten die schimmernden Lichter auf den Inseln. Diese Lichter hatten ihn immer glauben lassen, es gäbe einen Ort, wo er hingehen könnte.

Die Tage von Leichenschmaus und Beerdigung verschwimmen in einem einzigen Nebel: Sein Vater liegt aufgebahrt in einem dunklen Anzug, den Toshi nie zuvor an ihm gesehen hat, das Gesicht mit einem Tuch bedeckt und die Hände ordentlich auf der Brust gefaltet, die goldene Armbanduhr immer noch in Gang. Der Altar und das Foto seines Vaters befinden sich auf derselben Theke, auf der er jeden Abend nach Ladenschluß die Sojaflaschen aufgereiht und sie aus einer großen Blechdose aufgefüllt hat. Später sitzen Toshi und seine Mutter auf Klappstühlen und nicken schweigend, als sich nacheinander alte Kunden und die Leute, mit denen sein Vater im Verlauf von beinahe vierzig Jahren geschäftlich zu tun hatte, vor ihnen verbeugen, dann vor dem gerahmten Foto des Verstorbenen, ihre Hände zum Gebet falten, Räucherstäbchen anzünden, sich erneut verbeugen. Der buddhistische Priester rezitiert die Sutren, murmelt eintönig vor sich hin. Der Geruch der Räucherstäbchen läßt Toshi müde werden. Dann wird die Leiche seines Vaters verbrannt. Zusammen mit seiner Mutter führt Toshi ein paar lange Eßstäbchen über die Asche und fischt die Knochen heraus. Und schließlich der Friedhof, Grabsteine mit Zigaretten, Flaschen mit Sake und leuchtende Blüten als Opfergaben. Vor einem Kindergrabstein hat jemand eine kleine Flasche Milch und eine Snoopy-Figur gelegt. Ein farbenfrohes Windrädchen dreht sich in der feuchten Brise. Auf der anderen Seite der Küstenstraße, hinter den schaukelnden Fischerbooten, warten Regenwolken ungeduldig darauf, an Land kommen zu können.

In den oberen Zimmern gibt es Sushi und Sake und Bier. Die Fenster sind offen, es hat zu regnen begonnen. Toshi ist merkwüdig euphorisch, zum erstenmal Menschen in diesen Räumen zu sehen. Er hatte sich Gedanken darüber gemacht, daß die Zimmer zu kahl wären, daß jeder sehen könnte, daß sein Vater all diese Jahre nur in Traurigkeit verbracht hatte. Aber jetzt, wo so viele Menschen hier sind, die essen, trinken und rauchen, sich unterhalten und lachen, wirken die Zimmer überhaupt nicht mehr einsam. Toshi und sein Vater haben hier geschlafen und Tee getrunken, noch zehn Jahre, nachdem seine Mutter sie verlassen hatte. Aber sie haben hier nie gelebt. Das weiß er jetzt. Sie haben die Zimmer nur benutzt.

Sein Vater hält den umgedrehten Hut vor sich. Er wiegt ihn in seinen Händen. Ein Gefäß. Ist es mit Regenwasser gefüllt? Mit Reiswein? Madarinensaft?

In seinem Zimmer in Tokio stellt Toshi das Foto auf und zeichnet seinen Vater. Indem er den Stift über das Papier gleiten läßt, sucht er nach der Wahrheit. Er sucht nach Erklärungen, in den Einzelheiten des Fotos, als ob es gelingen könnte, seinen Vater zu beschreiben, indem man dem Verlauf seiner Hemdsärmel folgt. Bei der Beisetzung haben Leute mit ihm über seinen Vater gesprochen. Er war freundlich, ehrlich, fleißig, sagten sie. Aber er war auch ein ruhiger, zurückhaltender Mann, ein Vater, der nie mit seinem Sohn sprach.

Und das Mädchen mit der Kamera. Wie war seine Mutter

damals? Wieso hat sein Vater sie geheiratet? Er sucht sie in den Augen des jungen Mannes.

Er ist hungrig, und deshalb schneidet er die Schnur der großen Schachtel auf, die seine Mutter ihm gegeben hat, als er zum Flughafen aufbrach. Sie hat ihm Äpfel, Gurken, Dosen mit Thunfisch und Seeigel eingepackt. Hausgemachte Reiskugeln mit roten eingelegten Pflaumen drin, wie rote Sonnen auf weißen Fahnen.

Unten in der Schachtel liegt ein Umschlag mit dreitausend Yen. Für so wenig Geld bekommt man in Tokio nicht viel. Aber das, so weiß er, ist ihre Art, sich um ihn zu kümmern. Selbst nachdem sie ins Gasthaus gezogen war, hat sie nie aufgehört, sich um ihn zu kümmern. Jeden Sonntagabend ist sie mit ihm zur Bushaltestelle in Utoro gegangen. Er überquerte die Halbinsel und kehrte zum Nudelimbiß seines Vaters zurück, beladen mit Einkaufstüten und verschnürten Kartons. Seine Mutter nötigte ihm Tüten voll Reis, Obst und Gemüse auf, schenkte ihm Unterwäsche und Schlafanzüge und Handschuhe, als sei sie der Ansicht, Gewicht und Menge könnten Zeit und Entfernung auslöschen. Aber sie hatte sich geirrt.

Toshi zieht sich aus, rollt den Futon aus und erinnert sich: Die Nächte über dem Laden zwischen seinem Vater und seiner Mutter. Sein Vater schnarcht. Das Gesicht seiner Mutter verzieht sich plötzlich schmerzerfüllt. Sie murmelt, atmet einen Alptraum. Unruhig geworden, steht er auf und schaut durch die Balkontür auf den Regen über Tokio. Aber als er den Blick auf den eigenen Körper senkt, ist er wieder ein kleiner Junge, der an dem offenen Fenster über der aufgemalten Nudelschüssel steht. Er schaut aufs Meer hinaus, sieht den leuchtenden Mond an, und sein Baumwollschlafanzug flattert im Wind. Ein hell leuchtender Gänseschwarm fliegt parallel zum Strand, in perfekter Diamantformation. Der Wind streckt den Diamanten, verlängert ihn, aber die Gänse surren wieder an ihren Platz zurück, wie von einem Gummiband gezogen. Er kann sich nicht erinnern, jemals etwas so Schönes gesehen zu haben, und er dreht sich um, um seine Eltern ans Fenster zu rufen. Aber sie sind verschwunden, zusammen mit dem Bettzeug. Er ist wieder in seiner Wohnung in Tokio, und hier liegt nur seine eigene Matratze. Ein kaltes weißes Rechteck, das auf dem Tatami treibt, haltlos.

Tokios Straßen haben keine Namen und keine Nummern. Die Karten der näheren Umgebung, die vor den U-Bahn-Stationen aushängen, zeigen Labyrinthe, und selbst Taxifahrer haben Stadtpläne dabei, die dicker sind als Telefonbücher.

Toshi hält Lucys selbstgemalte Karte des Viertels hoch, wendet sich nach links, dann stellt er sie auf den Kopf, paßt sie der Wirklichkeit an, damit er den bleistiftgezeichneten Wahrzeichen vom Bahnhof aus folgen kann: Eine Notrufsäule, ein Fahrradladen. Am Kentucky Fried Chicken nach links, an der Telefonzelle nach rechts, am Reiscracker-Stand vorbei. Der Postbote auf einem roten Motorroller und die Katze, die von einer Mauer springt, sind nur Ablenkungen.

Es ist ein weiter Weg, aber Toshi ist froh, laufen zu können. Die Luft ist trocken, der Himmel weiß und ruhig – als warte er auf den nächsten Taifun oder vielleicht auf die ersten Herbststürme, die über das Japanische Meer fegen und kalte Wüstenluft aus China mitbringen. Im Vorbeigehen bemerkt er die Fassaden und Eingangshallen der Wohnhäuser, die breiten Balkone, stellt sich eine neue Aussicht vor seinem Fenster vor. Toshi hat angefangen, sich nach einer neuen Wohnung umzusehen. Jane mag ihn vergessen haben oder ersetzt, aber manchmal träumt er immer noch von roten Briefumschlägen, die durch den Briefschlitz segeln, mit Kanten so scharf wie Rasierklingen. Ein paar Nächte zuvor hat es ein kleines Erdbeben gegeben und er träumte, sie würde an seine Tür hämmern. Er war schweißgebadet aufgewacht.

Eine Hausfrau fährt auf einem Fahrrad vorbei, hinten ein leerer Kindersitz, im Korb an der Lenkstange ein dicker Rettich. Ein Schaufenster voller Plastikschirme, in rosa, gelb und blau, erregt an diesem ruhigen Morgen seine Aufmerksamkeit. Vor einem Hintergrund aus Putzmittelflaschen und Klopapierrollen sehen sie aus wie bunte Blüten in der Sonne.

Auf dem Zeitschriftenständer hat jedes Blatt dasselbe Titelfoto: Der Kronprinz und die amerikanische Schauspielerin Brooke Shields beugen sich über einen kerzenbestrahlten Tisch, über Champagnergläser und, wenn man der Bildunterschrift glauben darf, Platten von norwegischem Räucherlachs und neuseeländischen Kiwis, und ihre Hände – seine klein und zart, ihre groß und mit lackierten Nägeln – berühren sich.

Lucy wohnt allein in einem alten flachen Holzhaus, versteckt im Schatten einer stillgelegten Panasonic-Fabrik, die mit Graffiti überzogen ist – mit nationalistischen Parolen, wie sie seit einiger Zeit überall in Japan auftauchen, auf Wände und auf die Außenseiten von U-Bahnen gesprüht. Mit Messern in die große Holzplattform des Kiyomizu-Tempels in Kioto geschnitzt. Nachdem die Presse über das Abendessen des Kronprinzen mit der amerikanischen Schauspielerin berichtet hat, hat eine Gruppe arbeitsloser Toyota-Arbeiter »Amerika = Aids« in die Büsche am südlichen Hang des Fuji gebrannt. Die Buchstaben sind fünf Meter hoch und aus dem vorbeifahrenden Hochgeschwindigkeitszug gut zu erkennen.

»Ausländischer Reis ist Gift« und »Lang lebe der Kaiser« – die Parolen hängen bedrohlich wie Sturmwolken über dem Ziegeldach von Lucys Haus. Aber als Toshi durch das Holztor geht, findet er sich in einem friedlichen Garten voller Zwergbambus und beschnittenen Büschen wieder. Er will gerade klingeln, als er von drinnen Stimmen hört, zwei Leute, die japanisch sprechen.

Die Stimme einer alten Frau. »Heute ist Mittwoch, das bedeutet also nicht brennbarer Müll. Whiskyflaschen und Bierdosen zum Beispiel.«

Ein Mann, ein Ausländer. »Tut mir leid, das habe ich nicht gewußt. Wann muß ich den brennbaren Müll rausstellen?«

Ist es doch das falsche Haus? Sie hat nichts von anderen Leuten erwähnt. Ihre Vermieterin und Hugh? Er hatte angenommen, sie würden allein sein. Er klingelt, und das Gespräch endet abrupt. Lucy öffnet die Tür, lächelt und zupft an dem schwarzen T-Shirt, das ihr bis an die Knie reicht. Ihre Beine und Füße sind nackt, ihr kurzes Haar ist naß, als ob sie gerade aus dem Bad käme. Er kann die Seife riechen. Lucy sieht hübsch aus, ihre Haut ist so weiß wie Milch.

»Hi. Schön, daß du da bist. Komm rein.«

Er zieht die Schuhe aus und reicht Lucy eine Tüte mit Gebäck, die er am Bahnhof gekauft hat.

»Nur eine Kleinigkeit.«

»Oh, danke. Das wäre doch nicht nötig gewesen.« Sie macht die Tüte auf. »Aber, ehrlich gesagt, ich bin sehr hungrig. Köstlich! Vielen Dank. Bist du mit der Karte zurechtgekommen?«

Er folgt ihr in ein mit Tatamis ausgelegtes Zimmer zum Garten hinaus. Es gibt hier keine Möbel, nur Kissen, einen kleinen Tisch und gelbe Blumen in einer blauen Vase. Sie könnten von einer seiner Zeichnungen stammen.

»Sehr hübsch«, sagt er, aber er ist enttäuscht. Toshi ist nie außerhalb Japans gewesen, also stellt er sich jedesmal, wenn er Ausländer zu Hause besucht, vor, er besuche ein anderes Land. Die Wohnungen von Amerikanern sind am besten, denn selbst kleine Zimmer sind stets so eingerichtet, daß es immer noch etwas gibt, worauf man zugehen kann, etwas, was man noch nicht entdeckt hat. Amerikaner scheinen freien Raum mit sich herumzutragen.

»Ich wohne hier sehr gern, obwohl du sicher weißt, wie alte japanische Häuser sind. Eiskalt im Winter, und im Sommer wie ein Backofen. Als ich hier eingezogen bin, bin ich noch am selben Tag los und habe diese Klimaanlage gekauft.«

Sie zieht eine Schiebetür auf, und sie kommen in ein klimatisiertes Zimmer, mit Teppichboden und westlichen Möbeln. Das gleicht schon eher dem, was er erwartet hatte. Aber wo sind die anderen Leute? Gibt es eine Hintertür?

»Entschuldige das Durcheinander. Ich wollte aufräumen, aber dann dachte ich, du sollst es so sehen, wie es ist.«

»Es ist doch gar nicht durcheinander«, sagt er. Und das stimmt auch. Der Raum ist angefüllt mit Technik, an einer Wand stehen Tonbandgeräte und Verstärker, Geräte, die er nicht erkennt, matte schwarze Oberflächen mit Reihen von Anzeigen. Es gibt Regale voller CDs und Kassetten, ein Keyboard und Lautsprecher so groß wie Kühlschränke.

»Jetzt weißt du, wieso ich ein Haus für mich brauche. Ich mache viel zuviel Lärm für eine Wohnung.«

»Das muß teuer sein.« Er kann sich nicht vorstellen, in Tokio ein Haus ganz für sich allein zu haben.

»O nein. Die Japaner wollen nicht mehr in diesen alten, zugigen Häusern wohnen. Nur Ausländer finden sie reizvoll. Ich zahle fast nichts. Ich bin sicher, der Besitzer wird es in ein paar Jahren abreißen und ein großes häßliches Mietshaus bauen. Setz dich doch.«

Sie führt ihn zu einem alten hölzernen Schaukelstuhl und läßt sich ihm gegenüber nieder.

»Ist dieser Stuhl nicht toll? Ich hab' ihn gefunden.«

»Gefunden?« Er wiegt sich vor und zurück, als wolle er so seine Anerkennung zeigen. Wo findet man einen Stuhl? Er kennt sonst niemanden, der Möbel einfach »findet«.

»Ha, auf der Straße. Jemand hat in weggeworfen. Meine Freundin Norma hat im Müll einen CD-Spieler gefunden, der so gut wie neu war. Japaner werfen Sachen einfach weg.«

»Ja«, sagt er und fragt sich, ob das wohl eine gute oder eine schlechte Eigenschaft ist.

»Möchtest du Kaffee? Du kannst auch Tee haben, wenn du keinen Kaffee willst.«

»Kaffee ist prima.«

»Schön. Ich habe wirklich guten.« Sie lächelt, als hätte er ihr gerade ein Kompliment gemacht, und geht hinaus.

Er hört die Kaffeemühle, dann das Pfeifen des Kessels. Er steht auf und sieht in ihren kleinen, gepflegten Garten hinaus. Auf der anderen Seite der Glastür steht ein Paar Sandalen ordentlich auf einem flachen Stein, und ein gepflasterter Pfad zieht sich durchs Grün. Die Steine sind saubergefegt und mit Wasser besprüht. Hat Lucy das getan? Wer ist Lucy? fragt er sich. Er ruft sich ins Gedächtnis, was er von ihr weiß. Eine Amerikanerin. Komponistin. Eine verheiratete Frau, die sich scheiden läßt. Und dann denkt er: Was weiß ich nicht über sie? Was muß ich wissen?

Lucy stellt ein Tablett mit Kaffee und Gebäck auf den Tisch zwischen sie, dann reicht sie Toshi einen etwas angeschlagenen Keramikkrug.

»Nimm dir selbst Milch und Zucker. Ich hoffe, der Kaffee ist nicht zu stark.«

Sie beißt in eines der Kuchenstücke, und Puderzucker rieselt wie Schnee auf ihr schwarzes T-Shirt. Sie wischt ihn lässig weg. »Ist das gut! Ich hatte solchen Hunger. Normalerweise esse ich morgens was, Toast oder einen Joghurt oder so. Aber heute früh hatte ich keine Zeit.«

Hatte sie etwa keine Zeit, weil er vorbeikommen würde? Oder wegen ihrer anderen Gäste? Er nippt an dem Kaffee. Der Kaffee ist stark.

»Oh, entschuldige! Lieber Himmel, ich bin vielleicht unhöflich. Esse selbst, ohne dir was anzubieten. Typisch amerikanisch, denkst du jetzt wohl.«

»Nein, tu ich nicht«, widerspricht er.

Sie lacht und hält ihm den Teller hin. Er wählt einen Kuchen ohne Puderzucker.

»Ich kann dir meine Musik vorspielen, während wir Kaffee trinken. Und dann laß uns über einen Entwurf für das CD-Cover nachdenken. Immer vorausgesetzt, du magst die Musik. Ich möchte, daß du ehrlich bist.«

Sie geht zu der Wand mit den Geräten und drückt Knöpfe. Die großen Lautsprecher knacken, und die Männerstimme, die er zuvor gehört hat, erklingt wieder. »Aha. Brennbarer Müll nur dienstags, donnerstags und samstags.«

Sie lacht und drückt einen anderen Knopf.

»Huch, das war der falsche Knopf. Ich versuche, mein Japanisch zu verbessern, aber ich bin so faul, daß ich das Band nur abspiele, wenn ich im Bad oder auf dem Klo bin.«

Toshi schließt die Augen und hört zu, wartet auf etwas, das er wiedererkennen kann. Das merkwürdige, aber vertraute Klimpern eines Koto, und dann wird ein Shamisen in flottem Tempo gezupft. Spielt Lucy diese japanischen Instrumente selbst? Dann erkennt er ein Klavier und eine Flöte. Aber es gibt keine vertraute Melodie. Es ist anders als japanische Musik und hat auch mit westlicher nichts zu tun. Es ist überhaupt nichts, was er erwartet hatte. Was wird er darüber sagen können? Aber Lucy ist ja auch nicht so, wie er erwartet hat. Daher entspannt er sich langsam wieder. Und dann passiert etwas ganz Erstaunliches: die Melodie wird in seinem Kopf zu Bildern, als würde Lucy mit Musik malen, jede Note ein Pinselstrich. Als sich die Melodie weiterentwickelt, tauchen Farben auf und füllen die Konturen. Das hier ist kein Comic. Das sind die Bilder, die er malen wollte. Sie entstehen in seinem Kopf, sie rasen auf ihn zu, die Tonleiter hinauf und hinunter: Die bleiche Haut seines Vaters, von der Wasseroberfläche reflektiert. Seine Mutter sitzt in ihrem Zimmer im Gasthaus und kämmt ihr langes Haar. Die Musik wird schneller, und die Bilder seines Lebens bewegen sich rückwärts, immer weiter zurück in der Zeit. Seine Mutter und sein Vater gehen auf einem schmalen Streifen felsigen Strands spazieren. Toshi selbst ist nicht da, er ist noch nicht einmal geboren, aber zwischen seinen Eltern ist ein großer Abstand, als machten sie Platz für ihn. Über die weite See und den Himmel streckt sein Vater den Arm nach seiner Mutter aus, aber mit jedem Schritt, den ihre bloßen Füße am Wassersaum machen, treibt sie weiter von ihm weg. Die Hosen bis über die Knie aufgerollt, bückt sich sein Vater und gräbt eine Sandkrabbe aus. Seine Mutter dreht sich um und lacht. Ihr offenes Haar weht im Seewind. Auch sein Vater lacht.

Plötzlich ist die Musik zu Ende, und das Bild löst sich auf, das Meerwasser wird vom Sand aufgesogen, nur Schaum bleibt zurück, und ein Rest von Trauer. Toshi schlägt die Augen auf, verblüfft, sich wieder in Lucys Haus zu finden. Er muß zeichnen, was er gesehen hat, bevor er es vergißt. Lucy beobachtet ihn. Er ist traurig über den Tod seines Vaters und über das, was seine Mutter ihm erzählt hat. Aber jetzt weiß er, was er tun muß: Er wird seine Eltern zeichnen und sein eigenes Leben mit ihnen, die Fahrten hin und zurück über die schmale Halbinsel. So kann er sie alle wiederbringen, zusammenbringen, ihnen eine Geschichte geben.

»Gefällt es dir nicht?« fragt sie leise. Sie erforscht seine Miene, sieht seine Trauer.

Wie kann er erklären, was er empfindet? Es ist, als hätte Lucy die Welt besucht, aus der er gekommen ist, und hätte etwas davon in ihrer Musik mit hierhergebracht. »Es gefällt mir sehr gut. Ehrlich. Es ist traurige Musik.«

»Das hat noch nie jemand gesagt.«

»Tut mir leid.«

»Nein, nein, ich finde das nicht schlecht. Ich habe nichts dagegen, wenn man meine Musik so bezeichnet.«

Schweigend bleiben sie noch ein paar Minuten sitzen und sehen einander an. Wenn ihm doch nur etwas einfiele, was er sagen könnte! Er fürchtet, sie enttäuscht zu haben. Die Musik ist zu Ende, aber er fühlt sich immer noch orientierungslos, als wäre er unterwegs, würde die große Entfernung zwischen der Shiretoko-Halbinsel und diesem Zimmer hier zurücklegen. Dann lächelt Lucy, und unerwartet verschmelzen die beiden Welten in ihrer Nackenlinie, in der Kontur eines schneeweißen Hanges.

Sie führt ihn in ein nahe gelegenes Soba-Restaurant zum Essen aus. Sie verrühren die rohen Dotter der gesprenkelten Wachteleier mit ihren Eßstäbchen in dunkler Soße, fügen Wasabi und grüne Schalotten hinzu, und sie erzählen einander alles, was ihnen gerade über ihr Leben einfällt, während sie ihre Nudeln tunken und schlürfen.

Sie berichtet: »Normale Eltern. Zwei verrückte, witzige Brüder. Schule in San Francisco. Uni in Berkeley. Dort habe ich Hugh kennengelernt. Konservatorium. Ein paar Konzerte. Aufnahmen. Dann hat Hugh Geld dafür bekommen, diesen Film über die Reisaufstände zu drehen, und ich beschloß mitzukommen. Verstehst du: Japan! Ich hatte überhaupt keine Ahnung. Alles, was ich kannte, war Zen, Sushi, Sony.«

Er fängt einzelne Wörter auf. Ortsnamen. Ideen. Er nickt, will mehr hören.

»Ich habe angefangen, mich mit japanischer Musik zu befassen, und hier bin ich nun. Immer noch.« Sie trinkt einen Schluck Tee. »Ein ereignisloses, einigermaßen glückliches Leben. Meine Eltern haben mich immer unterstützt, also glaube ich, daß ich nicht allzu unsicher bin.«

Unterstützen. Etwas halten, so daß es nicht fällt. So wie er im Winter Oma beim Arm genommen hat, um ihr über die vereisten Stellen auf der Straße zu helfen. Hat jemand ihn unterstützt, als er aufgewachsen ist?

»Und was ist mit dir?« fragt sie.

Er erzählt ihr, was sie vielleicht hören will: Der Nudelimbiß. Schnee. Seine Mutter, sein Vater. Das Gasthaus in Utoro. Der Brief an Audrey Hepburn.

»Audrey Hepburn!« Sie klatscht in die Hände. »Das ist ja unglaublich. Audrey Hepburn auf Hokkaido!«

Er ist durstig und trinkt Gerstentee, ein Glas nach dem anderen, und während er redet, denkt er immer noch über die Bilder nach, die die Musik in seinem Kopf gezeichnet hat. Und er stellt fest, daß er Lucy mehr erzählt, als er eigentlich wollte: Über den Tod seines Vaters, und die Beisetzung, und was seine Mutter ihm erzählt hat. Lucy hört schweigend zu, nickt, ermutigt ihn weiterzusprechen. Die Jahre, in denen seine Mutter so still war. Wie sie ohne ein Wort zur Tür hinausging und dann stundenlang nicht wiederkam. Und dann, nachdem sie gegangen war, das Schweigen seines Vaters.

Als Toshi aufhört zu reden, ist er seltsam ruhig geworden. Er hat diese Geschichte noch nie erzählt, nicht einmal Paul. Sie starren einander über den Tisch hinweg an, bis Lucy aufsteht und die Hand ausstreckt.

»Komm mit. Ich habe eine Überraschung für dich.«

Sie führt ihn über eine belebte Straße und unter einer Schnellstraße durch, bis sie etwas sehen können, was Toshi zum Lachen bringt: Tretboote, die wie Schwäne aussehen, fahren im Kreis herum.

»Ein Teich?«

»Mein geheimer Teich«, sagt sie. »Gefällt er dir?«

Das dunkle Wasser schimmert vor einem Hintergrund von Mietshäusern aus Beton – Wäsche hängt auf jedem kleinen Balkon, Unterwäsche flattert im Wind. Eine schmale Fußgängerbrücke führt zu einer Insel von der Größe eines Sumo-Rings, auf dem ein winziger vernachlässigter Shintoschrein steht, umgeben von Weiden. Dort setzen sich Toshi und Lucy in den Schatten, lehnen sich an einen Zigarettenautomaten. Aus Lautsprechern am Ufer erklingt eine Orchesterversion von »Home on the Range« und treibt über das Wasser. Echte Schwäne kommen vorbeigeschwommen, hinter ihnen die Schwanenboote. Ein Kind streut Popcorn, und das Wasser brodelt in den leuchtenden, blitzenden Farben der Karpfen.

»Hier ist es friedlich, auf eine merkwürdige, für Tokio aber ganz typische Weise«, sagt Lucy mit schläfriger Stimme.

Er nickt, aber er antwortet nicht. Sie bleiben lange Zeit so sitzen, schweigen beide. Toshi hat nicht das Bedürfnis zu reden, er glaubt auch nicht, daß sie es von ihm erwartet. Er nimmt aus dem Augenwinkel eine Bewegung wahr und schaut zum Wasser. Eine Schildkröte kommt aus dem Teich.

»Sieh mal!«

Vielleicht erschrocken vom Klang seiner Stimme, rutscht die Schildkröte wieder zurück in Richtung Wasser und rollt dabei auf den Rücken. Vergeblich kämpft sie darum, sich wieder zu drehen.

»Das arme Ding!« Lucy steht auf und wischt sich den Rükken ihres T-Shirts ab.

»Sei vorsichtig. Sie könnte beißen.«

»Mich beißt sie bestimmt nicht. Sie weiß, daß ich ihr helfen will.«

Die Schildkröte zieht den Kopf in den Panzer zurück. Lucy hebt sie auf und dreht sie um, legt sie nahe ans Ufer.

»Jetzt kannst du wieder rauskommen«, sagt sie, als spräche sie mit einem verängstigten Kind.

In diesem Augenblick bricht die Spätnachmittagssonne wie ein Windstoß durch die Weiden, läßt Lucy in Farben leuchten, die direkt aus der Luft kommen, Farben, die Toshi nicht einmal benennen könnte. Und alles andere verschwindet. Die Musik, die Schwäne. Die vier Jogger am gegenüberliegenden Ufer, die sich strecken und Zigaretten rauchen. Es gibt nur noch Lucy und die Schildkröte, die vorsichtig den Kopf wieder herausstreckt, feststellt, daß sie die Füße wieder auf den Boden stellen kann, und mit einem Platschen ins Wasser zurückgleitet. Ein Platschen, das in Toshis Brust etwas aufwühlt.

Er bringt Lucy nach Hause, durch dämmrige Straßen. Jedesmal, wenn ein Auto vorbeikommt, müssen sie sich dicht an die Ziegelmauern drücken, hinter denen sich die kleinen Häuser dieses Viertels verbergen, und ihre bloßen Arme streifen den rauhen Stein. Hinter den hohen Mauern bellen Hunde. Telefone klingeln. Toshi riecht dampfenden Reis. Blaues Fernsehlicht streift ihre Köpfe und beleuchtet ihre Schritte durch die zunehmende Dunkelheit.

Sie kommen an ihr Gartentor.

»Also, du hast die Kassette mit der Musik. Wenn du eine Idee hast, ruf mich an«, sagt sie. Aber sie geht nicht hinein.

»Ich werde bald ein paar Zeichnungen machen.«

Er würde sie gerne berühren, sie küssen, aber er zögert.

»Du kannst sie mir faxen. Oder wir können uns treffen. Wie du willst.«

»Gut.«

»Also . . .«

Sie schiebt das Tor auf.

Im Garten klimpern gläserne Windglockenspiele. Über ihren Köpfen ist die Panasonic-Fabrik zu einem wohlwollenden Schatten vor Tokios sternenlosem Nachthimmel geworden.

»Möchtest du noch mit reinkommen?«

Ja, das würde er sehr gern. Aber dann fragt er sich: Wird sie auch sein wie Jane? Was wird passieren, wenn er mit ihr schläft? Ausländerinnen überraschen ihn immer, und heute abend möchte er nicht überrascht werden. Er muß diese Bilder in seinem Kopf behalten.

Sie mißversteht sein Zögern.

»Du hast wahrscheinlich schon Pläne für heute abend. Ich . . . äh . . . wir telefonieren, ja?«

Er nickt, abgelenkt, weil plötzlich ein weiteres Bild auftaucht, eine Erinnerung.

Sie lächelt und winkt, obwohl er direkt vor ihr steht, dann schlüpft sie durchs Tor und schiebt es zu. »Gute Nacht.«

»Gute Nacht«, erwidert er und hat im Geiste schon ein Blatt Papier vor sich. Er sieht, wie im Frühling die Eisschollen zu schmelzen beginnen, hört ihr lautes Krachen.

Lucy geht weiter und zieht die Sandalen aus, schließt die Tür hinter sich.

Die Lichter in ihrem Haus gehen aus, und auf den Docks von Utoro flackern Freudenfeuer auf.

Und dann hört er die Stimme der alten Dame.

»Was machen Sie denn in Ihrem Land mit dem Müll? Haben Sie überhaupt Müll in Amerika?«

In jedem Frühjahr löst sich das Eis, das die Shiretoko-Halbinsel umgibt, in blaue Kristalle auf und wird an den Strand gespült. Der verharschte Schnee schmilzt. Die Berge schwellen an wie überreifes Obst und ergießen Wasser und Schlamm auf die Städte. Die Fischer lassen ihre Boote wieder zu Wasser und kehren zu ihrer Arbeit zurück.

Und in Utoro halten die Leute beim ersten Vollmond im April ein dreitägiges Fest ab, um den Fischergott zu ehren –, eine lokale Shintogottheit, die von einem zweieinhalb Meter breiten, tragbaren Schrein aus, der auf der südlichen Küstenstraße zwischen die Yamazaki-Bäckerei und das Verwaltungsgebäude der Präfektur eingeklemmt ist, über Stadt und Meer wacht. Das ganze Jahr über sichern sich die Bewohner von Utoro die Gunst des Fischergotts mit Opfern von Mandarinen und Äpfeln, Reiskuchen, Zigaretten und Dosen mit Sapporo-Bier aus dem Automaten vor dem Schrein. Jedes Frühjahr, zur Zeit des Festes, wird der Schrein frisch in Rot und Gold gestrichen und auf den Schultern der Fischer durch die Stadt getragen. Das Fest dauert das ganze Wochenende.

Im ersten Frühjahr nachdem Toshis Mutter ins Gasthaus gezogen war, bat sie Toshis Vater, den Jungen schon am Freitag herüberkommen zu lassen, rechtzeitig für die Prozession des ersten Abends.

Die Frauen der Einzelhändler der Stadt bereiteten das Essen für das Fest vor, das sie wie immer in Zelten auf dem Parkplatz an der Mittelschule verkauften. In der Gasthausküche kochten Toshis Mutter und Oma in großen Kesseln Suppe, warfen Tintenfischtentakel hinein, hartgekochte Eier und Fischkuchen so rund wie Bälle. Dicke Scheiben Rettich. Tofu gefüllt mit Hackfleisch und Ginko-Nüssen, der mit Fäden aus Algen zu kleinen Taschen genäht war. Sie zerkleinerten Hühner zum Grillen, auch die Knochen und Innereien, und steckten die Stücke auf Holzspieße, zusammen mit Knoblauchzehen, Shiitake-Pilzen und grünem Paprika, dann häuften sie die Spieße auf Platten und bestreuten alles mit Salz.

Die Fischersfrauen kümmerten sich um die Boote ihrer Männer, schrubbten sie sauber und schmückten sie mit Bannern und japanischen Fahnen und mit langen weißen Streifen, die sie aus Laken gerissen hatten und wie Schärpen um die Masten banden. Jedes Jahr malten sie neue Banner: Blaue Wellen und so viele Fische, daß es, wenn die Banner in den kalten Aprilböen flatterten, so aussah, als wollten die Fische im nächsten Moment vom Tuch schwimmen. Die Fischersfrauen schrieben ihre Wünsche mit großen schwarzen chinesischen Schriftzeichen auf die weißen Tuchstreifen: »Ruhige See.« »Viele Fische.« »Sichere Fahrt.«

Bei Sonnenuntergang versammelten sich alle Trommler der Halbinsel auf der Hauptstraße von Utoro. Die Fischer und ihre Söhne, nackt bis auf einen Lendenschurz, zogen die schlammige Straße entlang, sangen laut und balancierten den handlichen Schrein des Fischergotts auf Kiefernbalken, die schwere

Last auf nackten Schultern. Die bleichen Körper der Männer waren schlammbespritzt und glänzten vor Schweiß. Ihre lauten, trunkenen Stimmen begeisterten Toshi. Er stand mit seiner Mutter vor dem Gasthaus, aber sie zog ihn zurück, als die Männer näher kamen. Er spürte, wie der Griff um seinen Arm fester wurde. Frauen schoben sich durch die Menge, gossen ihren Männern und Freunden heißen Sake in den Mund und verspritzten die Reste über ihren Köpfen. In der kalten Luft konnte Toshi sehen, wie ihre Schreie und ihr Gelächter zu kleinen Wolken gerannen.

Familien und Freunde schlossen sich der Prozession an, die sich weiter voranwälzte, der herrliche Schrein über ihren Köpfen gefährlich schwankend. Als sie zum Gasthaus kamen, drohte die Menge durch Türen und Fenster hereinzubrechen. Im flackernden Licht der Papierlaternen, die entlang der Straße aufgereiht waren, sahen die Männer plötzlich bedrohlich aus, wie eine Armee. Toshis Mutter wich in die Schatten zurück. Mit geschlossenen Augen zog sie sich schnell ins Gasthaus zurück. Die schweißnassen Gesichter der Männer erschienen im Licht, verschwanden wieder. Die Fischer aus der Stadt. Der Busfahrer, Herr Goto. Der Gemüsehändler. Toshi kannte sie alle und hatte keine Angst.

Ein starker Arm hob Toshi hoch, und dann saß er auf Taros nackten Schultern und konnte auf die Parade hinabsehen. Er konnte die Hand ausstrecken und die schwankenden Laternen berühren.

»Komm mit«, rief Taro Toshis Mutter zu. »Komm mit uns zum Pier.«

Toshi ritt direkt hinter dem Schrein, und ihm war ganz schwindlig vor lauter Freude. Er klammerte sich an Taros Kopf – Taros Haar war feucht und stachlig – und blickte nach oben. Der Vollmond am Himmel wackelte bedrohlich.

Toshis Mutter schüttelte den Kopf und blieb hinter Taros nacktem Körper zurück. Sie sah ängstlich aus.

Sie gingen weiter, weg von ihr.

»Komm mit!« rief Taro.

»Mutter! Mutter, komm doch mit! Hab keine Angst.«

Aber sie blieb, wo sie war und schlang die Arme um sich, als wäre ihr kalt. »Sei vorsichtig, Toshi-chan! Ich warte hier auf dich.«

Und dann waren sie schon vom Gasthaus fort, und ihre Stimme wurde vom Gesang übertönt.

»Deine Mutter ist eine seltsame Frau, aber ich mag sie«, schrie Taro über den Krach hinweg.

Toshi fragte sich, was er mit »seltsam« meinte. Und wieso Taro sie mochte. Es verwirrte ihn. Er kannte diesen Mann kaum, der so viel vertraulicher mit ihm umging als sein eigener Vater.

Die Trommler waren bereits am Pier angekommen und kletterten über die Fischerboote, die mit Lichterketten behängt waren. Und für jeden Schritt vorwärts, den die betrunkenen Fischer zustande brachten, schienen sie zwei Schritte zurückzutaumeln, schwankend unter dem Gewicht des Schreins. Als sie sich dem Ende des Piers näherten, keuchten alle entsetzt auf, weil der Schrein sich gefährlich nach vorne neigte. Für Toshi sah es so aus, als versuche der Fischergott, sich zu befreien und ins Meer zurückzukehren. Langsam setzten die Männer den Schrein auf dem Pier ab, dann brachen sie zusammen. Wieder erklangen die Trommeln, lauter und drängender.

Taro hob Toshi von seinen Schultern und setzte ihn ab.

»Alles in Ordnung?«

Toshi nickte. Er war Taro gegenüber immer noch schüchtern. Immerhin war Taro der Chef seiner Mutter. Er hatte ihm viel zu verdanken.

»Verlauf dich nicht, ja? Und geh nicht zu dicht an den Rand des Piers.«

»Ja, ich verstehe«, sagte Toshi und verbeugte sich leicht.

Taro lachte. »So höflich wie deine Mutter, nicht wahr?«

Er strich ihm übers Haar und ging davon, auf den bleichen Schultern immer noch die Abdrücke von Toshis Beinen. Taro gesellte sich zu den anderen Männern draußen auf dem Pier, wo ein Faß Sake über einem Holzkohlefeuer dampfte. Ein Shintopriester mit einem Hut, der wie ein Boot geformt war, tauchte Tassen ins Faß und reichte sie den Männern. Das Meer war dunkel und ruhig. Als die Männer hineinsprangen, brach die Wasseroberfläche in Millionen Glasperlen, Murmeln, Sterne. Die Männer plantschten wie Seehunde. Ihre weißen Lendenschurze lösten sich, kamen an die Oberfläche und trieben davon wie Zigarettenrauch.

Die Menge schob sich weiter vor. Blitzlichter flackerten auf, während die Männer zu den Leitern hinschwammen und aus dem Wasser gezogen wurden, so schwer und naß wie Fischernetze.

Sie spuckten schwarzes Wasser.

Ihre nackten Körper bläulich wie Schnee.

Wolldecken wurden entfaltet. Die zitternden Männer hüpften auf und ab, während sie zu den Feuern geführt wurden, die in Ölfässern auf dem Pier loderten. Heißer Sake tropfte auf Holzplanken.

Toshi wartete darauf, daß Taro aus dem dunklen Wasser gezogen würde. Er konnte ihn nirgendwo entdecken. Was, wenn er ertrunken war? Bei so vielen Männern wäre es leicht, einen zu übersehen. Einer konnte ertrinken, ohne daß es bemerkt wurde. Toshi rannte von Feuer zu Feuer, im Kreise von Licht und Hitze und wieder hinaus.

Und dann entdeckte er ihn. Er sprang vor dem Feuer auf und ab wie ein Affe, grinste und schlug sich aufs eigene Fleisch, um sich zu wärmen. Splitterfasernackt. Mädchen kicherten und wandten sich ab. Die alten Fischersfrauen lachten und zeigten auf seinen Penis, der so sehr geschrumpft war, daß er vollkommen in dem Busch schwarzen Haars verschwand.

»Noch eine Minute länger im Wasser, und du wärst ein

Mädchen geworden«, rief eine von ihnen, und alle kreischten vor Lachen.

Taro drehte sich um und wackelte mit dem Hintern in ihre Richtung. Er sah, daß Toshi allein im Dunkeln stand und winkte ihn heran. Aber Toshi rührte sich nicht. Er wollte zu Taro und dem wärmenden Feuer gehen. Aber er war zu schüchtern.

»Toshi-chan! Komm her!« rief Taro.

Alle sahen ihn an.

Er rannte ins Licht des Feuers. Taro hob ihn vom Boden und warf ihn sich über die Schulter wie einen Sack Reis. Und Toshi spürte die Hitze der Flammen. Er sah den Vollmond, das schwarze Meer, dann das Wasser, das von Taros nackten Beinen auf den Pier lief. Er selbst schwankte gefährlich.

Seine Mutter war allein in der Küche und sah fern. Ein Japaner mit einem Cowboyhut spielte »Tennessee Waltz« auf der Gitarre.

»Ich habe deinen Sohn in Verlegenheit gebracht«, sagte Taro. Er setzte sich ihr gegenüber auf den Tisch.

Toshis Mutter warf ihm nur einen kurzen Blick zu und drehte sich dann wieder zum Fernseher um. Der Gitarrist ging von der Bühne, die Gitarre hoch über dem Kopf erhoben, und das Publikum applaudierte.

»Hat es dir Spaß gemacht?«

Toshi nickte. Irgendwas stimmte nicht mit ihr.

»Hast du Hunger?«

Er schüttelte den Kopf. Was war los?

»Nun, dann bade und geh ins Bett. Es ist schon viel zu spät«, sagte sie, ohne ihn anzusehen.

Taro griff nach dem Glas, das vor ihr stand, und schnupperte daran.

»Was ist denn das? Du sitzt hier und trinkst ganz allein Whisky? Es ist nicht gut, allein zu trinken. Ich werde mithalten.«

Er stand auf und holte die Whiskyflasche aus dem Schrank.

Toshis Mutter sah ihn an und lächelte dünn, gleichsam entschuldigend. Sie trank sonst nie. Toshi wandte sich von ihr ab, dem Fernseher zu, wo gerade die Nachrichten begannen. Verängstigte Menschen, Taschentücher vor dem Mund, rannten durch Straßen voller Soldaten, durch Rauchwolken. Schüsse fielen.

»Die Aufstände in Korea«, sagte Taro. »Das ist wirklich ein furchtbares Chaos dort.« Er stellte die Flasche und ein Glas auf den Tisch. »Soldaten, die auf Studenten schießen. Dieses Land ist immer noch rückständig. Diese Koreaner sind einfach unzivilisiert.«

Toshis Mutter sprang auf und stieß dabei ihr Glas um. Sie schaltete den Fernseher aus.

»He, ich wollte das sehen«, protestierte Taro.

Sie starrte auf den Tisch. Die Whiskypfütze breitete sich weiter aus. Das Glas rollte auf die Tischkante zu, aber Toshis Mutter rührte sich nicht.

Taro verharrte ebenfalls, reglos.

Toshi rannte aus dem Zimmer.

Das Glas zerbrach.

Das Fernsehquiz wird von einem Nachrichtensprecher mit ernstem Gesicht unterbrochen.

»Ein verheerendes Erdbeben hat Hokkaido erschüttert. Das Beben erreichte einen Wert von 7,4 auf der Richter-Skala, und sein Zentrum befand sich auf der Shiretoko-Halbinsel. Wir empfangen soeben erste Meldungen.«

Die Kellnerin bringt Toshi seinen Kartoffelsalat und das Sandwich mit Schweinekotelett. Alle Gäste im Café wenden sich dem Bildschirm zu.

»Dem Beben folgte eine Flutwelle, deren Wellen an einigen

Stellen der Ostküste von Shiretoko mehr als zwanzig Meter Höhe erreichten.«

Toshi rennt so schnell aus dem Restaurant, daß er erst merkt, daß er gar nicht bezahlt hat und den verknitterten Bon noch in der Hand hält, als er in der Bahn zum Haneda-Flughafen steht und am Münztelefon die Nummer seiner Mutter wählt. Über seinem Kopf, auf einem Fernsehschirm, steht Rausu in Flammen. Die Topographie seiner Kindheit ändert sich. Ein Reporter schreit atemlos über den Lärm von Hubschrauberrotoren hinweg: »... unter dem Schutt von Gebäuden begraben oder ins Meer gespült. Dutzende von Fischerbooten sind gekentert.«

Es ist unglaublich: das Telefon klingelt. Toshi wartet, daß jemand im Gasthaus abnimmt, hat das Gefühl, daß er sich schneller als der Zug bewegt, an Fabriken und überfüllten Straßen vorbeirast, über einen breiten, dunklen Fluß, an Kindern vorbei, die auf einem staubigen Schulhof tanzen.

»Hallo? Hallo?«

»Mutter!«

Auf dem Bildschirm steigt der Gouverneur von Hokkaido aus einem Hubschrauber. »Die Feuer sind außer Kontrolle. Die Einwohner werden zu Fuß in Sicherheit gebracht, weiter ins Landesinnere hinein. Erste Schätzungen geben den Schaden mit Milliarden Yen an.«

Er kann erst am nächsten Morgen einen Platz in einem Flugzeug bekommen. Auf dem Flughafen von Nakashibetsu spukken Frachtflugzeuge Hilfsgüter, Sanitäter und Räumwerkzeuge aus. Toshi mietet ein Auto und fährt an grünen Kürbisfeldern vorbei. Oben in den Bergen wird es kalt. Goldene und rote Blätter werden über die Motorhaube geweht, während Toshi sich die Nachrichten anhört: gebrochene Wasser- und Gasleitungen. Explodierende Reiskocher. Die Straße führt ihn zur Küste, und er kann Rauch sehen. In der Luft hängen

Militärhubschrauber. Der Leuchtturm von Rausu auf dem felsigen Kap ist eingestürzt, die Wendeltreppe darin ein ausgebleichtes Skelett. Lichtmasten, dicht über dem Boden abgeknickt, liegen auf der Straße. Toshi bremst, von jedem neuen Anblick verstört, aus dem Gleichgewicht geworfen, wie in einem Traum. Kann sich eine Landschaft tatsächlich in einem einzigen Augenblick so drastisch verändern? Würde sie nie mehr aussehen wie zuvor? Er sucht nach seiner Vergangenheit.

Dann: vier alte Frauen, die am Meer stehen und weinen. Sie sind miteinander verbunden in ihren Trauerposen, wie antike Marmorstatuen – sie könnten von einem Foto aus Toshis Kunstbüchern stammen. Eine Frau ist vornübergebeugt, die andere hat den Kopf in den Nacken geworfen, zwei kauern nebeneinander, alle pressen Taschentücher vor die zerfurchten Gesichter. Haushaltstrümmer – Kühlschränke, Fernseher, Mikrowellenherde – sind überall verstreut. Mitten in der Luft zwischen zwei Telefonmasten hängt ein Küchentisch. Die Welt, an die Toshi sich erinnert, steht auf dem Kopf. Er tritt aufs Gaspedal und sieht im Rückspiegel die alten Frauen kleiner werden, ihre Gesichter in Schmerz und Trauer erstarrt. Vor ihm ist die Kaimauer eingestürzt. Auf dem Pflaster gefangen, plustern sich Quallen auf wie Ballons und platzen dann.

Auf dem Pier nahe dem Ende der Straße steht seine Mutter mit einer Thermosflasche und gießt den Fischern Tee ein. Die Boote liegen auf dem Strand, wie Spielzeug, das jemand weggeworfen hat, mit gebrochenen Masten, klaffenden Rissen, verbogenen Rudern. Überall ringsum herrscht nervöse Unruhe: die Fischer schütteln wie betäubt die Köpfe, tauschen Zigaretten und tröstende Worte aus. Rotfüchse laufen am Straßenrand auf und ab.

In den Baumwipfeln hängen Bären und bellen wie Hunde.

Er hält an, und seine Mutter eilt auf ihn zu. Mit dem langen, offenen Haar und der zu großen Regenjacke sieht sie wie ein junges Mädchen aus, nicht wie eine Frau in den Sechzigern.

»Mutter, geht es dir gut? Was ist mit dem Gasthaus?« Sie sieht gut aus, trotz des Todes seines Vaters, trotz des Erdbebens.

»Bei uns ist alles in Ordnung. Auf unserer Seite der Halbinsel hat es beinahe keine Schäden gegeben. Ich habe dir ja schon am Telefon gesagt, ein paar Risse in der Straße, ein paar zerbrochene Fenster und Teller, das ist alles.« Sie hält inne, als sei ihr so viel Glück peinlich angesichts einer solchen Tragödie. »Ich habe nicht geglaubt, dich so bald wiederzusehen, und aus einem solch schrecklichen Grund.«

Zusammen gehen sie los, um sich den Nudelimbiß anzusehen. Der hintere Teil ist eingestürzt, so daß das Haus wie zurückgelehnt aussieht, und die Fenster starren leer in den Himmel. Das Ganze sieht aus wie ein alter Mann, der sich zu einer Rast hingesetzt hat und dann feststellt, daß er nicht mehr aufstehen kann. Wie sein Vater, der im Zug zusammenbrach und dann quer durch Tokio fuhr.

Möwen schreien. Zigarettenrauch treibt über die Straße.

»Es ist gut, daß dein Vater das nicht mehr erleben muß.«

Toshi sagt nichts, aber er fragt sich, ob es seinem Vater auch nur das Geringste ausgemacht hätte.

»Sollen wir ein Stück gehen? Bald kommen die Bulldozer. Ich möchte eigentlich nicht dabei zusehen.«

»Bulldozer?«

»Ja. Sie müssen schnell alle die Häuser abreißen, die nicht mehr wiederaufgebaut werden können, weil sie so unsicher sind. Sie haben heute früh angerufen, nachdem ich gerade mit dir gesprochen hatte. Ich habe ihnen gesagt, der Laden gehöre nicht mir, sondern dir. Aber sie meinten, es müsse auf der Stelle passieren. Es tut mir leid.«

»Schon gut«, sagt er, aber zu seiner Überraschung verspürt er Trauer. Er geht zum Haus und blickt durch ein Fenster hinein. Die hintere Wand hat einen breiten Riß, und Tageslicht fällt in den leeren Raum.

Seine Mutter tritt hinter ihn und faßt ihn am Ellbogen, eine ungewohnte Geste, die ihn zusammenzucken läßt.

»Komm«, sagt sie.

Sie gehen den Abhang hinauf – zum letzten Mal, denkt er. Die Gerstenhalme zittern, sind bereits flach gegen den Hang gedrückt, als erwarteten sie das Gewicht von Schnee. Eine Spalte durchzieht den Hang wie ein Riß einen Teller, hat Wurzeln und den Stamm einer einzelnen hohen Fichte fein säuberlich geteilt. Über der Spalte hängen die oberen Zweige des Baums immer noch zusammen.

Aus reiner Gewohnheit sehen sich Toshi und seine Mutter nach eßbaren Pflanzen um. Farn. Kerzennüsse. Und Geisterpilze, die im Frühjahr durchscheinend aussehen, im Herbst aber milchig weiß werden. Toshi hat sie in Tokio in Kaufhäusern gesehen, wo sie zu unglaublichen Preisen verkauft wurden, jeder einzelne in feuchtes Moos verpackt.

Toshi und seine Mutter gehen hin und her, bücken sich immer wieder, um die Pflanzen mit Zweigen auszugraben, schütteln die Erde von den Knollen ab und stecken sie in die Plastiktüten, die Toshis Mutter immer in den Taschen hat. Sie haben das so oft zusammen gemacht, seit Toshi ein kleiner Junge war, daß sie dabei nicht reden müssen. Und Toshi findet es tröstlich, die kräftigen Hände seiner Mutter zu beobachten, wenn sie die Pflanzen aus dem Boden zieht. Ihre Fingernägel sind kurz geschnitten, und sie trägt keine Ringe. Ihre Handrücken haben die Farbe von Zwiebelschalen. Das sind Hände, die er sich selbst im fernen Tokio gut ins Gedächtnis rufen kann: Sie gießen Tee ein, streichen Decken glatt. Sie heben Reis zwischen zwei Eßstäbchen, bis zum Mund des kranken Toshi.

Tief im Wald bleiben sie auf einer vertrauten Lichtung stehen, die er seit Jahren nicht mehr gesehen hat. Als sie in den Lichtkreis treten, erwartet er beinahe, sich selbst als Kind zu sehen – reglos dasitzend, mit angehaltenem Atem, während eine Antilope in der Nähe äst. Aber die Lichtung ist leer. Seine Mutter setzt sich auf den Stamm eines umgestürzten Baums und blickt auf. Sie sind von einem Kreis aus Bäumen umgeben. Über ihnen ist nur der blaue Himmel, fern und unnahbar.

»Setz dich«, sagt sie. »Ich muß dir etwas erzählen. Bitte setz dich direkt neben mich, damit ich dich nicht ansehen muß. Es fällt mir schwer, darüber zu sprechen.«

Er läßt sich zu ihren Füßen nieder, im Schneidersitz, und die Lichtung beginnt, sich unter dem unbeweglichen Himmel zu drehen, wie ein Karussell, mit dem er einmal in einem Vergnügungspark hinter dem Tokyo Dome gefahren ist: Es drehte sich so schnell, daß er nicht fiel, als es plötzlich zur Seite kippte. Aber jetzt fällt er. Denn er weiß, daß seine Mutter endlich all die unausgesprochenen Dinge in Worte fassen wird, die sein ganzes Leben lang den Nudelimbiß und die Räume darüber ausgefüllt haben. Die Gerichte, die sein Vater jeden Tag in den Topf auf dem Herd einrührte. Die Geschichte, die seine Mutter jede Nacht in schweißdurchtränkten Träumen vor sich hin murmelte und die dann am Morgen mit den Matratzen weggepackt wurde. Die Geschichte, die er zu zeichnen versucht hat.

Plötzlich hat er Angst. Sag es mir nicht! ruft er lautlos. Ich will es nicht wissen.

Aber sie beginnt mit ihrer Geschichte. Und während sie das tut, findet eine andere Geschichte ihr Ende. Er hört das Brummen der Bulldozer, die die Küstenstraße entlangrollen.

»Mein Name war Kim Chung-Ja. Ich war noch nicht einmal dreizehn. Ich war auf dem Heimweg von der Schule, zurück zu meinem Dorf, dem kleinen Dorf, in dem ich geboren und aufgewachsen bin, gleich nördlich von Puyo, am Fluß Kum, wo der rote Ginseng wächst. Meine Eltern waren Bauern«, beginnt seine Mutter mit gleichmäßiger Stimme. Und dann wiederholt sie diese Worte in der Sprache ihrer Träume. In – wie ihm endlich klar wird – koreanisch.

»Mein Name war Kim Chung-Ja. Ich war auf dem Heimweg von der Schule, mit meinen kleinen Brüdern Man-Bok und Byung-Bok. Es war Frühling, und obwohl Krieg herrschte und wir kaum genug zu essen hatten – alles, was wir anbauten, nahmen uns die Japaner ab – war an diesem Tag alles jung und grün, von den überfluteten Reisfeldern über die Wintergerste bis hin zu den zarten Knoblauch- und Zwiebelsprossen. An diesem Tag war ich voller Hoffnung. Ich hatte meine Schulbücher auf dem Arm und begann vor Freude zu hüpfen, als ich die duftende Brise auf meinen Wangen spürte. Es gibt doch nichts Schöneres als den Duft von jungen Reispflanzen, sagte ich, und meine Brüder lachten mich aus.

An diesem Morgen hatte unsere Lehrerin uns erzählt, wie die Japaner Pearl Harbor bombardierten und wie Amerika in den Krieg eingetreten ist.

›Betet für die Amerikaner‹, hat sie ganz leise gesagt, sie hatte Angst, daß jemand sie hört, weil es überall Spione gab – in der Schule, unter den Arbeitern auf den Reisfeldern, bei den Fischern am Flußufer. Und ich betete, mit aller Kraft. Aber an diesem Nachmittag schienen die Welt und der Krieg so weit entfernt! Wir waren ja immer noch Kinder. Was brauchten wir von Bomben und sinkenden Kriegsschiffen zu wissen? dachte ich. Närrin, die ich war.«

Seine Mutter hält inne und starrt in den dunklen Wald hinaus. Und Toshi möchte nicht, daß sie weiterspricht, weil er immer noch versucht, diese überwältigende Tatsache zu begreifen: Seine Mutter ist Koreanerin. Er ist Halbkoreaner. Aber sie fährt fort:

»Am Horizont tauchte ein japanischer Armeelaster auf und kam in einer großen Staubwolke auf uns zugefahren. Wir hörten auf zu lachen. Es gab keine Möglichkeit, sich zu verstecken. Wir gingen langsam, die Köpfe gesenkt. Ich hatte ein so schreckliches Gefühl im Magen, viel schlimmer als der Hunger, den ich in all diesen Jahren immer spürte. Plötzlich konnte ich nicht mehr atmen. Ich dachte immer wieder: meine Brüder. Ich muß auf meine kleinen Brüder aufpassen.«

Sie holt tief Luft, dann noch einmal und noch einmal, bevor sie weiterspricht.

»Wir gingen langsamer und langsamer, starrten auf unsere Füße, hörten, wie der Lkw näher kam. Dann sah ich den schlammbespritzten Kühler des Wagens. Er blieb direkt vor uns stehen, blockierte die Straße. Wir standen ganz still und hielten die Köpfe gesenkt. Beide Wagentüren gingen auf. Ich erinnere mich an das Motorengeräusch. Ich erinnere mich, daß ich noch dachte, sie haben den Motor nicht abgestellt. Das ist ein gutes Zeichen.

Aber dann sah ich ein Paar Stiefel und Uniformhosen.

›Wie heißt du?‹ schrie mich eine Stimme auf japanisch an. Eine Hand griff mir unters Kinn und drückte, bis es weh tat und mir die Tränen in die Augen traten. Ich starrte dem Soldaten ins Gesicht. Ich sehe es immer noch vor mir. Ich war so erstaunt, weil es fast so jung war wie mein eigenes.

›Hiroko. Hiroko Kawaguchi‹, sagte ich. Nach dem japanischen Kolonialrecht hatten wir alle japanische Namen annehmen müssen. Wir wurden gezwungen, in der Schule nur japanisch zu sprechen. Weißt du, so versuchten sie, uns auszulöschen. Indem sie unsere Kultur und Sprache für ungesetzlich erklärten. Unsere Geschichte. Als hätten wir nie existiert.«

Sie. Die Japaner, denkt Toshi, und ihm wird übel bei dem Gedanken.

»Durch meine Tränen starrte ich dem Soldaten ins Gesicht und konnte nur denken: Beide Wagentüren sind aufgegangen. Es ist noch ein anderer Soldat da. Wo ist er? Ich machte mir solche Sorgen um meine Brüder. Aber ich wagte nicht, mich umzusehen. Der Soldat hielt immer noch mein Kinn fest. Er tat mir weh.

›Du kommst mit uns‹, sagte er, und seine Stimme zitterte, als hätte er Angst. Er war schließlich auch nur ein Junge. Dann packten zwei andere Hände meine Arme und hielten sie hinter mir fest und dann schoben sich mich nach vorn. Der andere Soldat.«

Toshi kann kaum ertragen, was sie da erzählt. Er atmet die düstere Luft ihrer Vergangenheit ein, und seine Lungen schmerzen. Er spürt, wie ihm die eigenen Arme auf den Rükken gedreht werden.

»Da habe ich erst wirklich verstanden, was er zu mir gesagt hatte. ›Du kommst mit uns.‹ Ein paar Worte, die mein ganzes Leben ändern sollten. Ich muß ihn vollkommen ungläubig angestarrt haben, denn er wiederholte noch einmal: ›Du kommst mit uns.‹ Sie schoben mich auf die Ladefläche des Lkw zu. Ich versuchte, mich umzudrehen, um mich von meinen kleinen Brüdern zu verabschieden, aber ich konnte es nicht. Das war das Schlimmste, denn ich wußte plötzlich tief im Herzen, daß ich sie nie wiedersehen würde. ›Du kommst mit uns.‹ Die beiden Soldaten hoben mich hoch und warfen mich wie einen Sack Reis auf die Ladefläche.«

Sie hält inne. Als sie wieder zu sprechen beginnt, klingt ihre Stimme angestrengt und dünn.

»Und das war das Ende der Welt, wie ich sie kannte. Meine Mutter, die in der Küche unten am Fluß kochte. Die grünen Felder, der blaue Himmel. Sonnenlicht. Alles war weg.

Ich werde das Innere dieses Lastwagens nie vergessen. Nachdem die Plane wieder heruntergefallen war, konnte ich nichts mehr sehen, aber es waren noch andere da. Waren es Männer, Frauen, Kinder? Ich wußte es nicht. Aber ihre Hände waren überall, packten mich. Ich schrie, ich dachte, sie wollten mir weh tun. Dann legte mir jemand die Hand auf den Mund. Und ich wußte sofort, wer auch immer sie waren, sie hatten ebenfalls Angst. Voller Angst zerrten diese Hände an mir. Ich konnte die Angst riechen. Und noch schlimmere menschliche

Ausdünstungen. Erbrochenes und Exkremente. Ich dachte, ich müßte ersticken.

Ich hörte die beiden Türen zuknallen, und dann fuhr der Lkw weiter. Ich kehrte nie wieder in mein Dorf zurück. Und ich habe meine kleinen Brüder, meine Eltern und mein Land nie wiedergesehen.«

Von der Küstenstraße her ertönt das Geräusch von Lkw-Motoren und erschreckt ihn.

»Nach dem Lastwagen gab es einen Zug. Dann ein Schiff. Sie schickten mich auf eine Insel vor der Küste von Hokkaido. Eine der Inseln, die du als Kind vom vorderen Zimmer aus sehen konntest. Die ich jeden Tag sehen mußte, bis ich nach Utoro zog.«

Vergangenheit und Gegenwart prallen zusammen, aber seine Mutter hört nicht auf zu reden. Jedes ihrer Worte ist wie ein Schlag, den Toshi tief drinnen spürt, der ihm bis in die Knochen geht. Licht und Lärm brechen in den Nudelimbiß ein, zerstören ihn.

»In der Farbrik dort sagte ein anderes koreanisches Mädchen zu mir: ›Sie nehmen nur die Hübschen, Gesunden. Wir haben Pech. Es wäre besser, stumpfes Haar und Pockennarben zu haben.‹ Wir waren fast alle Koreanerinnen, alle sehr jung, aber es gab auch ein paar Chinesinnen und sogar Japanerinnen, die unter sich blieben.

Sie steckten uns in eiskalte, schmutzige Baracken. Es gab nicht genug Betten, also schliefen wir zu zweit oder zu dritt auf einer Matratze, mit nur einer dünnen Decke. Wir hatten alle Läuse. Und Krankheiten.« Sie holt tief Luft, dann fährt sie fort: »Sie haben uns nicht genug zu essen gegeben. Und was sie uns gaben, war schlecht. Wir hatten ständig Durchfall von diesem Essen, und wir wurden dünner und dünner. Es gab keine Toiletten, wir mußten uns Löcher in den Boden graben. Der Gestank hing überall in der Luft, selbst dort, wo wir aßen und schliefen. Wir wurden nie richtig sauber.

Wir waren junge Mädchen. Immer noch Kinder. Immer hungrig, und wir froren und hatten Angst. Und schreckliches Heimweh. Ich wachte mitten in der Nacht auf und hörte die Mädchen in meiner Nähe im Schlaf weinen. Morgens stellten wir fest, daß wir alle dasselbe geträumt hatten – wir hatten die Gesichter unserer Mütter gesehen. Den Ginseng, der im Westen in den Hügeln wuchs. Heißen, scharf gewürzten Kohl und Knoblauch. Wenn wir aufwachten, waren wir noch hungriger.

Was für eine Art Fabrik war es? Was haben wir zusammengebaut? Stell dir vor, wir haben es nie erfahren. Die Räume waren dunkel. Die japanischen Vorarbeiter sagten uns gar nichts. Als die Zeit kam, wo ich etwas hätte herausfinden können, wollte ich es nicht mehr wissen. Ich kannte nur das Gewicht und die Form der Gegenstände, die ich berührte, ihre kalte, metallene Oberfläche. Es war, als wäre ich blind. Einmal ging eine Tür auf, als ich gerade vorbeiging, und Hitze und Rauch drangen heraus und warfen mich fast um. Ich sah glühende Kessel flüssigen Feuers. Funken sprühten durch die Luft. Ich sah Männer bei der Arbeit, nackt, schwarz vor Ruß. Ich dachte damals: Jetzt habe ich die Hölle gesehen.

Wir hatten selbstverständlich kein Radio. Die einzigen Nachrichten, die wir von draußen erhielten, kamen von den Soldaten. Sie versuchten, uns alle Hoffnung zu nehmen. Amerika verlor den Krieg. Japan war siegreich im Pazifik. ›Ganz Asien wird Japan gehören!‹ riefen die Soldaten. Aber ich konnte die Verzweiflung in ihren Gesichtern sehen, und ich wußte, daß sie logen.«

Seine Mutter steht auf und geht quer über die Lichtung in den Schatten der Bäume. »Jetzt kommt der schwerste Teil meiner Geschichte. Der allerschwerste«, sagt sie, spricht ihre Worte unter der Schattendecke.

Der allerschwerste Teil. Toshi umklammert sich fest, als Schmerz und Galle aus seinem Magen aufsteigen. Was kann noch schlimmer sein als das, was die Japaner, seine eigenen Landsleute, seiner Mutter angetan haben?

»Manchmal wurden Mädchen mitten in der Nacht aus den Baracken geholt, weggetragen, nur in Unterwäsche. Morgens wachten wir auf und fanden ihre Betten leer. Außerhalb des Fabrikgeländes gab es noch ein Haus, flüsterte man. Die Soldaten und Vorarbeiter standen jeden Tag vor diesem Gebäude Schlange, den ganzen Tag. Mädchen wurden schwanger. Einige verloren den Verstand. Einige brachten sich um.

Ich schwor mir, ich würde mich umbringen, bevor ich mich verschleppen ließ. Aber eines Nachts, nachdem ich schon länger als ein Jahr dort war – es war wieder Frühling – kamen sie und holten mich. Ich hatte bemerkt, wie die Soldaten mich angesehen hatten, also war ich vorbereitet. In meiner Kitteltasche befand sich ein kleiner Beutel mit Metallspänen und pulverisierten Chemikalien, die ich gestohlen hatte. Daher hatte ich keine Angst, als sie mich wegführten. Ich würde fliehen können. Ich würde mich vergiften.

Aber sie zogen mich aus und schrubbten mich mit Desinfektionsmitteln und rauhen Bürsten ab. Und sie fanden den Beutel. Statt zu sterben, worum ich so inbrünstig gebetet hatte, wurde ich...« Ihre Stimme wird dünner, zu einem Laut der Qual. »Sie haben mir weh getan.«

Die Erde tut sich auf, und Toshi fällt in ein schwarzes Loch. Er fällt an japanischen Soldaten vorbei, an den Inseln, auf die er jeden Tag hinausgesehen hat. Er versucht, sich festzuhalten, er will seine Mutter unterbrechen, sie retten. Er greift nach dem dünnen Faden ihrer Stimme, will, daß sie ihn weiterspinnt.

»Es war schlimmer als der schlimmste Alptraum. Ein Zimmer wie ein Käfig. Und Männer, einer nach dem anderen, Tag und Nacht. Ich hatte ständig Schmerzen, schämte mich. Ich schäme mich immer noch. Ich schäme mich, dir das zu erzählen.«

Er kann ihr nicht mehr zuhören. Aber plötzlich erhebt sich ihre Stimme voller Zorn und reißt ihn zurück.

»Ich habe keinen einzigen von ihnen angesehen, keinen von diesen japanischen Männern. Ganz gleich, was geschah, ich hatte beschlossen, ihnen diese Genugtuung nicht zu geben. Es waren schreckliche Männer. Was einige von ihnen mit mir gemacht haben.«

Doch schon ist der Zorn wieder aus ihrer Stimme verschwunden, und Toshi hört nur noch Erschöpfung und Niederlage. Am Rand der Lichtung ist seine Mutter ein zusammengesunkener Schatten vor einem Baum.

»Ich beschloß zu sterben. Ich hörte auf zu essen. Ohne Essen wurde ich schwach. Ich wurde ohnmächtig, sobald ich aufstand. Ich muß die Hälfte der Zeit bewußtlos gewesen sein, selbst, wenn die Männer da waren. Nicht, daß es sie gestört hätte. Und so habe ich mich von meinem Körper gelöst und wollte nie wieder dorthin zurückkehren.

Eines Tages wachte ich auf und hörte eine sanfte Stimme. Ein Mann flüsterte mir ins Ohr: ›Du solltest lieber etwas essen. Sie reden darüber, dich sterben zu lassen. Oder Schlimmeres. Sie wollen nichts mehr an dich verschwenden, wenn du nicht mehr arbeiten kannst.‹

Ich machte die Augen nicht auf. Ich sagte: ›Aber ich möchte sterben.‹ Er sagte: ›Bitte, sieh mich an. Ich werde dir helfen.‹

Ich weiß nicht warum, aber ich schlug tatsächlich die Augen auf. Ein junger Soldat kniete neben meinem Bett. Das erste menschliche Gesicht, das ich seit Monaten gesehen hatte. Ich erinnere mich noch, daß ich dachte: Was für ein sanftes Gesicht!

›Ich werde dir helfen‹, sagte er wieder. Und das tat er.

Er kam so oft, wie es irgend möglich war, ohne daß es auffiel. Er schmuggelte Reisklößchen und eingelegten Rettich in mein Zimmer und zwang mich, sie zu essen, damit ich wieder zu Kräften kam. Und er hat mich nie angerührt. Er redete nur. Er erzählte mir von sich. ›Ich heiße Fumio Okamoto‹, sagte er.«

»Vater!« Toshi ist entsetzt, daß auch sein Vater in dieser Geschichte vorkommt. Sein ganzer Körper krümmt sich protestierend, und er muß sich anstrengen, das Gleichgewicht zu halten.

»Ja, der Soldat war dein Vater«, sagt sie. »Aber hör bitte weiter zu. Dein Vater hat mich von den Toten zurückgebracht. Indem er mit mir sprach. ›Ich komme aus Kyushu, das liegt direkt gegenüber von Korea‹, sagte er. ›In meiner Heimatstadt gibt es Palmen, und weiter entfernt gibt es einen rauchenden Vulkan.‹ Ich hörte zu und stellte mir diese Orte vor. Er sagte, er werde mich dorthin bringen, wenn der Krieg vorbei wäre, und wir würden zusammen am Strand spazierengehen. Dann würde er ein Boot finden und mich nach Hause bringen. Ich hörte ihm zu und weinte. Ich glaubte ihm nicht. Aber seine Besuche machten mein Leben erträglich. Dein Vater hat mich am Leben erhalten.

Dann haben sie mich in die Fabrik zurückgeschickt. So machten sie es, wenn sie von einer von uns genug hatten. Zuerst wollten die anderen nicht mit mir reden. Sie mieden mich, als wäre es meine Schuld, als hätte es mir Spaß gemacht. Ich schlief allein, auf dem Boden. Wenn ein Mann in der Fabrik mich auch nur ansah, mußte ich mich sofort übergeben.

Und ich sah meinen Soldaten, deinen Vater, nicht mehr wieder. Nur aus der Entfernung, aber wir taten so, als ob wir uns nicht kannten. ›Ich verspreche dir, daß ich mich um dich kümmern werde‹, hatte er gesagt. Aber das war vorbei. Ich würde für mich selbst sorgen müssen. Und ich konnte mir auch nicht vorstellen, warum er mir helfen wollte. Ich war eine kranke Koreanerin, so dünn, daß man all meine Knochen sehen konnte. Und ich hatte ihm nie etwas gegeben.

Es schien unmöglich, aber unser Leben wurde noch schlimmer. Es gab keinen Nachschub mehr. Keinen Treibstoff für die

Maschinen in der Fabrik, also hörten wir auf zu arbeiten. Jeder Tag war leer und still, wir hatten nichts, um die Stunden zu füllen, außer Angst und Hunger. Es gab nicht einmal mehr genug Essen für die Soldaten. Wir töteten Käfer und aßen sie. Und Ratten. Und die Soldaten ließen ihren Zorn über ihr eigenes Elend an uns aus. Es starben noch mehr als zuvor.

Eines Abends hörten wir von den schrecklichen Bomben, die Amerika auf Hiroshima und Nagasaki geworfen hatte. Und plötzlich war der Krieg zu Ende.

In dieser Nacht träumten alle Mädchen nur eines –, daß das Meer um uns in Flammen aufging. Am Morgen wachten wir schwitzend und weinend in unseren Baracken auf und entdeckten, daß die Soldaten die Fabrik niedergebrannt hatten, während wir schliefen, und mit ihren Booten geflohen waren. Wir waren allein auf dieser kahlen Insel und hatten überhaupt nichts mehr.«

Sie dreht sich um und kommt über die kleine Lichtung, wie aus großer Entfernung und großer Dunkelheit.

»Alle redeten von Flucht, davon, nach Korea und China zurückzugehen, oder zurück nach Japan, weil man auch die japanischen Arbeiterinnen zurückgelassen hatte. Aber ich wußte, ich konnte niemals zurückkehren, nicht nach dem, was mit mir passiert war. Nur ein paar Jahre waren vergangen, aber es war wie ein Jahrhundert. Ich war nicht mehr das Mädchen, das seine Schulbücher die Landstraße entlanggetragen hatte und das den Frühling im Blut spürte. Dieses Mädchen war tot. Ich war eine alte Frau geworden. Ich beschloß, auf der Insel zu bleiben. Irgendwann würde ich auf dem kleinen Friedhof enden, der schon voll war mit den Gräbern junger Mädchen.

Er erkennt die Geschichte seiner Mutter, als hätte er sie schon immer gekannt, als hätte er sie sein Leben lang gezeichnet, Hand und Stift auf der Suche nach der Wahrheit. Er ist wütend und beschämt. Wütend auf Japan und beschämt darüber, Japaner zu sein. Aber er ist ja gar kein Japaner. Er ist halb Koreaner. Ein Ausländer. Er zittert am ganzen Körper, kann einfach nicht aufhören zu zittern, und dieser Verlust der Kontrolle – über seinen Körper und sein ganzes Leben – macht ihm angst.

Seine Mutter setzt sich wieder hin, aber er sieht ihr nicht ins Gesicht, er kann den Mut dazu noch nicht aufbringen. Er ist überrascht, sich selbst sprechen zu hören.

»Was ist dann passiert? Wie bist du von der Insel weggekommen?«

»Dein Vater kam und hat mich geholt. Monate später. Er kam in einem Fischerboot. Ich weiß immer noch nicht, wie er das geschafft hat, wie er den Fischer bezahlt hat. Ich war so dankbar, daß ich nie daran gedacht habe zu fragen. Als ich sah, wie er die Straße entlangkam, um mich zu holen, habe ich mich auf die Erde geworfen und geweint und konnte überhaupt nicht mehr aufhören. Ich weinte einen ganzen Tag, und noch den nächsten und den darauf. Dein Vater mußte mich aufs Boot tragen, wie ein Kind. Er dachte, ich hätte den Verstand verloren. Was auch stimmte.

Shiretoko war damals noch sehr abgelegen und unbesiedelt. Es gab keinen Flughafen, keine Straße zwischen Rausu und Utoro. Nach dem Krieg lag das ganze Land in Trümmern. Es war nicht schwer, ohne Papiere durchzukommen. Dein Vater erzählte allen, wir kämen aus Tokio, und unsere Familien seien durch die Brandbomben umgekommen. Alle dachten nur daran, wie sie etwas zu essen finden, wie sie überleben konnten, und niemand stellte Fragen. Außerdem waren wir nicht die einzigen. Viele haben den Krieg benutzt, um etwas zu verheimlichen, ihre Vergangenheit auszulöschen.«

Die Bulldozer sind verstummt. Es ist so still, daß das Rauschen der Zweige ihn erschreckt. Ist dies wirklich die Lichtung, auf der er als Kind so oft gewesen ist? Er kann sie nicht mehr erkennen. Selbst der Himmel ist ihm fremd. Alles hat sich verändert. Indem sie ihre Vergangenheit in Worte faßte, hat Toshis Mutter die seine zerstört.

»Die ersten Jahre habe ich kaum gesprochen. Ich war kein richtiger Mensch, nur eine Hülle. Meine Seele war weg. Auf dieser Insel hatte ich sie gehen lassen müssen, und ich hatte gebetet, daß sie zurück nach Korea geflogen war, zu meiner Familie.

Dein Vater hatte damals versprochen, mich nach Hause zu bringen. Aber ich habe ihn nicht daran erinnert, und lange Zeit waren wir viel zu arm, um an etwas anderes als ans Überleben zu denken. Dein Vater hat alle möglichen Arbeiten angenommen. Schließlich haben wir den Nudelimbiß aufgemacht. Und wir sind unter uns geblieben. Das hielt niemand für ungewöhnlich. Der Krieg hat die Menschen auf alle möglichen Arten verwundet. Die Menschen in Rausu waren freundlich zu mir. Aber lange Zeit war es schwer für mich, unter Japanern zu leben.«

Sie legt die Hand auf Toshis Schulter. Die Seele seiner Mutter fliegt über das Meer. Hat sie den Weg nach Korea zurückgefunden? Was ist aus ihren Eltern geworden? Und ihren Brüdern? Haben sie überlebt, hatten sie selbst auch Kinder? Er hat vielleicht Onkel und Tanten und Cousins und Cousinen.

»Toshi-chan? Bitte, sieh mich an.«

Da endlich hebt er den Blick zu seiner Mutter, zu der er immer aufgeblickt hat, und Trauer überwältigt ihn. Er möchte das Mädchen sehen, das sie einmal war, das Mädchen, das die japanischen Soldaten umgebracht haben. Er unterdrückt die Tränen, die Trauer, die ihm Brust und Kehle zusammenkrampft. Selbst seinen eigenen Körper erkennt er nicht mehr wieder.

»Toshi-chan, ich habe deinen Vater geliebt. Ich verdanke ihm mein Leben. Und er hat seines für mich aufgegeben. Er hatte Eltern und eine Schwester. Aber er ist nie wieder nach Hause gegangen, er hat nicht einmal versucht herauszufinden, ob sie den Krieg überlebt hatten.«

Sie wendet sich ab.

»Ich konnte ihm keine Frau sein. Verstehst du, was ich sage? Ich habe es versucht, aber ich konnte nicht, nicht nach dem, was da drüben passiert ist.« Sie nickt zum Meer und zu den russischen Inseln hinüber.

»Nach Jahren wurde unser Leben einfacher. Dein Vater war ein so geduldiger, guter Mensch. Einmal hat er im Frühling den Laden eine ganze Woche lang zugemacht, und wir sind mit dem Auto durch Hokkaido gefahren. Das war eine der schönsten Zeiten, an die ich mich erinnern kann.« Ihre Stimme wird weicher. »Dein Vater war ein sehr liebenswerter Mann. Wohin er auch kam, die Menschen hatten ihn gern.«

Er hört die Sehnsucht in ihrer Stimme. Zum erstenmal wird ihm klar, daß sein Vater ihr fehlt.

»Wir beschlossen, ein Kind zu haben, bevor es zu spät wäre. Ich war schon so alt, und wir wollten nicht auch noch darum betrogen werden. Dein Vater hat sich so auf dich gefreut. Und so wurde ich seine Frau.«

Sie steht auf und beugt sich vor, um sich die Beine zu reiben, mit einer Bewegung, die zeigt, daß sie nicht mehr jung ist.

»Ich hätte diese Insel nie verlassen dürfen. Dein Vater war ein tapferer und sanfter Mensch, und ich habe sein Leben zweimal zerstört. Das erstemal, als ich mich von ihm retten ließ und sich unser beider Schicksal verband. Das zweitemal, als ich ihm falsche Hoffnungen gemacht habe. Er hat nie etwas von mir verlangt. Aber ich habe alles noch schlimmer gemacht, indem ich ihm das wenige verweigerte, wonach er sich sehnte. Nachdem ich schwanger geworden war, habe ich mich wieder von ihm abgewandt. Das werde ich mir nie verzeihen. Und ich kann auch dich nicht bitten, mir zu verzeihen.«

Er steht ebenfalls auf, aber er schweigt noch immer. Er weiß, daß sie wartet, aber er kann nicht sprechen. Noch nicht. Es ist nicht nur ihre Vergangenheit, die sie ihm enthüllt hat, sondern auch seine eigene. Er zittert immer noch, steht auf schwankendem Boden, der sich jederzeit unter ihm auftun kann. Und auch sein Vater ist hier, bei ihnen. Er steht vor ihnen im Dunkel, eine geisterhafte Gestalt voller Mitgefühl und schrecklicher Trauer.

Sie geht weiter, und Toshi folgt ihr schweigend. Bald treten sie aus dem Wald heraus. Der Abendhimmel ist purpurn und rot gestreift. Draußen auf dem Meer glitzern die Lichter der Fischerboote wie Sterne. Dahinter die Inseln. Ihre Vergangenheit.

»Ich war froh, daß Japan bei Kriegsende diese Inseln an Rußland verlor. Aber sie waren immer noch da, haben mich immer erinnert. Als ich angefangen habe, an den Wochenenden im Gasthaus in Utoro zu arbeiten, dachten wir beide, dein Vater und ich, es wäre nur für kurze Zeit, eine angenehme Abwechslung für mich. Wir dachten, es könnte uns helfen.

Dann entdeckte ich, was für eine ungeheure Erleichterung es war, aufs Meer hinauszuschauen und nichts als Wasser zu sehen. Ich sagte deinem Vater, daß ich im Gasthaus wohnen wollte. Er verstand. Er wollte nicht, daß ich ging, aber er hat mich auch nicht aufgehalten.«

»Aber warum sind wir nicht alle hier weggezogen? Woandershin. Ganz gleich, wohin«, ruft er, flehentlich, aber zu spät. Für einen Augenblick stellt er sich eine glückliche Familie vor.

»Dein Vater wußte, wieso. Auch von ihm mußte ich wegkommen.«

Die grausame und schreckliche Wahrheit ihrer Worte bewirkt, daß ihm übel wird.

»Er war mit mir auf der Insel. Jedesmal, wenn ich sein Gesicht sah, mußte ich wieder daran denken. Der Schmerz war immer da.«

Sie gelangen zum Abhang und sehen hinab. Der Nudelimbiß ist verschwunden, und der Schutt ist bereits mit Lkws abtransportiert worden. Es ist nur noch ein dunkler Fleck auf der Erde zurückgeblieben. War dort überhaupt je etwas? Er weiß es nicht mehr.

»Dein Vater hatte nur eine Bitte an mich. Daß ich dich nicht mitnehme. Du warst alles, was er hatte, und er hat dich so geliebt. Auch ich wollte dich bei mir haben, aber ich konnte ihn nicht ganz allein lassen, dort am Ende der Straße.«

Ja. Der Nudelimbiß war dort gewesen. Toshi hatte sein Leben am Ende der Straße verbracht. Selbst jetzt, im schwindenden Licht, sind die Erinnerungen lebendig: Der Schulbus kommt, und ein kleiner Junge in Shorts, die braungebrannten Beine überzogen mit Schürfwunden und Insektenstichen, springt heraus. Seine Mutter wartet an der Tür auf ihn, lächelt und wischt sich die Hände an der Schürze ab. Toshi würde am liebsten den Abhang hinunterrennen und durch die Hintertür in den Laden hinein, wo sein Vater hinter der Theke steht und frischgespülte Schüsseln zum Trocknen am Fenster aufstapelt.

Aber es ist zu spät.

Er spürt, wie sich etwas in ihm bewegt. Ein unterirdischer Schmerz. Etwas in ihm bricht auf, und das gestreifte Abendlicht, das Glitzern der Sterne, die Nachtluft dringen hinein.

Und beide weinen.

»Du mußt geheilt werden, getröstet. Ich werde dich heilen. Schließ die Augen.«

Sein Kopf liegt in Lucys Schoß. Sie streicht ihm mit ihren langen Fingern übers Gesicht. Sanft. Ein Hauch.

Wasser, Rinnsal.

Luft, Brise.

Es fühlt sich gut an. Sie zieht alles heraus – Unruhe, Zorn – durch seine Haut.

Osmose.

»Du wirst mich heilen«, sagt er und möchte ihr unbedingt glauben.

Es ist Abend. Schwindendes Licht fällt über Lucys Gartenmauer und läßt sich wie Schnee auf den Tatamis nieder.

Sie flüstert: »Entspann dich jetzt. Es ist alles vorbei.«

Aber plötzlich erinnert er sich wieder: Seine Mutter, die mitten in der Nacht von japanischen Soldaten aus dem Bett gezerrt wird.

Toshi blieb eine Woche bei seiner Mutter auf Hokkaido, und gemeinsam hatten sie Dinge gesehen, die er nie vergessen würde: Das geschwungene Dach eines Tempels, abgerissen und wie eine Messerklinge in den Sand gerammt. Taucher, die zwischen den Pfählen des Piers nach ertrunkenen Fischern suchten. Ein rotes Feuerwehrauto, das oben auf einem Dach festhing.

Und sie redeten. Jetzt war es einfacher für sie, miteinander zu sprechen.

Taro und Oma wußten es, sagte seine Mutter. Sie wußten es schon seit Jahren. Natürlich hatte sie es ihnen sagen müssen.

»Aber wieso hast du es mir nie erzählt?«

»Ich habe mich so geschämt. Ich hatte Angst, daß du mich hassen würdest, wenn du die Wahrheit wüßtest.«

»Aber du bist meine Mutter.«

Sie waren in der Küche und tranken Tee. An der Wand gegenüber, immer noch im Rahmen zusammen mit ihrem Brief an Toshi, lächelte Audrey Hepburn auf den Eßtisch nieder.

»Lange Zeit habe ich mich gehaßt. Merkwürdig, nicht wahr? Ich hatte den Japanern schon lange vergeben, bevor ich mir selbst verzeihen konnte.« Sie starrt in ihre Teetasse. »Als dein Vater auf die Insel zurückkam, um mich zu holen, weigerte ich mich zuerst, mit ihm zu gehen. Ich bat ihn, er solle mich dort lassen. Ich wußte, wenn er mich in jenem Augenblick nicht verlassen würde, würde er es niemals tun. Aber ich wußte auch, daß ich ihn nur unglücklich machen würde.« Eine Träne fällt in ihre Teetasse, und sie wischt sich mit dem Ärmel über die Augen. »Er hat nicht auf mich gehört, und ich war zu schwach, um mich zu wehren. Bis du auf die Welt kamst, habe ich mich für diese Schwäche gehaßt.«

Er hatte Lucy zweimal vom Gasthaus aus angerufen, und sie bot an, zu ihm zu fliegen. Er sagte nein, er werde bald zurück sein. Wenn er nicht mit seiner Mutter zusammen war, saß er bei Oma im Töpferladen. Sie erzählte ihm von ihrem eigenen Leben, von ihren Verlusten, und er hörte ihr zu, derweil er ihr Porträt malte. Und während er den Linien ihres Gesichts mit dem Stift folgte, wurde ihm deutlich, wie alt sie geworden war. Taro schickte an ein paar Nachmittagen in der Woche Mary aus dem Gasthaus herüber, um ihr im Laden auszuhelfen.

Am letzten Morgen war er in dem weißen Auto seines Vaters allein über die Halbinsel nach Rausu gefahren. Ganze Stadtviertel waren bereits dem Erdboden gleichgemacht worden, aber der Hafen lag immer noch in Trümmern. Plastikschüsseln und Sojasoßenflaschen wurden an den Strand gespült. Was kann man tun? fragte er sich, als er sah, wie sehr Land und Meer, Vergangenheit und Gegenwart, durcheinandergeraten waren. Er saß im Schneidersitz auf der Motorhaube, mit Block und Buntstiften im Schoß. Es war ein strahlend heller Herbstmorgen. Über dem glitzernden Wasser war der Schatten der Geschichte seiner Mutter den Inseln unauslöschlich eingebrannt, veränderte ihre Form.

Er begann zu zeichnen.

Nun ist er hier, in Lucys Haus, den Kopf in ihrem Schoß. Er hat ihr alles erzählt, was seine Mutter ihm erzählt hat. Während er sprach, hat sie ihm Nudeln gekocht und Rotwein eingegossen. Als er fertig war, führte sie ihn in das dunkle Zimmer, sagte, leg dich hin, leg den Kopf in meinen Schoß. Er vertraut ihr.

Er schlägt die Augen auf und sieht ihr schönes Gesicht.

»Ich hasse die Japaner.«

»Sag das nicht. Man kann nie ein ganzes Volk hassen, ein ganzes Land. Dein Vater war Japaner. Er hat deine Mutter gerettet. Und er hat sie so sehr geliebt, daß er sein ganzes Leben für sie opferte. Du bist auch Japaner. Eine Hälfte von dir.« Sie beugt sich vor, er sieht nur noch ihr Gesicht, und sie küßt ihn auf die rechte Wange. »Ist es diese Hälfte?« Dann küßt sie seine linke Wange. »Oder diese da?«

Sie rutscht unter ihm weg, legt ihm ein Kissen unter den Kopf, und geht ins Nebenzimmer. Musik. Das Stück, das sie ihm vorgespielt hat, als er sie zum ersten Mal besuchte. Jetzt erinnert es ihn an Lucy und an die Schwäne auf dem Teich. Sie kommt zurück, einen Stapel weißer Laken auf dem Arm, und er sieht zu, wie sie sie entfaltet. Sie bedeckt die Wände damit und die offene Tür zum Garten. Als sie fertig ist, befinden sie sich in einem weißen Raum voller Musik.

»Das hier ist unser Schrein«, sagt sie, und er kann an ihrer Stimme hören, wie sehr sie sich über ihren Einfall freut. Sie kniet sich hin und zieht ihm die Socken aus. Sie zieht ihm das Sweatshirt über den Kopf. Sie zieht den Reißverschluß seiner Jeans auf, und er hebt die Hüften. Draußen kommt Wind auf. Beide halten inne, um dem Regen zu lauschen, der auf sie zuströmt.

»Der Taifun.« Er hebt die Hände und umfaßt unter ihrem Hemd ihre kleinen Brüste.

Die weißen Laken zittern.

»Scht!« sagt sie, einen Finger an seinen Lippen, und ihre Hand gleitet über seinen nackten Bauch. »Hier bist du sicher.«

Lucy schläft in seinen Armen –, ihr Kopf auf seiner Brust, ihrer beider Beine miteinander verschlungen. Ihr Körper wärmt ihn, obwohl ein kalter Wind ins Zimmer bläst.

Die Laken flattern. Bilder erscheinen auf dem weißen Tuch. Ein Stummfilm, die Stimmen seiner Mutter und seines Vaters, verschluckt vom Regen, während sie sich durch ihr Leben bewegen, gemeinsam, unfähig, die Wahrheit auszusprechen. Wenn sie ihm nur alles erzählt hätten, hätten ihrer aller Leben nicht anders verlaufen können? Wäre seine Mutter vielleicht doch geblieben? Sie hätten zusammen weggehen, Hokkaido verlassen und in ein anderes Land gehen können.

Die Leinwand wird üppig grün, die Felder, durch die seine Mutter als Mädchen ging. Toshi riecht die Frühlingsluft und die jungen Reispflanzen. Er möchte nach Korea gehen und die Familie seiner Mutter finden. Seine Familie. Und er will in die Heimatstadt seines Vaters, nach Kyushu. Dort gibt es Palmen, hat sein Vater seiner Mutter erzählt.

Er schläft, erwacht wieder, und seine Wünsche breiten sich aus wie die Muster der Regentropfen auf den bebenden Laken. Audrey Hepburns Hand ruht auf seinem Arm, in einem weißen Handschuh. Unter glitzernden Kronleuchtern betreten sie einen überfüllten Ballsaal. Alle applaudieren, als sie über den Marmorboden tanzen, der ihr Bild wie schmelzendes Eis reflektiert. Ihr Hals, geschmückt mit Diamanten, schimmert ebenfalls, ein Birkenzweig, der unter dem Gewicht des Neuschnees zittert.

Toshi verliert sich in der Anmut von Audrey Hepburns Hals.

Bitte komm her. Schnell.«

Pauls Stimme fliegt quer durch Tokio, um Toshi aus tiefem Schlaf und vom Futon auf den kalten Tatami zu reißen. Toshi sieht auf den Wecker. Neun.

»Was ist denn los?«

Auf dem Rücken liegend zieht er den Vorhang zurück und betrachtet die auf dem Kopf stehende Welt. Es ist Sonntagmorgen. Es regnet. Eigentlich schläft er immer noch. Er hat das Gefühl, daß seine Arme und Beine weit weg sind, kaum reagieren.

»Komm einfach her. Bitte.«

»Ich schlafe noch.«

»Bitte.«

Die U-Bahn ist halb leer. Toshi wünscht sich, er wäre noch im Bett. Jemand hat ein »Busineß Hip Hop«-Heft auf dem Sitz liegenlassen. Chocolate Girl schiebt ein Frachtschiff voll mit pestizidvergiftetem kalifornischen Reis aus der Bucht von Tokio. Ratten schwärmen über das Deck. Vier Seiten später hat man Chocolate Girl gefangen und im Frachtraum des Schiffs eingesperrt, Hand- und Fußgelenke mit radioaktiven Algen gefesselt, die ihre Superkräfte auslaugen. Ihre bloßen, vollendet geformten Brüste glühen vor Strahlung. Als ihre Augen sich der Dunkelheit angepaßt haben, sieht sie, daß der Frachtraum angefüllt ist mit Kisten voller Amphetamine, Banana Republic-Sweatshirts und Waffen.

Toshi klappt den Comic zu, läßt ihn ebenfalls auf dem Sitz liegen. Zum zweitenmal ausgemustert. Ich werde so was nicht mehr machen, denkt er.

Er öffnet die Tür zu Pauls Wohnung mit seinem eigenen Schlüssel.

»Hallo?«

»Hier.«

Paul ist in seinem Schlafzimmer. Er hat alle Schubladen aufgezogen und den Schrank ausgeräumt, alles liegt auf dem Boden. Stapel von weißen Hemden, Calvin-Klein-Unterwäsche, Socken, Kampfsport- und Body-Building-Zeitschriften.

Dutzende von Schuhen und Turnschuhen, Strandsandalen, Cowboystiefel. Handschuhe und Badehosen. Radlerhosen. Hanteln und Videos. Zweireihige Anzüge, noch auf den Bügeln. Italienische Krawatten, ausgefächert wie die Federn eines Pfauenschwanzes.

Mittendrin Paul, in Unterhosen, er dreht sich im Kreis. Sein hellrotes Haar ist ungekämmt und steht nach allen Seiten ab. Für Toshi ist überhaupt kein Platz mehr, kein Pfad zwischen den Kleiderhaufen, also bleibt er im Flur stehen.

»Was machst du da? Ziehst du um?«

»Umziehen? Guter Gott, nein. Umziehen! Nein.« Paul dreht sich weiter, reckt die Arme hoch, läßt sie dann wieder sinken. Er wiederholt die Bewegung. »O Gott.«

»Was ist denn los?«

»Was los ist? Was los ist?« Er hält inne und lächelt Toshi an, aber das Lächeln zerrinnt, und Paul läßt sich auf den Boden sinken.

»Mein Leben. Sonst nichts.«

Toshi wartet. Paul fängt an zu weinen. Also macht Toshi einen zögernden Schritt ins Zimmer, setzt den Fuß auf einen Stapel T-Shirts.

Paul holt tief Luft. Unter seiner Hand spürt Toshi, wie Pauls Lungen sich mit Luft füllen und wieder zusammensinken, wieder und wieder, wie in Seufzern der Niederlage.

»Würdest du in die Küche gehen und etwas Tee für mich kochen? Das wäre eine große Hilfe.«

Toshi rollt sich von ihm weg und steht auf. Er geht in die Küche. Fleckenlos sauber. Nicht mal schmutziges Geschirr im Spülbecken. Zweimal in der Woche kommt eine Filipina-Putzfrau.

Als der Kessel pfeift, erscheint Paul in der Tür und sieht zu, wie Toshi das heiße Wasser in die Teekanne gießt.

»Tut mir leid.«

»Schon gut.« Er stellt die Kanne auf den Tisch, setzt sich. Paul steht immer noch in der Tür, als warte er darauf, in seine eigene Küche gebeten zu werden.

»Was hast du da eigentlich gemacht?« fragt Toshi.

»Ich hab' was gesucht.« Paul hebt den Deckel der Teekanne und sieht hinein.

»Oolong. Was hast du gesucht?«

»Weiß ich nicht.« Paul schaltet den Fernseher ein, und einen Augenblick lang sehen sie sich die Nachrichten an: Ein japanisches Schiff, das Plutonium geladen hatte, ist in einem Taifun gekentert, zwei Meilen vor Manila.

»Es fing damit an, daß ich nach einem Foto gesucht habe. Ich war einsam. Also wollte ich mir ein Foto ansehen, von Michael, aus der Zeit, bevor er krank wurde. Ich hatte es irgendwo hingetan, versteckt, weil es eine Zeit gab, in der ich mich nicht an ihn erinnern wollte, weil es zu weh tat. Aber ich habe es so gut versteckt, daß ich es nicht mehr finden konnte. Ich habe überall gesucht. Und dann habe ich angefangen, das Zimmer auseinanderzunehmen, alles rausgezerrt. Ich bin wohl in Panik geraten. Ich konnte einfach nicht aufhören. Ich dachte, wenn ich einfach alles rauszerre, so daß ich es sehen kann, wird alles irgendeinen Sinn ergeben, eine Lösung.«

Er setzt sich an den Tisch. Toshi gießt Tee ein.

»Eine Lösung?«

»Eine Antwort.«

»Das verstehe ich nicht.«

»Mein Leben.«

»Oh.«

Paul beugt sich über seine Tasse und bläst auf den Tee. Toshi denkt, er ist mein bester Freund. Ich sollte ihm helfen können. Aber ich weiß nicht, was ich für ihn tun kann.

»Gestern habe ich jemanden mit hergebracht. Von der Waseda Universität. Ein Schwimmer. Zweiundzwanzig. Gut aussehend. Wie üblich. Du weißt ja.«

»Ich weiß.«

»Es war nett. Aber heute früh bin ich wach geworden und habe ihn da liegen sehen, und dann ist mir eingefallen, daß ich ihn schon mal aufgelesen hatte. Vor etwa drei Jahren. Ich hatte schon mal mit ihm geschlafen. Und ich habe ihn nicht wiedererkannt.«

»Und?« Macht sich Paul Sorgen um sein Gedächtnis?

»Also, gestern abend hab' ich meine komplette Verführungsnummer abgezogen. Ihn in der Bar aufgelesen, geflirtet, ihm ein Bier ausgegeben. Dann noch mehr in einer anderen Bar. Ein Taxi nach Hause. Weißwein. Ich könnte das im Schlaf machen.«

Toshi erinnert sich an ihre erste Begegnung. Paul hat auch ihn in diese Bar mitgenommen, ihm das Gefühl gegeben, etwas Besonderes zu sein. Er hat damals nicht geahnt, daß es eine gut einstudierte Vorstellung war.

»Und ich hatte das alles schon mal für ihn veranstaltet. Und mit ihm. Aber ich habe es nicht gemerkt. Und, was noch schlimmer ist, er wahrscheinlich auch nicht. Und vorhin dachte ich...«

»Was?«

»Ich dachte: Was machst du eigentlich hier? Wenn ich sie nicht mal mehr voneinander unterscheiden kann, dann läuft hier irgend etwas schief, so hab' ich mir mein Leben nicht vorgestellt. Es macht nicht mal mehr Spaß.«

»Nein?« Das überrascht Toshi tatsächlich. Obwohl er von den jungen Männern, die Paul sich aussucht, nicht viel hält, hat er den Freund doch immer um sein reges Liebesleben beneidet.

»Nein. Es macht keinen Spaß. Es ist sogar deprimierend. Und es macht mich kaputt. Ich werde langsam zu alt, um meine Abende in verqualmten Bars zu verbringen.«

»Wieso machst du es dann?«

»Weil ich auf der Suche bin. Ich suche nach jemandem, der die Nacht mit mir verbringt. Es ist nicht einfach, so jemanden zu finden, weißt du. Ich hab' es einmal geschafft, wer weiß, ob ich es noch mal schaffe. Ich weiß nicht, es kostet soviel Energie. Manchmal – ich muß das sagen, sei mir nicht böse –, manchmal glaube ich, ich suche nach dir.«

Toshi möchte nicht darüber sprechen, es wird ihnen nicht weiterhelfen. »Ich bin doch hier. Du mußt einen anderen suchen. Vielleicht suchst du wieder nach Michael.«

Paul lächelt traurig. »Da hast du recht. Das ist es wohl.«

Beide schweigen eine Weile. Sie trinken ihren Tee.

»Es tut mir leid, daß ich angerufen und dich geweckt habe.«

»Schon gut«, sagt er, und das meint er ernst.

»War Lucy bei dir? Habe ich sie auch geweckt? Ich habe nicht mal daran gedacht, nach ihr zu fragen. Du kennst mich. Auch wenn ich durchdrehe, bin ich ein vollkommener Egoist.«

»Sie war den ganzen Abend im Aufnahmestudio.«

»Ich sehe euch beide nicht mehr oft, seitdem ihr ineinander verliebt seid.«

Paul hat in der letzten Zeit häufig solche Bemerkungen gemacht, obwohl Toshi und Lucy ihr Bestes tun, um ihn in ihr neues gemeinsames Leben einzubeziehen. Lucy und Paul haben sogar ihre eigene Telefonbeziehung. Paul ruft aus dem Büro an, Lucy nimmt die Kopfhörer ab, und dann reden sie eine Stunde lang. Sie gibt ihm gute Ratschläge und bedauert ihn.

»Das tut mir leid«, sagt Toshi.

»Natürlich tut es das. Schließlich bist du Japaner.«

»Bin ich nicht.«

»Was nicht?«

»Japaner.«

Paul schlägt die Hände vors Gesicht. »O Gott. Was für ein Arsch ich bin! Jetzt bin ich mit dem Entschuldigen dran. So ein Arsch. Gott.«

»Ja, du bist ein Arsch«, sagt Toshi, und sie lächeln sich an. Freunde. Und plötzlich ist Toshis Gesicht auf dem Bildschirm.

»Es gab abermals einen Versuch der Brandstiftung, ähnlich wie im vergangenen Sommer in der Wohnung eines dreiundzwanzigjährigen Comiczeichners in Nakano«, sagt der Sprecher. Auf dem Bildschirm steht Toshi vor seiner alten Wohnung, mit nacktem Oberkörper.

Paul dreht den Ton lauter. »Unglaublich. Du bist halbnackt im Fernsehen.«

»Der Polizei zufolge ist die Vorgehensweise dieselbe. Das Opfer ist wieder ein junger, alleinstehender Japaner. Eine kerosingetränkte englischsprachige Zeitung wurde durch den Briefschlitz gesteckt.«

Statt Toshi ist nun ein verwirrt aussehender Mann im Schlafanzug zu sehen.

»Die Polizei überprüft Zeugenaussagen, nach denen am Abend des Feuers eine kaukasische Frau in der Nähe der Wohnung von Kenji Morita, einem fünfundzwanzigjährigen Angestellten von Mitsui Pesticides, gesehen wurde. Den Zeugenaussagen zufolge ist die Frau Ende Zwanzig.«

»Wow! Sie hat sich also zu einer Serienbrandstifterin entwickelt. Verrückt«, sagt Paul.

»Die Polizei glaubt, daß es sich um dieselbe Frau handelt, die auch vor dem Feuer in Nakano gesehen wurde.«

Toshi starrt den Mann auf dem Bildschirm an. Er kennt dieses Gesicht.

»Dieser Mann war in Janes Wohnung, an dem Abend, als ich zu ihr gegangen bin.«

»Bist du sicher?«

»Ja.«

»Wirst du zur Polizei gehen?«

Er denkt darüber nach. Er muß eine Entscheidung fällen, für die Zukunft. Für Janes Zukunft. Jane, die in ungeschicktem Japanisch versucht, der Polizei alles zu erklären. Vor Gericht. In den Nachrichten. Oder die weitere Feuer legt, andere Japaner verfolgt. Als seine Mutter ihn zum Flughafen fuhr, hatte sie gesagt: »Es wird keine Geheimnisse mehr geben. Und keine Lügen mehr.« Er hat ihr geglaubt und es Lucy gegenüber wiederholt. »Keine Geheimnisse mehr. Keine Lügen.« Aber jetzt hatte er doch wieder ein Geheimnis.

»Soll die Polizei es allein herausfinden.«

»He, sieh dir das an«, sagt Paul und zeigt auf den Fernseher.

Brooke Shields trifft in Begleitung ihrer Mutter auf dem Flughafen Narita ein. Umgeben von Leibwächtern betritt die große amerikanische Schauspielerin das Laufband, der mythischen japanischen Göttin Amaterasu gleich, die vom Himmel herabsteigt, ihr aufgebauschtes Haar ein leuchtender Heiligenschein.

»Unglaublich. Wie bei der Besetzung«, sagt Paul.

Toshi hat alte Wochenschauen darüber gesehen, wie amerikanische Soldaten nach dem Krieg das Land besetzten: große, lächelnde Befreier, die den dünnen japanischen Kindern, die ihnen überallhin folgten, Reis und Schokoladenriegel gaben. Und Milchpulver. Milch, die seine Mutter zum Weinen brachte.

Blitzlichter flackern auf. Mikrophone werden ins Bild gehalten. Das Lächeln von Brooke Shields ist betörend.

»Sieh mal, die drehen fast durch wegen ihr.« Paul lacht.

Auch Pauls Lächeln ist betörend. Als er ihn so sieht, fühlt sich Toshi unweigerlich glücklicher – und optimistisch, was ihre Zukunft angeht.

Die Lastwagen der Reispartei, dekoriert mit der Fahne der aufgehenden Sonne, rollen wie Panzer durch Tokio. Passanten halten sich die Ohren zu und weichen in Läden zurück, um den dröhnenden Lautsprecherdurchsagen zu entgehen: »Wir müssen die Reinheit der japanischen Rasse bewahren. Wir dürfen unser Blut nicht mit dem Aids-infizierten Blut unmoralischer

Amerikaner verseuchen. Der Kronprinz darf die Schauspielerin nicht heiraten.«

Toshi zieht sich die Strickmütze über die Ohren und betritt eilig die Sanwa-Bank. Er zieht aus seiner Wohnung aus und muß die letzte Nebenkostenabrechnung begleichen. Die Kassiererin addiert alles auf dem Taschenrechner, überprüft es noch einmal mit dem Abakus und reicht ihm dann ein Päckchen Erfrischungstücher als Werbegeschenk.

»Wollen sie jetzt Daueraufträge für diese Rechnungen einrichten?«

Er lächelt. »Nein. Ich ziehe zu meiner Freundin.«

Mami legt das Telefon auf und starrt ins Leere. Plötzlich bricht sie in Tränen aus.

»Oh, Toshi-chan, ich war so dumm! Ich habe mein ganzes Geld und meine ganze Zeit auf diese Sunny Princess Department-School verschwendet. Und es hat alles nichts genützt.«

»Was ist denn? Was ist passiert?« Toshi ist heute früh so nervös, daß er sich auf nichts konzentrieren kann. Die heutigen Comicstreifen warten auf seinem Schreibtisch, unberührt. Seit er ins Büro gekommen ist, hat er eigentlich nur Tee getrunken.

»Ich bin disqualifiziert worden.«

»Disqualifiziert? Wieso denn das?«

»Weiß ich nicht. Das wollten sie nicht sagen.« Schnüffelnd tupft sie sich die Augen mit dem Taschentuch ab. »Ach, es ist sowieso nicht wichtig. Der Kronprinz wird ohnehin Brooke Shields heiraten.«

Nakamura kommt von der Toilette, in einer Rauchwolke. »Das wird die Kaiserliche Haushaltsverwaltung nie erlauben. Sie ist Ausländerin und Schauspielerin. Sein Vater hatte es schwer genug, weil er eine bürgerliche Japanerin geheiratet hat.«

Er zückt seine Brieftasche und zählt ein paar Scheine ab. »Mami-chan, mach mal eine Pause. Du arbeitest zu hart. Geh raus und kauf uns allen was zu essen. Und nimm Akira mit. Er braucht Bewegung.«

»Hä?« Akira blickt von dem Bildschirm auf, auf dem brüllende Dinosaurier toben. Sein Kopf ist kahlgeschoren, bis auf eine Strähne in der Mitte, die er orangerot gefärbt hat. Der Rest wächst in dunklen, asymmetrischen Flecken nach.

»Komm schon, Akira. Der Sensei will uns loswerden«, sagt Mami und steckt das Taschentuch in den Ärmel ihres Schneiderkostüms. Sie reißt sich den dazu passenden Pillbox-Hut vom Kopf und wirft ihn in den Papierkorb. »Wenigstens brauche ich jetzt nicht mehr diese dummen Klamotten anzuziehen.«

»Der Bruder ihrer Mutter ist mit einer Taiwanesin verheiratet«, sagt Nakamura, nachdem Mami und Akira weg sind.

»Wer?«

»Mamis Onkel. Deshalb ist sie disqualifiziert worden. Ich hatte schon befürchtet, daß sie es rausfinden. Armes Mädchen.«

»Sie haben das gewußt?«

»Ja. Ich habe es gewußt.«

»Woher denn?«

Nakamura gibt ihm keine Antwort. Er sieht sich die Zeichnungen an, die auf Toshis Schreibtisch liegen. »Daran hast du also die ganze Zeit gearbeitet.«

»Ja«, sagt Toshi. Monate der Arbeit, und das ist erst der Anfang. Jeden Abend, wenn Lucy eingeschlafen ist, geht er ins Nebenzimmer und zeichnet. Er lauscht ihrer Musik und beobachtet, wie sich die Geschichte auf dem weißen Papier entfaltet. Mit Buntstiften fügt er Einzelheiten hinzu, die ihn oft zum Weinen bringen, und dann kann er nicht mehr allein sein und legt sich wieder neben Lucy ins Bett, sucht den Trost ihrer gleichmäßigen Atemzüge und den warmen, schläfrigen Duft ihres Körpers.

Selbst jetzt, im hellen Licht des Studios, kann er seine eigenen Zeichnungen kaum ansehen.

»Sensei, ich möchte um Ihre Erlaubnis bitten, das hier zu einem eigenen Comic zu entwickeln. Es ist sehr wichtig für mich. Ich verspreche, daß meine Arbeit an Chocolate Girl nicht darunter leiden wird.«

Nakamura nickt nur und steckt sich eine neue Zigarette an. Er hält Toshi die Packung hin.

»Green Earth. Neue Sorte. Menthol.«

»Ich rauche nicht.«

»Natürlich nicht. Du bist viel zu klug, damit anzufangen. Anders als Akira. Er kann zeichnen, aber er hat nichts im Kopf.« Er lacht, dann muß er husten.

Toshi wendet sich ab und starrt aus dem Fenster in den Regen, während Nakamura sich noch einmal die Comicseiten ansieht, dann die einzelnen Zeichnungen. Dies ist das erste Mal, daß ein anderer sie sieht. Selbst Lucy kennt sie noch nicht: Immer noch ihre Schulbücher umklammernd, wird ein hübsches koreanisches Mädchen in einen Armeelastwagen geworfen. Ein junger japanischer Soldat steht am Bug eines Fischerboots, das auf eine dunkle Insel zufährt. Ein kleiner Junge lehnt sich an eine Mauer von schimmerndem Moos und hinterläßt seinen Umriß.

Nicht die ganze Geschichte. Aber genug, um Nakamura eine Vorstellung davon zu geben, was er im Sinn hat. In der spiegelnden Fensterscheibe beobachtet Toshi, wie Nakamura die Blätter auf dem Tisch ausbreitet, dann langsam darum herumgeht – einmal, zweimal, dreimal, viermal. Was denkt er wohl? Zwei Stockwerke tiefer, auf der Straße, eilen dunkle Gestalten unter dunklen Schirmen vorbei, Taxitüren gehen auf und zu.

Schließlich sagt Nakamura: »Das hier ist ein heikles Thema. Der Krieg, weißt du. Es wird viele vor den Kopf stoßen. Es könnte gefährlich für dich werden.«

»Ja, das verstehe ich. Und ich möchte Sie und das Studio

nicht in Gefahr bringen.« Er hat bereits einen Entschluß gefaßt. Wenn Nakamura nicht will, wird er es zu einem anderen Studio bringen.

»Also wirst du dich nach einem anderen Studio umsehen, wenn ich es dich nicht bei mir veröffentlichen lasse.«

»Sensei, ich habe nur . . .«

Nakamura lächelt. Seine Zähne sind braungefleckt. »Doch, genau das hast du gerade gedacht. Ich weiß es. Ich kann nämlich Gedanken lesen. Ein guter Künstler zu sein genügt nicht, wenn man mit Comics Erfolg haben will. Das technische Können haben viele. Was glaubst du wohl, warum ich so berühmt bin?«

»Ich weiß nicht.«

»Setz dich, dann erzähle ich es dir.«

Toshi setzt sich.

»Und jetzt hör mir gut zu. Ich weiß, daß du und Akira und Mami mich für ziemlich lächerlich halten.«

»Nein, Sensei . . .«

»Still. Das macht nichts. Es stört mich nicht. Und warum? Weil ich meine Fähigkeiten habe. Ich kann Gedankenlesen, ich sehe die Wahrheit. Die Vergangenheit. Sogar die Zukunft. Jetzt hältst du mich für verrückt, aber es stimmt. Ich behalte es nur für mich.«

Er drückt die Zigarette aus, steckt sich aber keine neue an. Toshi hat ihn noch nie ohne eine Zigarette gesehen. Er beugt sich vor, nickt und wartet.

»Alle Geschichten, die ich in meinen Comics erzähle, sind wahr. Die Menschen, die ich zeichne, sogar Chocolate Girl, gibt es wirklich.«

»Aber Sensei . . .«

»Hör mir zu. Es gibt viele Arten von Wahrheit. Vielleicht sind es keine wirklichen Menschen, denen du auf der Straße begegnen könntest. Aber irgendwo gibt es sie. Oder es gab sie. Verstehst du, was ich sagen will?«

»Ich fürchte nicht, tut mir leid.«

»Ich meine, wenn du diesen Comic machen mußt, dann los. Mach dir keine Gedanken wegen Chocolate Girl. Akira ist faul, er muß sowieso mehr tun. Aber ich erwarte von dir, daß du dich anstrengst. Ich bin nicht blind, trotz dieser schmutzigen Brillengläser. Ich weiß, daß die Geschichte, die du da zeichnest, wahr ist. Ich kenne das Leben. Und ich weiß, was Talent ist. Also möchte ich, daß du dich anstrengst, aber gleichzeitig solltest du auch vorsichtig sein.«

Er beugt sich vor, bis sein Gesicht das von Toshi beinahe berührt, und er wedelt mit der Hand in der Luft über Toshis Kopf.

»Das Leben wirbelt um uns herum wie ein gefährlicher Strudel.«

Er lehnt sich zurück und rückt die Brille zurecht.

»Ich werde dich weiter bezahlen. Du kannst hier arbeiten, oder zu Hause, wenn du willst. Wenn du glaubst, daß es fertig ist, und wenn ich denke, daß du fertig bist, werde ich mich um die Veröffentlichung kümmern.«

»Veröffentlichung? Meinen Sie das ernst?«

»Über solche Dinge mache ich keine Witze. Vielleicht wird das »Busineß Hip Hop« es herausbringen. Wenn die sich nicht trauen, werden wir andere finden. Die Leute werden Angst vor diesem Thema haben. Die Regierung wird es nicht mögen. Und die Reispartei auch nicht. Es könnte Ärger geben. Du solltest vorbereitet sein.«

»Ich möchte nicht, daß Sie Ärger bekommen, Sensei.«

»Kümmere dich nicht um mich. Leiste einfach gute Arbeit. Und erzähl deine Geschichte.«

»Danke. Ich danke Ihnen, Sensei. Ich werde so hart arbeiten wie ich kann. Ich werde mein Bestes geben.«

Toshi steht auf und verbeugt sich tief, bleibt gebeugt, stemmt sich fest auf die Beine, und das Blut rauscht ihm im Kopf. Er kann kaum glauben, daß Nakamura ihm helfen will, seine Geschichte zu veröffentlichen. Er wird bis ans Ende seines Lebens in Nakamuras Schuld stehen. Er wird ihm alles verdanken.

»Du schuldest mir überhaupt nichts, außer hervorragender Arbeit«, sagt Nakamura, der wieder seine Gedanken gelesen hat.

Als er hört, wie die Tür aufgeht, richtet Toshi sich aus seiner Verbeugung auf. Er ist ganz benommen. Akira und Mami bringen drei große Tüten von MacDonald's mit. Mamis Make-up hat Spuren von Tränen, oder vom Regen.

»Draußen ist es ekelhaft«, sagt Akira. »Wir hätten was herbringen lassen sollen.«

»Vergeßt das Wetter. Kommt und schaut euch an, woran Toshi-chan zu Hause gearbeitet hat. Er wird seinen eigenen Comic zeichnen.« Nakamura steckt sich eine Zigarette an.

»Deinen eigenen Comic? Ehrlich? Toshi-chan, das ist wunderbar! Herzlichen Glückwunsch!« Mami rennt zu seinem Tisch.

»Was? Deinen eigenen Comic? Heimlichtuer! Während ich dir draußen in strömendem Regen dein Essen herbeischaffe, machst du hier Karriere«, sagt Akira. »Was, wenn ich mich erkältet hätte und gestorben wäre? Das würde dir doch leid tun, oder?«

»Ich weiß jede Hilfe zu schätzen, die ihr mir geben könnt. Ich schulde euch schon so viel.«

»Toshi-chan, diese Zeichnungen sind wunderschön. Aber sie sind so … so beunruhigend. Ich verstehe nicht, wieso du Bilder zeichnen willst, die die Leute verstören. Akira-kun, komm und sieh dir das an.«

»Wenn ich sie mir ansehe, werde ich nur neidisch. Ich weiß, daß Toshi mehr Talent hat als ich.«

»Vielleicht wird es dich dazu inspirieren, dich mehr anzustrengen«, meint Nakamura.

Akira kippt die MacDonald's-Tüten auf seinem Schreibtisch

aus. »Wenn du eines Tages berühmt bist, kannst du mich einstellen, damit ich nicht mehr für diesen fiesen, alten Sensei hier arbeiten muß.«

Er verteilt den Inhalt der Tüten. Hamburger, Cheeseburger, Teriyakiburger. Pommes frites. Reisklößchen vom Grill, Chikken Nuggets. Maissuppe. Milchshakes. Coca-Cola.

Toshi hat plötzlich Hunger. Einen Bärenhunger. Er sieht das Essen an und sieht Ideen. Er könnte alles essen, ganz allein. Die Möglichkeiten sind unendlich, das erkennt er jetzt. Die Zukunft. Was er als erstes essen möchte.

»Auf deine wunderschönen und bedeutsamen Bilder. Auf eine Geschichte, die unbedingt erzählt werden muß.« Lucy hebt ihr Champagnerglas.

Auch Toshi hebt sein Glas, berührt das ihre. »Auf deine wunderbare Musik.«

Eine Japanerin und ihr französischer Mann haben in der Nähe ein kleines Restaurant eröffnet. Lucy und Toshi haben sich für den Neujahrsabend einen Tisch reservieren lassen und den Nachmittag damit verbracht, den Kleiderschrank zu durchstöbern und einander mit eigenwillig zusammengestellten Kleidungsstücken zu kostümieren. Lachend sind sie dann aufs Bett gefallen, haben miteinander geschlafen und mußten noch einmal baden.

Jetzt ist ihr kleiner Tisch mit Tellern übersät, mit einem besonderen Feiertagsmenü. Cremige Seeigelsuppe. Shiitakepilze mit Knoblauch gedünstet. Lammbraten. Gegrillte Aubergine mit Miso. Toshi verschlingt das Brot korbweise. In der letzten Zeit ist er ständig hungrig. Er hat in seinem ganzen Leben noch nie angestrengter gearbeitet, und er hat noch nie mehr gegessen. Sein Appetit ist gewaltig. Es ist, als ob das Zeichnen seiner Lebensgeschichte eine zweite Person geschaffen hätte, die jetzt zusätzlich ernährt werden muß. Wenn sie in Lucys Haus zusammen kochen, verbrauchen sie ungeheure Mengen an Lebensmitteln. Sie schneiden Gurken und Möhren, dünsten Kürbis, kochen Kartoffeln. Der Reiskocher ist immer gefüllt. Den ganzen Tag über, während er arbeitet, schält Toshi sich eine Mandarine nach der anderen, und die Schalen liegen wie Blütenblätter um ihn herum.

Wie hat sich sein Leben in den paar Monaten verändert! Die erste Folge seiner Geschichte wird im März veröffentlicht werden, nicht von »Busineß Hip Hop«, sondern von einer kleinen Manga-Zeitschrift, die das riskante Thema nicht scheut. Nakamura hat die Kontakte hergestellt. Und demnächst wird Lucys CD erscheinen. Sie haben vor, im Frühjahr nach Amerika zu reisen, damit Toshi Lucys Verwandte kennenlernen kann.

Toshi trinkt seinen Champagner, die scharfen Bläschen sind wieder eine neue Empfindung. Gibt es irgend etwas, das ihm im Augenblick nicht durch den Kopf geht? Alles scheint möglich. Zeichnungen erscheinen vollständig ausgeführt vor seinem geistigen Auge, in hektischer Geschwindigkeit, noch bevor er den Stift in der Hand hat. Er kann kaum Schritt halten. Orte und Ereignisse, die er sich bisher nur vorgestellt hat oder nie vorstellen konnte. Korea, seine Grenzen, Flüsse und Berge. Ein anderes Leben. So viele neue Worte. Im ganzen Haus liegen japanisch-englische Wörterbücher verstreut, auf dem Küchentisch, neben dem Bett, an der Gartentür. Toshi greift nach dem Wörterbuch in seiner Jackentasche. In der U-Bahn tippt Lucy auf der Tastatur des Canon »Wordtank«, eines elektronischen Wörterbuchs, das die Bedeutung von Tausenden von Kanji erläutert. Zusammen schöpfen sie zwei Sprachen aus, um neue, gemeinsame Ideen und Überzeugungen auszudrücken. Herauszufinden, daß man nicht der Mensch ist, für den man sich gehalten hat, ist berauschend, aber es macht auch müde. Wer wird er einmal sein? Wer wird Lucy sein?

»Du siehst aus, als wärst du im Kopf gerade ungeheuer beschäftigt«, sagt sie. »Worüber denkst du nach?«

»Ich dachte, daß ich so viele Dinge weiß, von denen ich vor einem Jahr noch keine Ahnung hatte«, sagt er und hebt die Stimme über den Lärm. Das Kellerrestaurant ist überfüllt mit Japanern und Ausländern. Kellner recken sich, um sich zwischen den Tischen durchschieben zu können, heben Platten mit rohen Austern über ihre Köpfe und Keramikkrüge mit Wein, die an Luftballons stoßen, welche von der niedrigen Decke hängen.

»Ich kann mir gar nicht vorstellen, wie so etwas ist. Seine eigene Geschichte zu entdecken. So aufregend, aber auch so seltsam. Ich sehe, wie du dich tagtäglich veränderst und neue Puzzlestücke hinzufügst.« Zur Erläuterung ihrer Worte zerschneidet sie die Reste ihrer Pastete mit dem Messer, teilt sie in unregelmäßige, merkwürdig geformte Stücke. »Um das ganze Bild zu sehen, mußt du sie zusammenfügen.«

»Ja, das ist ein guter Begriff. Zusammenfügen. Und ich möchte erkennen, wohin ich dann passe. Ich möchte die Familie meines Vaters finden. Und auch nach Korea gehen. Aber als ich meine Mutter gefragt habe, antwortete sie, sie würde nicht mitkommen.«

»Hat sie gesagt, warum?«

»Sie sagte: ›Es ist weg.‹«

»Weg?«

»Ja. Ich habe sie gefragt: ›Was ist weg?‹ Und sie sagte: ›Korea. Ich hatte keine Wahl. Ich mußte es loslassen, in meinem Geist.‹«

»Weißt du, es gibt viele Frauen wie deine Mutter. Nicht nur Koreanerinnen. Auch Chinesinnen und Filipinas. Sie ist nicht allein. Es gibt Organisationen.«

Toshi schüttelt den Kopf. »Nein. Unmöglich. Sie schämt sich immer noch zu sehr.«

»Deine arme Mutter.«

»Ja. Aber es ist doch auch meine Familie. Ich muß herausfinden, wer ich bin.«

Sie greift über den Tisch und drückt seine Hand. »Ich weiß, wer du bist. Und ich liebe den, der du bist.«

Mitten in einer überfüllten Bar in Shinjuku glitzern die Lichter an einem Weihnachtsbaum. Gleich als sie hereinkommen, entdecken sie ganz hinten Paul, der gerade versucht, einem gutaussehenden jungen Mann ein rotes Band um den Hals zu binden.

»Das ist Malcolm. Malcolm ist Student und kommt aus Singapur.« Mit großer Geste bindet Paul eine Schleife. Malcolm grinst. Sie werden einander vorgestellt. Paul gluckt um Malcolm herum als sei dieser ein teures Geschenk, das er sich selbst macht. Lucy hat wie immer eine ganze Liste von Fragen, und Malcolm überrascht sie mit seinen Antworten. Er ist nicht so jung, wie er aussieht, und er studiert Architektur an der Universität von Tokio. »Ich habe schon ein Ingenieursdiplom aus Singapur«, sagt er, und Lucy zieht die Brauen hoch. Toshi denkt, vielleicht ändert Paul sich auch.

Kurz vor Mitternacht eilen sie alle vier durch den eiskalten Regen zu einem nahen Schrein, Paul und Malcolm unter einem Schirm, Toshi und Lucy unter einem anderen.

»Ich mag Malcolm«, flüstert Lucy.

»Ja. Ich auch.«

Sie drückt seinen Arm. »Wäre es nicht wunderbar, wenn es Paul auch so ginge?«

Sie essen Neujahrsnudeln an einem Straßenstand, dann folgen sie der Menge, Tausenden von Menschen, die Stufen zum Schrein hinauf. Sie werfen ihre Münzen, läuten die Glocken, die die Götter zur Erde rufen, klatschen in die Hände und beten. Mit gesenktem Kopf flüstert Toshi seine Wünsche für das kommende Jahr. Für seine Mutter. Für Oma. Taro. Paul. Und dann taucht eine Erinnerung auf: Lucy beugt sich über die

Kerzen von Toshis Geburtstagskuchen. Sie ist das, was er für sich selbst gewünscht hat, sie war es schon seit jenem Abend.

Die U-Bahn ist voll mit lauten, betrunkenen Frauen in dicken Wintermänteln und mit rotgesichtigen Männern, die im Gang auf und ab stolpern oder unruhig schlafen, die Köpfe an die Schultern Fremder gelehnt. Toshi und Lucy quetschen sich auf einen einzigen Sitz. Gegenüber übergibt sich ein junges Mädchen leise in eine Harrod's-Einkaufstüte. Der Zug hält in Roppongi. In der Menschenmenge auf dem Bahnsteig steht eine Frau in roten Cowboystiefeln und hat die Arme um einen jungen Japaner geschlungen. Sie hängt schwankend an seinem Hals. Toshi kann ihr Gesicht nicht sehen.

»Was ist?« fragt Lucy, die vielleicht gespürt hat, wie er sich plötzlich verspannte.

Aber dann schließen sie die Wagentüren, der Zug fährt an, die Menge auf dem Bahnsteig verschwindet.

Am Nachmittag des nächsten Tages treffen sie sich mit Paul am Flughafen Haneda.

»Wie geht es Malcolm?« fragt Lucy. Toshi hat nicht einmal daran gedacht nachzufragen. Die meisten Männer, mit denen Paul sich trifft, verschwinden nach einer Nacht wieder.

»Eigentlich wollte er mitkommen und sich hier von mir verabschieden. Ich habe gesagt, das sei Unsinn, schließlich bin ich in ein paar Tagen wieder da.« Paul wirkt verlegen.

»Er ist nett«, sagt Lucy.

»Ja, er ist nett«, echot Toshi.

»Na ja.« Paul zuckt die Achseln.

Lucy umarmt ihn. »Es ist in Ordnung, daß er nett ist. Das ist eine gute Sache, weißt du.«

Im Flugzeug sitzt Paul am Fenster. Als sie auf Tokio hinabschauen, sehen sie überall kleine Feuer.

»Sie haben es heute früh in den Nachrichten gesagt«, erklärt Lucy. »Es gab Bombenanschläge auf Supermärkte, die amerikanischen Reis verkaufen.«

Toshi denkt: Jane.

Paul schläft ein.

Lucy hat auf dem Schoß einen Apfelkuchen, den sie für Toshis Mutter gebacken hat.

Im Gepäck sind lange Unterhosen, Wollmützen, Schals und pelzgefütterte Handschuhe.

Utoro ist unter Schnee versteckt und wirkt so viel kleiner. Briefkästen und Verkehrszeichen sind bis zum Frühling begraben. Lucy und Toshis Mutter unternehmen lange Spaziergänge durch weiße Tunnel, die freigepflügt werden. Die Schneewände biegen sich über ihnen. Der Himmel ist weiß oder blau. Sie gehen dicht nebeneinander, sprechen leise, manchmal lachen sie. Manchmal sind sie auch schweigsam und nachdenklich.

Toshi hilft Taro, Feuerholz hineinzutragen, und beide bleiben stehen und schauen den Frauen entgegen, die die Straße entlangkommen, Lucy über Toshis Mutter gebeugt, so daß es beinahe so aussieht, als umarmten sie sich. Die beiden Ausländerinnen. Hatte seine Mutter eine gute Freundin, als sie ein Mädchen war, jemanden, an den sie immer noch denkt?

Paul ist mit Mary losgezogen, um sich das vereiste Meer anzusehen, erzählt Oma ihnen, als sich alle in den Flur drängen, stampfend ihre Füße wärmen. Dick in Pullover eingehüllt, die Beine unter einer Steppdecke verborgen, sieht Oma geschrumpft aus, vom Alter kleiner geworden.

»Gehen wir auch hin«, schlägt Toshis Mutter vor.

»Ich nicht. Ich bekomme oft genug Eis zu sehen«, meint Taro.

»Du kommst auch mit«, erwidert sie. »Sei nicht so faul.«

»Nur wenn du mich warm hältst.« Er legt den Arm um sie.

Sie will zurückweichen, aber Taro hält sie fest. »Deine Mutter versucht immer, vor mir wegzurennen. Aber ich bin stärker als sie.«

Toshi sieht, wie sich in der Miene seiner Mutter eine rasche Folge von Gefühlen spiegelt. Verlegenheit, dann Einwilligung, dann Freude.

Die letzten Reisebusse des Tages rollen auf ihren riesigen Winterreifen vom Parkplatz, Auspuffrohre stoßen gewaltige Wolken aus, geisterhafte Gesichter erscheinen hinter den beschlagenen Fenstern. Alle stehen am Rand des Piers, vorgebeugt gegen den beißenden Wind. Die Eisschollen bewegen sich und reiben aneinander, und das Geräusch ist beunruhigend.

»Das ist wirklich unglaublich. Wie weit reicht das Eis?« fragt Lucy.

»Den ganzen Weg bis nach Rußland. Du könntest hinlaufen. Die Ainu haben das auch getan. Sie haben sich unterwegs von Fischen und Seevögeln ernährt«, erzählt Taro ihr.

»Nein!« Sie lacht und sieht Toshi an.

»Das stimmt«, sagt er, obwohl das nicht der Fall ist. Und er stellt sich vor, wie er mit Lucy übers Eis geht, wie sie von Scholle zu Scholle springen. Nie tun sie einen falschen Schritt, nie brechen sie ein.

»Paul hat mir erzählt, daß du Komponistin bist«, sagt Mary zu Lucy. »Ich habe Musik gemacht, bevor ich die Philippinen verließ.«

Wirklich? Ich liebe asiatische Musik. Ich habe ein paar Platten mit philippinischer Musik. Welche Instrumente spielst du denn?«

Lucy ist aufgeregt, das Eis hat sie völlig vergessen.

Toshis Mutter nimmt seinen Arm und führt ihn von den anderen weg. »Komm, geh mit mir zum Ende des Piers.«

Vor ihnen sinkt die Sonne unter den Horizont, und die ganze

Welt wird lachsrosa, dann pflaumenfarben, die Farben ergießen sich vom Himmel bis aufs Eis.

Die ersten Sterne tauchen auf.

»Ich mag Lucy. Ich weiß, daß sie ein gütiges Herz hat«, sagt seine Mutter.

»Ja.«

Sie stopft sich das ergrauende Haar unter die Wollmütze und bindet sich den Schal fester um Hals und Kinn. Zum ersten Mal sieht er, daß auch sie alt wird.

»Du hast Glück. Glaubst du nicht auch, daß du Glück hast?« fragt sie.

»Ja, ich denke schon. Aber findest du nicht, daß du auch Glück hast? Taro ist ein guter Mann. Und das Gasthaus läuft prima.«

Sie schaut aufs Meer hinaus. Nichts ist da draußen, was einen Schatten werfen kann. Die Eisschollen sind beinahe verschwunden. Formen und Gedanken lösen sich auf, nur der Klang bleibt. Der Klang ist Wind und Eis. Ruhelos und traurig. Die Winterplaneten über ihnen scheinen an der Himmelsoberfläche zu schaukeln.

Toshi steckt die behandschuhten Hände in die Parkataschen, wackelt in den Stiefeln mit den Zehen und wartet auf ihre Antwort. Als sie schließlich spricht, ist ihre Stimme so traurig wie der Wind.

»Taro ist ein wunderbarer Mann. Er ist sehr gut zu mir. Und ich habe dich. Und Oma. Und jetzt vielleicht auch Lucy. Das alles macht mich froh. Ich hätte nicht gedacht, daß ich je wieder froh sein könnte.«

Wieder nimmt sie seinen Arm und führt ihn den Pier entlang, als brauche einer von ihnen, oder beide, den anderen als Stütze.

»Aber glücklich? Nein, ich bin nicht glücklich. Schon vor langer Zeit war es zu spät für mich, um glücklich zu sein.«

EPILOG

Frühlingsregen reinigt Tokio und enthüllt dichte Trauben blaßrosafarbener Pflaumenblüten. In der ganzen Stadt entfalten sich Azaleen, fügen weitere Farben hinzu. Die Verlobte des Kronprinzen hat ihre Tätigkeit beim Außenministerium aufgegeben und fährt jeden Tag zum Kaiserpalast, wo sie Haiku-Dichtung studiert und die unterschiedlichen Grade von Verbeugungen erlernt. Wie man Menschenmengen zuwinkt, der richtige Winkel der Hand. Die Hochzeit ist für Juni angekündigt. Zwei Vertreter der Kaiserlichen Haushaltsverwaltung, in Cut und Zylinder, besuchen die Verlobte und ihre Familie in ihrem Vorstadthaus in Tokio und bringen die traditionellen Verlobungsgeschenke, einschließlich einem Ballen glänzender Seide und einer frischen Seebrasse. Die Verlobte und ihre Mutter tragen Kimonos. Toshi und Lucy schauen sich beim Frühstück die Fotos in der Morgenzeitung an. Lucy summt, singt Zeilen von Liedern, fügt sie zusammen: während sie ißt, liest, in der Küche hantiert. Es gibt immer Musik im Haus.

Eine Woge des Nationalismus überschwemmt das Land. In der Morgenzeitung steht auch, daß die Reispartei einen Bombenanschlag auf den neuen »Toys 'R us«-Laden in Nagano verübt hat. Die Dockarbeiter streiken, weigern sich, amerikanischen Reis zu entladen, und der Landwirtschaftsminister hält eine tote Ratte hoch, die, laut Bildunterschrift, in einer Reisladung gefunden wurde.

Und im Unterhaltungsteil: Ein Kino in der Ginza wurde in Audrey-Hepburn-Kino umbenannt, zur Erinnerung an die Schauspielerin, die im Januar in ihrem Haus in der Schweiz an Krebs gestorben ist.

»Heute abend werde ich dich ausführen«, kündigt Lucy überraschend an. Toshi spült gerade das Frühstücksgeschirr, sie trocknet unlustig ab – wischt kurz mit dem Tuch über die Teller und balanciert sie dann aufs Regal.

»Ja? Wohin denn?«

»Das verrate ich nicht. Es wird eine Überraschung.«

»So was hast du noch nie getan.«

Sie wirft ihm das Handtuch zu und tanzt aus der Küche. »Warte ab. Es gibt vieles, was ich eines Tages tun werde.«

Sie führt ihn durch ein Labyrinth enger, dunkler Gassen, die von Lokalen gesäumt sind. »Fresh Potato«, »Pink Gal«, »Football«, »Meatball«. Türen öffnen und schließen sich über dem Geruch nach Eintopf und Zigaretten, über Stimmengemurmel, schwermütigen Karaoke-Liedern. Ein Transvestit mit Kimono und glänzender Perücke, im Lichtkegel einer Straßenlampe stehend, starrt sie an.

Es gibt kein Schild an der Tür, um Kundschaft anzulocken, nichts, was darauf hinweist, daß dies etwas anderes ist als ein Privathaus. Lucy klopft, und die Tür öffnet sich einen Spalt. Jazzmusik dringt heraus. »Noda schickt uns«, sagt sie. Sobald sie den Namen ihres Musikerfreundes nennt, geht die Tür weiter auf, und sie stehen einem Mann mittleren Alters und mit einem dünnen Schnurrbart gegenüber.

»Kommen Sie herein. Willkommen.« Er verbeugt sich.

»Willkommen, willkommen.« Der Wirt, der genau wie sein Kellner aussieht, steht hinter der Bar und lächelt ihnen zu. Zwei kleine Tische sind in einen winzigen Raum gezwängt. »Wie geht es Noda? Wir haben ihn schon länger nicht mehr gesehen. Ich hoffe, er hat uns nicht vergessen.«

Toshi bleibt in der Tür stehen und reißt die Augen auf. Wände und Decke sind mit Fotos von Audrey Hepburn bedeckt. Hinter der Bar hängt ein lebensgroßes Plakat von Holly Golightly aus »Frühstück bei Tiffany«, umgeben von schwarzem Trauerflor. Darunter beleuchten ein Räucherstäbchen und eine Kerze die Opfergaben: Äpfel, eine Dose importierter Kekse, Glasflakons mit Parfum, französischer Wein. Ein Schrein.

»Gefällt es dir?« fragt Lucy und drückt seine Hand.

Auch dies ein Ort, an dem er nie zuvor war und den er sich nicht hätte vorstellen können. Seine Welt wird immer größer.

Der Kellner führt sie an den leeren Tisch. Zwei hochgewachsene Frauen mit passenden Haarschnitten und schwerem Make-up sind die einzigen anderen Gäste. An der Bar gibt es nur Wodka. »Der Chef hat mal in Paris gewohnt«, erzählt der Kellner ihnen, als er zwei Gläser auf den Tisch stellt. Als sei das die einzige vernünftige Erklärung. Der Wodka ist eiskalt. Der Raum ist warm und feucht. Über die Musik hinweg kann man hören, wie der Regen draußen aufs Pflaster prasselt. Die beiden Frauen rauchen gewürzte Zigaretten und singen leise mit, Opernarien und amerikanischen Rock 'n' Roll. Jazz. Lieder in Italienisch, Englisch und Französisch. »Callas.« »Dinah Washington.« Sie rufen die Namen fast gleichzeitig, erkennen jeden Interpreten sofort. Und sie kennen den Text eines jeden Liedes. Dichte Fransen hängen ihnen in die Stirn. Die winzige Bar füllt sich mit dem Rauch ihrer Zigaretten, und sie lächeln einander an, während sie singen.

»Sie sehen aus, als wäre diese Bar ihr Zuhause«, flüstert Lucy. Sie hat den Arm um Toshi gelegt und freut sich über alles hier. Die Musik und die Frauen. Die Geschichten, die der Kellner ihnen erzählt. Toshi empfindet das Gewicht ihres Arms auf seinen Schultern als tröstlich, ebenso wie den Umriß ihres Gesichtes im rauchigen Licht. Ihre schlanken Finger ruhen auf seiner Brust, bewegen sich manchmal im Takt der Musik. Er ist glücklich und betrunken. Edith Piaf singt.

»Wir sind in Paris«, flüstert er und stellt sich vor, sie wären es wirklich.

»Paris? Ja?«

»Ja. Ich bin Cary Grant. Du bist Audrey Hepburn. Wir sind auf einem Boot auf der Seine.«

Sie lacht.

»Mein Freund war mal in Audrey Hepburn verliebt«, erzählt sie dem Kellner, als die Musik aufhört. Der Wirt steht hinter der Theke und spult langsam eine Kassette mit dem Finger zurück. Lucys Stimme klingt verschwörerisch, als teile sie ein hinreißendes Geheimnis mit dem Kellner, aber alle können sie hören.

»Sie war die Allerbeste«, sagt der Kellner. »Schön bis zu ihrem letzten Tag.«

Die Frauen hören auf zu rauchen.

»Bitte, spielen Sie es. Bitte«, sagten sie wie aus einem Mund, mit heiseren Stimmen.

Der Kellner geht zum Wirt, und beide setzen große Sonnenbrillen auf. Der Wirt nimmt eine Kassette vom Regal.

Audrey Hepburn singt »Moon River«. So, wie sie es in »Frühstück bei Tiffany« gesungen hat. Toshi kennt die Szene genau. Audrey sitzt auf der Feuertreppe und spielt Gitarre und sieht traurig und hoffnungsvoll zugleich aus. Alle in der Bar singen mit. Toshi fühlt sich traurig und voller Hoffnung zugleich. Lucy lehnt den Kopf an seine Schulter, und in diesem Augenblick flüstert ihm Audrey etwas zu.

»Oh, ich liebe dich so«, flüstert Audrey Hepburn.

Es ist ihre Stimme. Da ist er ganz sicher. Er kann ihr teures Parfum riechen.

»Ich liebe dich, liebe dich, liebe dich, liebe dich«, flüstert sie in einem langen, süßen Hauch.

Er spürt ihren Atem an seinem Hals. So nahe ist sie. Er dreht sich um, aber jetzt ist das Stück zu Ende. Nur noch das Rauschen der Lautsprecher ist zu hören.

Audrey verschwindet.

»Warte«, flüstert er.

»Was?« Lucy hebt den Kopf.

Die beiden Frauen schluchzen.

Lucy küßt ihn auf die Wange.

Der Wirt kommt hinter der Theke hervor und setzt sich zu Toshi und Lucy an ihren kleinen Tisch. Er nimmt die Sonnenbrille ab und zeigt auf das Plakat von Audrey Hepburn. Ihr wunderschönes Haar ist hochgesteckt. Mit großen Augen schaut sie tapfer in die Welt.

Und ihr wunderschöner Hals.

»Sehen Sie sich diesen Hals an«, sagt der Wirt. »Keine Japanerin hat einen solchen Hals.«

Er sagt das mit derselben sehnsüchtigen Stimme wie Toshis Mutter, vor so vielen Jahren, an seinem neunten Geburtstag, in diesem Kino auf Hokkaido.

DANKSAGUNG

Ich möchte Sarah Blake und Gen Watanabe für die unermüdliche Aufmerksamkeit danken, die sie meinem Buch gewidmet haben. Dank auch an Jane Brox, Glenn Finch, Louise Quayle, Louise Steinman, die MacDowell Colony, Yaddo und das Banff Centre für ihre Unterstützung und die ermutigenden Worte.

Die verborgene
Geschichte
Roman
320 Seiten
btb 72003

Aus Freude am Lesen

Caroline Llewellyn

Nach dem tragischen Tod ihres Mannes hofft die Kinderbuchautorin Jo, im malerischen Dorf Shipcote zur Ruhe zu kommen. Doch im Cottage ihrer Großmutter stößt sie schon bald auf tödliche Geheimnisse aus der Vergangenheit. Ein atmosphärisch dichter Kriminalroman in bester englischer Tradition.

Trügerischer Blick
Roman
377 Seiten
btb 72010

Aus Freude am Lesen

Jane Stanton Hitchcock

Die Trompe-l'œil-Künstlerin Faith Cromwell ahnt nicht, in welch dunkles Spiel sie bei ihrem neuesten Auftrag hineingezogen wird. Für eine legendäre Kunstsammlerin soll sie einen Ballsaal ausmalen, der sich jedoch als Mausoleum entpuppt.

»Psychologisch ausgefeilter Vollblut-Thriller.«
freundin